Martina Fiess, geboren 1964 in Pforzheim, ist an der Badischen Weinstraße aufgewachsen und lebt heute als freie Autorin in Stuttgart. 2006 gab sie die erfolgreiche Anthologie »Nur Bacchus war Zeuge. Mörderische Weinkrimis« mit heraus. Im Emons Verlag erschienen außerdem ihre Romane »Tödlich schön«, »Tanz mit dem Tod«, »Tod in Degerloch« und die Anthologie »Bis zum letzten Tropfen«.

MARTINA FIESS

Tod in Degerloch

STUTTGART KRIMI

emons:

MIX
Papier aus verantwortungsvollen Quellen
FSC® C083411

Umschlagzeichnung: Heribert Stragholz
Umschlaggestaltung: Tobias Doetsch
Druck und Bindung: CPI – Clausen & Bosse, Leck
Printed in Germany 2010
ISBN 978-3-89705-707-4
Stuttgart Krimi
Originalausgabe

Unser Newsletter informiert Sie
regelmäßig über Neues von emons:
Kostenlos bestellen unter
www.emons-verlag.de

Das Wort »Familienbande«
hat einen Beigeschmack von Wahrheit.
Karl Kraus

Prolog

Seit über vier Wochen beobachtete er nun schon das Haus und seine neuen Bewohner. Es waren zwei junge Frauen. Die eine fuhr früh mit einem Mazda weg und kehrte am Abend zurück. Die andere saß oft im Vorgarten, las oder arbeitete an ihrem Laptop. Überall im Garten blühten weiße und violette Fliederbüsche. Wenn er das Seitenfenster herunterdrehte, konnte er den schweren, süßlichen Duft riechen. Wenigstens etwas, das sich nicht verändert hatte.

Noch immer füllten die Geräusche aus dem Gefängnis seinen Kopf. Das Klirren der schweren Schlüsselbunde, das ihn tagsüber begleitete und nachts aufschrecken ließ, Stahltüren, die laut ins Schloss fielen, die Schiffsglocke, die jeden Morgen um zwanzig vor sieben zur Arbeit läutete. Morgens wachte er um Punkt sechs Uhr auf, und um elf abends kam der Schlaf, am Wochenende eine Stunde später. Es würde dauern, bis er seinen eigenen Rhythmus wiedergefunden hatte.

Diesmal parkte er ein Stück weiter weg. Mit dem Fernglas hatte er den Garten von hier aus gut im Blick. Den Frauen war mittlerweile aufgefallen, dass er sie und das Haus belauerte. Das war ihm egal. Lange würde es sowieso nicht mehr dauern. Es wurde Zeit, endlich alte Rechnungen zu begleichen.

Heute wollten die Frauen einen Baumstumpf neben dem Gartentor ausgraben. Die Schlanke mit den langen dunklen Haaren hieb mit einer Axt so ungeschickt auf die freigelegten Wurzeln ein, dass er unwillkürlich den Kopf schüttelte. Die andere wirkte wie eine Träumerin. Ihre Aufmerksamkeit galt dem blassblauen Himmel, in dem hellgraue Wolkenfetzen trieben wie Flocken saurer Milch in einer Tasse Kaffee.

Er war nicht der Einzige, der die Frauen beobachtete. Vom Nachbargrundstück aus ließ sie ein älterer Mann in einem dunkelblauen Trainingsanzug kaum aus den Augen. Der Nachbar lebte schon lange hier, würde ihn aber bestimmt nicht erkennen.

Als die ersten Tropfen des Sommergewitters auf die Frontscheibe klatschten, wendete er und fuhr davon. Im Wagen hing der Fliedergeruch und rief die Erinnerung an bessere Zeiten wach.

1

Jede Familie hat ihre Geheimnisse. Und in jeder Familie gibt es ein schwarzes Schaf. In meinem schwäbischen Clan ist das nicht anders. Bei uns Pelzers übernimmt diese Rolle meine Lieblingstante Fanny. Mit ihrer Lebenslust und ihren unkonventionellen Ansichten schlägt sie deutlich aus der Art. Mich stört das nicht. Im Gegenteil, gelte ich nach Ansicht meiner Mutter doch als ihre Nachfolgerin. Zumindest was das chaotische Liebesleben und meine nicht einmal im Ansatz vorhandene Karriere angeht.

An diesem Juniabend lag die auf Rekordtemperatur gegrillte Luft wie eine Heizdecke über Tante Fannys verwildertem Vorgarten. Am Horizont leuchteten pink- und lilafarbene Streifen, als hätte sich dort der liebe Gott nach ein paar Trollingerschorlen mit Textmarkern ausgetobt. Über der Waldau ragte der Fernsehturm wie ein Monument schwäbischer Ingenieurskunst auf und mahnte, lieber an die traditionellen Tüftler- und Schraubertugenden anzuknüpfen, statt den glorreichen Zeiten der heimischen Autoindustrie hinterherzujammern.

Jeannette und ich wollten einen halb vermoderten Baumstumpf neben dem Gartentor ausgraben. Inmitten von Brombeerranken, hüfthohen Gräsern und wucherndem Klee erinnerte nur noch dieser etwa dreißig Zentimeter hohe Stumpf an die einst prächtige Birke. An vielen Stellen war die helle Rinde abgeblättert. Das graubraune Holz war von Flechten überzogen. Mit einer Spitzhacke hatte ich den von der Hitze festgebackenen Boden aufgerissen und die Hauptwurzeln freigelegt. Nun hieb Jeannette mit einer Axt auf die armdicken Wurzeln ein. In alle Richtungen flogen kleine Holzspäne davon.

Erschöpft von der ungewohnten körperlichen Arbeit lehnte ich mich auf den Griff der Hacke. Um mich herum wirbelten Wölkchen aus Erdstaub auf und ließen sich in meiner Nase und auf den Zähnen nieder. Der süßliche Geruch der violett und weiß blühenden Fliederbüsche lag wie ein schweres Parfüm in der Luft. Fanny wäre von der Pracht ihrer Lieblingspflanzen begeistert gewesen.

Aber vermutlich bekam sie auf ihrer Weltreise noch ganz andere botanische Wunder zu Gesicht.

Als Jeannette die Axt weglegte, drückten und schoben wir an dem zu drei Viertel ausgegrabenen Stumpf herum. Der rührte sich keinen Millimeter von der Stelle. Zum gefühlten tausendsten Mal stieß ich die Hacke in die Erde, um auch die restlichen Wurzeln freizulegen.

Jeannette schippte mit einer Schaufel Erde aus der schmalen Grube zwischen Grasnarbe und Stamm. »Vielleicht ist der Platz hier am Gartentor doch nicht so gut geeignet für Rosen«, meinte sie und wischte sich den Schweiß ab. Ihre Finger hinterließen braune Streifen auf der Stirn, als wäre sie auf dem Kriegspfad.

»Aber ich will die Rosen genau hier haben. Seit ich in Tante Fannys Haus lebe, träume ich von einem blühenden Rosenspalier über dem Gartentor.« Mit Blick auf das Rankgerüst schnitt ich mit der Hand einen Halbkreis in die Backofenluft. Dabei bemerkte ich, wie der Himmel sich verändert hatte. Das Neonspektakel im Südwesten war verblasst. Stattdessen rotteten sich schmutzig graue Wattebäusche über der Waldau zusammen und zogen wie eine Riesenherde schlecht gelaunter Schafe in unsere Richtung.

Jeannette schnaubte. »Blöd nur, dass wir keine Ahnung von Gartenarbeit haben.«

»So schwierig kann es nicht sein, einen Baumstumpf auszugraben.« Wütend stieß ich die Hacke in die Erde und ignorierte das Brennen, mit dem sich eine Wasserblase an meinem rechten Daumen bildete.

Der Fliederduft wich Feuchtigkeit, die Regen ankündigte. In meiner Nase verwandelte sich der Staub in einen schleimigen Film. Die dunkelgrauen Wolken kühlten die Luft deutlich ab und brachten Windböen mit sich. Ein übermütiger Wirbel fuhr in die Tanne an der Garageneinfahrt und entlockte ihr ein mürrisches Rauschen. Noch eben von der Hitze wie gelähmt, wiegten sich nun Gräser im Wind, Blätter flatterten auf, und die Clematis über dem Vordach des Eingangsbereichs verwandelte sich in ein wogendes lila-grünes Kunstwerk.

»Wieso engagierst du nicht diesen arbeitslosen Gärtner, der den Handzettel in den Briefkasten geworfen hat?«, fragte Jeannette.

»Und wovon soll ich den bezahlen? Die Bank hält es schon für ein gefährliches Wagnis, meinen Überziehungskredit aufzustocken. Einen Privatgärtner werden die mir kaum finanzieren.«

»Apropos gefährlich.« Jeannette zeigte mit der erdverschmierten Schaufel über den Zaun auf den ockerfarbenen Siebziger-Jahre-Wohnblock schräg gegenüber. »Drüben wendet gerade unser Freund im blauen Polo. Am anderen Ende des Wohnbunkers.«

Ich folgte ihrem Blick. Der Polo verschwand eben um die Ecke. »Bist du sicher, dass es derselbe Wagen war? Der mit den getönten Scheiben und dem verdreckten Nummernschild?« Seit einiger Zeit schon fuhr ein blauer Polo auffallend oft und langsam die Straße entlang. Den Fahrer hatten wir bisher nicht zu Gesicht bekommen, und ehrlich gesagt war mir das auch lieber so.

Jeannette nickte ernst, was ihrem Kriegerinnenlook geradezu indianische Würde verlieh. »Genau der. Und ich bin mir diesmal sicher, dass der Fahrer uns und dein Haus beobachtet hat.«

»Mein Haus«, wiederholte ich und rollte die Augen. »Das Haus gehört Tante Fanny. Ich darf nur drin wohnen, bis sie von ihrer Weltreise zurück ist.«

»Gut, aber die wird mindestens ein Jahr, vielleicht auch zwei dauern. Und so lange darfst du alles nach deinem Geschmack gestalten. Das hat sie gesagt, oder?«

»Hat sie. Und jetzt lass uns endlich dieses Ungetüm rausholen, bevor das Gewitter losgeht.« Energisch hieb ich mit der Hacke neben eine freigelegte Wurzel und stieß auf Widerstand. Ein hartes Geräusch war zu hören.

»Vielleicht eine tief liegende Wurzel.« Jeannette schippte Erde aus dem Loch, bis ihre Schaufel ein blechernes Geräusch auslöste. Sie legte sie zur Seite und wühlte den Dreck mit bloßen Händen heraus. »Hier ist etwas vergraben.«

Ich lehnte die Hacke an den Gartenzaun und beugte mich über das Loch.

Jeannette wischte lose Erdklumpen beiseite. »Ist ziemlich hart und glatt. Dem Geräusch nach könnte es Stein oder Metall sein.«

Wir legten eine kreisförmige Fläche von etwa zehn Zentimetern Durchmesser frei. Jeannette kratzte mit der Schaufel darüber und förderte einige Rostflecken zutage, zwischen denen es so tiefblau schimmerte, wie der Himmel seit Tagen strahlte.

»Mich erinnert das an etwas«, sagte ich und biss auf meiner Unterlippe herum.

Mit den Fingern entfernten wir Erdbrösel, Steinchen und feine Wurzeln, bis eine runde Blechdose zu sehen war. Jeannette versuchte sie zu lockern, vergeblich.

»Das ist eine alte Nivea-Creme-Dose«, stellte ich überrascht fest. »Tante Fanny und meine Mutter benutzen diese Creme seit Ewigkeiten.« Ich sprang auf, wischte die Hände an der Jeans ab und lief hinüber in die Garage. Dort durchsuchte ich den Werkzeugkasten, bis ich ein geeignetes Hilfsmittel fand.

Zurück an der Grube, schob ich einen Schraubenzieher unter die Dose und löste sie. Jeannette rüttelte ein paarmal daran und hob sie aus dem Loch heraus. Am Boden klebte ein graurosa Regenwurm, der sich angesichts der ungewohnten Bewegungsfreiheit freudig ringelte. Jeannette zupfte das Tier ab und warf es unter die Löwenmäulchen am Zaun.

Sie drehte und wendete die Dose ein paarmal, dann überreichte sie mir den Fund mit einer feierlichen Geste. »Mach du sie auf. Schließlich bist du zurzeit die Hausherrin.«

Die Dose war etwa fünf Zentimeter hoch und ziemlich leicht. Enttäuschend leicht für eine Schatzkiste.

»Worauf wartest du?«, nörgelte Jeannette und strich eine Haarsträhne hinters Ohr, die sich aus ihrem Pferdeschwanz gelöst hatte. »Eben habe ich den ersten Tropfen abbekommen.«

Als ich versuchte, den Deckel von der Dose zu nehmen, rührte sich nichts. Ich krallte die Fingernägel unter den Deckelrand, und er schnappte auf.

In diesem Moment grollte ein furchteinflößendes Donnern über den Himmel, begleitet von kräftigem Wind. Über der Waldau zuckte ein Blitz zum Horizont. Ein Regentropfen klatschte auf meine Wange, ein weiterer landete auf meinem Kinn. Ich warf einen Blick in die Dose. Ein modriger Geruch stieg auf und löste einen Niesreiz aus.

Ich sah etwas Zerknülltes, Graues. Es war ein Stück feiner Stoff mit schmalen grauen Streifen. »Scheint ein altes Taschentuch zu sein.« Als ich das Stoffbündel aus der Dose zog, spürte ich darin einen harten, filigranen Gegenstand. Ich schlug die Enden des Taschentuchs auseinander.

»Was ist es? Sag schon!«

Da ich nicht reagierte, nahm Jeannette mir das Stoffbündel aus der Hand. »Sack und Asche«, flüsterte sie.

Während der Wind uns Regentropfen ins Gesicht trieb, blickten wir andächtig auf das Bündel. In dem Taschentuch lag ein wunderschöner goldener Anhänger. Er bestand aus einem Ring, in dem eine Frau wie auf einer Schaukel saß. Der Stoff ihrer antik anmutenden Toga hing über den Ring herab. In den Händen hielt die Frau einen weißen Edelstein in einer runden Fassung. Erneut zuckte ein Blitz vom Himmel. Der Stein leuchtete wie elektrisiert auf.

2

Keine Sekunde später donnerte es, und die Nieselschauer wurden stärker. Die Tropfen prasselten wie kleine Geschosse auf meine Haut. Am Himmel über uns war keine helle Stelle mehr zu sehen. Eisen- und Steingrau flossen ineinander, als würde jemand ein düsteres Aquarell malen. Einige Wolken wirkten mit ihrem schwefelgelben Rand wie bösartige Lebensformen aus einer anderen Galaxis.

»Das wird eine richtige Sintflut.« Jeannette schlug das Taschentuch über dem Anhänger zusammen. »Lass uns zusehen, dass wir ins Trockene kommen.«

Vom Nachbargrundstück drang ein Geräusch herüber, das sogar das Donnergrummeln übertönte. Mein Lieblingsnachbar Werner Schiedlich spurtete in Feinrippunterhemd und Trainingshose über seinen golfplatzgeeigneten Rasen. Er zog eine störrische Folie hinter sich her, die sich wie ein schwarzer Umhang ausbreitete.

Geistesgegenwärtig drehte ihm Jeannette den Rücken zu. Ich machte es ihr nach.

»Meinst du, Schiedlich hat was gesehen?«, flüsterte Jeannette und deponierte das Stoffbündel wieder in der Dose.

Ich gab ihr mit meinem Körper Sichtschutz. »Würde mich nicht wundern. Der bekommt doch alles mit. Aber ich glaube nicht, dass er aus dieser Entfernung Details erkennen kann. Schon gar nicht bei dem Regen.«

Vorsorglich warf ich einen Blick über die Schulter. Schiedlich baute sich mit der Folie vor seinen Tomatenstöcken an unserem gemeinsamen Grenzzaun auf. Er holte aus und warf die Folie über die Pflanzen, an denen sich die ersten Früchte rot färbten. Kaum war der Regenschutz mit Wäscheklammern befestigt, stemmte er die Hände auf den Rettungsring an seinen Hüften und stierte mit der ihm eigenen Penetranz zu uns herüber. Sein Haar war klitschnass. Wie aufgemalt klebte es in schwarzbraunen Strähnen um sein Gesicht, das aus Falten, buschigen Augenbrauen und einem missmutigen Blick bestand.

»Gottes schönste Gabe ist und bleibt der Schwabe«, kommentierte Jeannette.

Schiedlich hasste Fannys Kater Stiefel, der seine Tomatenbeete als öffentliche Toilette nutzte. Statt sich über den kostenlosen Dung zu freuen, unterstellte uns Schiedlich unterlassene Aufsichtspflicht und zeigte uns regelmäßig an. Alles Ungeziefer und alle Pflanzenkrankheiten in seinem Garten gingen seiner festen Überzeugung nach von unserem Grundstück aus.

»Ich bringe die Dose in Sicherheit«, sagte Jeannette und spurtete über den Plattenweg aus roten Sandsteinen zum Windfang vor der Haustür. Bei jedem Schritt spritzte das Wasser aus den Pfützen hoch, die sich in den Vertiefungen der Platten gebildet hatten.

Mittlerweile war ich ziemlich nass, und obwohl die Kühle nach der tagelangen Hitze guttat, wollte ich nicht länger als nötig im Regen herumstehen. Ich kniete mich in den Matsch und wurde mit einem saftigen Schmatzgeräusch begrüßt.

Der Schraubenzieher steckte noch in der Erde. Entschlossen packte ich ihn, doch er bewegte sich keinen Millimeter. An irgendetwas schien er festzuhängen. Um die Erde zu lockern, rührte ich den Griff ein paarmal im Kreis herum.

»Sieht aus, als müsstest du mehr Spinat essen«, sagte Jeannette, die sich mit einem aufgespannten Regenschirm wieder zu mir gesellte.

Als ich mit beiden Händen am Griff zog, lockerte sich der Schraubenzieher endlich und löste eine kleine Fontäne aus Erdkrumen und Steinchen aus. Ich wollte schon aufstehen, da packte mich Jeannette an der Schulter.

»Warte! Da ist noch was.« Sie drückte mir den Schirm in die Hand, ging in die Hocke und beugte sich über die Grube. »Siehst du das Helle dort? Halt mal den Schirm darüber.«

Jeannette grub mit den Händen im Erdloch und förderte etwas Gräulich-Hellbraunes zutage, das aussah wie eine merkwürdig geformte Wurzel.

Wir starrten ein paar Sekunden wortlos auf das Ding, dann schnaubte Jeannette angewidert und ließ es in die Grube zurückfallen. »Igitt, das ist ein Knochen! Ein ziemlich großer sogar.«

»Für mich sieht das aus wie ein Wurzelstück.«

»Quatsch. Das hat eine völlig andere Form. Nein, ich bin mir sicher: Das ist ein Knochen. Schau doch!«

Jeannettes Fund hob sich von der schlammbraunen Brühe, die inzwischen den Grubenboden bedeckte, farblich kaum ab. Er war vielleicht vierzig Zentimeter lang und verdickte sich an beiden Enden. Eine Seite bildete etwas, das aussah wie ein Champignon, die andere endete in zwei rundlichen Gebilden. Meine Freundin hatte recht. Das war tatsächlich ein Knochen.

Ein mulmiges Gefühl breitete sich in meinem Bauch aus. So einen langen Knochen hatte ich noch nie gesehen. Außer im Biologieunterricht, als uns der Lehrer an einem Skelett die menschliche Anatomie erklärte.

Jeannette warf einen Blick zu Schiedlichs Garage. Unser Nachbar stand breitbeinig vor dem Tor und ließ uns nicht aus den Augen.

In diesem Moment hatte ich einen Geistesblitz. »Das muss ein Knochen von Benno sein«, stieß ich erleichtert aus. »Der Schäferhund von Tante Fanny. Er ist vor ein paar Jahren gestorben.«

Jeannette musterte mich ungläubig. »Ist es bei dir in der Familie üblich, Haustiere im eigenen Garten zu begraben?«

Ich nickte und deutete auf einige Büsche am Zaun. »Unter dem Holunderbusch drüben liegt der Vorgänger von Benno. Im Gras steckt ein kleines Holzschild mit seinem Namen. Er hieß Belmondo.«

»Aha.« Jeannette klang wenig überzeugt und runzelte die Stirn. »Aber wieso liegt bei dem toten Hund eine Niveadose mit einem goldenen Anhänger? Wenn du mich fragst, klingt das eher nach ›Aktenzeichen XY … ungelöst‹ als nach Hundegrab.«

»Ich frag dich aber nicht«, entgegnete ich und erhob mich aus dem Matsch. Ich schüttelte die Beine aus, um den nassen Jeansstoff von der Haut zu lösen. »Wenn ich nicht bald ins Trockene komme, wachsen mir Schwimmhäute.«

Jeannette blickte unschlüssig in die Grube. Von der unkrautdurchwucherten Grasfläche flossen kleine Rinnsale in das Loch, in dem sich der Regen sammelte. »Wir sollten etwas darüberstellen, damit es nicht vollläuft. Und damit nicht jeder gleich sieht, was wir ausgebuddelt haben, womöglich liegt da ja noch mehr.« Sie sah hinüber zu Schiedlich, der nach wie vor unter dem Dachvorsprung seiner Garage lauerte.

Obwohl ich schon seit Fasching in Fannys Haus lebte, hatte ich mich an die Dauerüberwachung und den pathologischen Verfolgungswahn unseres Nachbarn noch nicht gewöhnt. Seitdem Jeannette bei mir eingezogen war, hatte sich seine Überwachung noch intensiviert. Am liebsten observierte er uns unter dem Vorwand dringender Gartenarbeiten. Das hatte er mit Fanny auch so gemacht. Seit dem Tod von Onkel Klaus lag er mit ihr im Dauerstreit. Anzeigen wegen Unkrautsamen, die angeblich von ihrem Garten aus in seine Gemüsebeete flogen, und Polizeieinsätze wegen Gefährdung des häuslichen Friedens oder anderer Vergehen eingeschlossen. Sicher würden die seltsame Grube und unser verschwörerisches Verhalten ihn zu nachbarschaftsfeindlichen Höchstleistungen anstacheln.

Ich überlegte. »Am besten, wir bauen das Campingzelt auf.«

»Geniale Idee.« Jeannette legte den Schirm als Regen- und Sichtschutz über das Loch und folgte mir in den Keller.

Eine Stunde später saßen wir geduscht und in Frotteebademäntel gewickelt in der Küche. Draußen goss es in Strömen, auch wenn sich das Gewitter beruhigt hatte. Neben dem Gartentor leuchtete das Halbrund meines hellblauen Zweimannzeltes. Im Lichtkegel der Straßenlampe sah es aus wie ein überdimensionaler Kristall. Der reinste Blickfang, wie ich durchs Küchenfenster feststellte.

Jeannette schaute in dieselbe Richtung. Sie balancierte auf den hinteren Beinen ihres Stuhles und nippte an einem Kaffeebecher.

»Ich weiß, was du denkst«, kam ich ihr zuvor. »Das Zelt ist nicht gerade dezent.«

»Der Platz direkt am Zaun ist auch kurios.«

»Wenn uns jemand fragt, sagen wir einfach, wir campen wegen der Hitze.«

»Super Vorschlag«, kommentierte Jeannette mit süffisantem Unterton. »Besonders wenn wir beide im Haus schlafen.«

»Stimmt«, bemerkte ich den logischen Fehler. »Wie wäre es mit einem Zelttest?«

»Ja, das ist gut. Wir prüfen, ob das Zelt wasserdicht ist.« Jeannette ließ den Stuhl auf alle vier Beine kippen und wandte sich dem Tisch zu. Dort stand auf einem ausgebreiteten Stuttgarter Wochenblatt die dreckverkrustete Blechdose. Daneben lag das Taschentuch. Sein unangenehmer Geruch verlieh dem Kaffeeduft eine zweifelhafte Kellernote.

Jeannette schnupperte an ihren Fingern und rümpfte die Nase. »Mein Duschgel versagt. Die müffeln immer noch wie die feuchten Verließe auf der Hohenzollernburg.«

Ich zog das Taschentuchbündel zu mir und klappte die Enden auf. Der Edelstein, den die Frauenfigur in den Händen hielt, war etwa drei Millimeter breit und funkelte unter der Deckenlampe. »Das Schmuckstück sieht wertvoll aus.«

»Wenn das ein Diamant oder ein Brillant ist, liegt da bestimmt ein kleines Vermögen. Du müsstest das eigentlich wissen.«

»Ich? Wieso ich?«

Jeannette grinste. »Dieser Stein hier ist so groß wie der Klunker an deinem Verlobungsring von Georg. Wo ist der übrigens? Ich meine deinen Koh-i-Noor, nicht Georg. Der sitzt um diese Zeit in seinem noblen Bankerbüro und studiert Börsenkurse.«

Sofort sah ich den Goldreif mit dem Diamanten vor mir. Nicht dass ich Diamanten auf Anhieb erkannte, es lag ein Zertifikat bei. Das dunkelrote Samtetui hatte ich hinten im Kleiderschrank unter dem altmodischen Wollfilzhut verschwinden lassen, den meine Mutter mir zu Weihnachten geschenkt hatte.

»Frag doch deinen Georg wegen unseres Anhängers«, stichelte Jeannette weiter. »Mit Geldanlagen kennt der sich aus. Allerdings wird er sicher wissen wollen, wieso du ihn allein in Venedig hast sitzen lassen. Im Fünf-Sterne-Luxuspalast in einer prunkvollen Samt-und-Seide-Suite – war es nicht sogar die Honeymoon-Suite, Darling?«

Ich wich ihrem Blick aus und kaute auf der Innenseite meiner Backe herum, die sich zerklüftet anfühlte vom ewigen Herumgrübeln. Mein Entschluss, aus Venedig abzuhauen, war sehr spontan gewesen. So spontan, dass ich mein ganzes Gepäck zurückgelassen hatte. Vermutlich hatte Georg es im Canale Grande versenkt. Genau wie den Rest seiner Gefühle für mich. Dabei war dieser Urlaub dazu gedacht gewesen, alle Unstimmigkeiten zwischen uns aus der Welt zu schaffen. Doch das Einzige, was ich aus der Welt geschafft hatte, war Georgs Wunsch nach Versöhnung.

Als mir die Tränen in die Augen stiegen, kam Kater Stiefel in die Küche getrottet. Seinen Namen verdankte er dem ungewöhnlich gemusterten Fell. Der gut genährte Körper war schwarz-weiß gefleckt, die Beine waren weiß und endeten in schwarzen Pfoten, die aussahen wie halbhohe Stiefel. Der Kater schien zu spüren, wie trostbedürftig ich war. Er sprang auf meinen Schoß und rollte sich zusammen. Stiefel war zwar ebenso eigensinnig wie Tante Fanny, schien aber eine besondere Sensibilität für unglückliche Nichten zu haben.

Jeannette öffnete das Fach neben der Spüle und nahm die letzte Flasche der zwei Jahre im Barriquefass gereiften Spätburgunder Auslese vom Esslinger Schenkenberg heraus, die wir in Fannys gut sortiertem Weinkeller entdeckt hatten. Sie goss zwei Gläser ein und schob eins zu mir herüber.

»Zum Wohl, Bea. Auf die Schätze, die wir finden und wieder verlieren.«

3

Sanft rauschten die Wellen um mich herum. Das Wasser schimmerte in trübem Graugrün und fühlte sich fast lauwarm an. Mit energischem Beinschlag steuerte ich auf den Steg eines dreistöckigen Palazzos zu, dessen Putz sich in Fetzen löste wie Haut nach einem Sonnenbrand. Aber ich kam kaum vorwärts. Etwas zog mich nach unten, es hing schwer an meinem Hals. Hilfe, Hilfe, versuchte ich zu rufen, doch das Gewicht zog mich in die Tiefe. Kanalwasser strömte in meinen Mund. Als ich etwas Weiches, Pelziges auf der Zunge spürte, würgte ich und spuckte es aus. Über mir schwammen längliche Gebilde mit Verdickungen an beiden Enden. Knochen! Meine Haare schwebten im Wasser und wiegten sich wie Algen in der Strömung. In kleinen Blasen stieg meine Atemluft nach oben. Ich tastete mein Dekolleté ab und bekam eine schmale Kette zu fassen. Daran hing ein runder Gegenstand. Ein Anhänger. Schwer wie ein Fels. Der Drang, Luft zu holen, wurde übermächtig. Als mein Brustkorb zu platzen drohte, öffnete ich den Mund – und schreckte hoch.

Ich rang nach Atem. Erleichtert stellte ich fest, dass ich nicht im Canale Grande, sondern in meinem Zimmer war. Ohne Kette um den Hals. Kein lauwarmes Wasser, stattdessen hörte ich es tropfen. Weil ich die Fensterläden immer offen ließ, konnte ich vom Bett aus in den Himmel sehen. Es dämmerte bereits. Einige graue Wolken hier und da, aber kein Regen. Woher kam dieses Tropfen? Ich lauschte konzentriert und machte endlich die Quelle aus. Meine Zimmerdecke. Darüber lag der Dachboden, vollgestopft mit alten Möbeln, eingerollten Teppichen, Resten alter Fliesen und Ersatzziegel sowie Dutzenden Kartons voller Hausrat, der im Laufe der Jahrzehnte aussortiert worden war.

Ich knipste die Nachttischlampe an und zog den Bademantel über. Im Flur dirigierte ich einen mit einem Haken versehenen Metallstab in die Öse der Luke in der Decke. Sie schwang nach unten. Ich nahm die provisorische Leiter aus ihrer Halterung. Durch die Luke drang ein muffiger Geruch nach jahrzehntealtem Staub, unbehandeltem Holz und feuchten Teppichen.

Kaum war ich auf dem Dachboden, hörte ich das Tropfgeräusch wieder. Deutlich lauter als vom Bett aus. Zwei nackte Glühbirnen hingen vom Firstbalken und warfen schummriges Licht auf die Wasserlachen, die sich auf den Holzdielen gebildet hatten. Obwohl der Regen aufgehört hatte, tropfte an mehreren Stellen Wasser durch die Ziegel. Aus dem Putzschrank im Erdgeschoss holte ich Eimer und Schüsseln und stellte sie unter die undichten Stellen. Einer der Kartons, in denen Tante Fanny persönliche Dinge aufbewahrte, war nass geworden. Ich zog ihn aus der Gefahrenzone, wischte ihn mit einem alten Shirt aus dem Altkleidersack ab und ging wieder ins Bett.

Morgens lag der Vorgarten noch im Schatten und schöpfte neue Kraft für einen weiteren Sonnentag. Angenehm kühle Luft flutete herein und trug Fliederduft ins Zimmer. Ich lehnte mich aus dem Fenster und atmete beim Gedanken an den Alptraum durch. Der bittere Geschmack des Wassers, das schwere Schmuckstück, das mich beinahe ertränkt hätte …

Ein Motor heulte auf, und Jeannettes grüner Mazda MX schoss aus einer Parklücke. Schneller als erlaubt fuhr sie die Straße entlang und bog ab. Im Gegensatz zu mir ging meine Freundin einer geregelten Arbeit nach und musste Punkt halb neun in der Werbeagentur Hohlbergs Reich in der Neuen Weinsteige im Stuttgarter Süden sein.

Ich duschte lange und schrubbte mich von der Erinnerung an die warme Brühe rein. In der Küche lag ein gelbes Blatt Papier auf dem Tisch. Der Handzettel, der vor ein paar Tagen im Briefkasten gesteckt hatte. Jeannette musste ihn aufgestöbert haben. Beim Kaffeeaufgießen studierte ich ihn. Er war handgemacht, sah aus wie Schreibmaschinenschrift hochkopiert. Das E saß höher als die anderen Buchstaben. Jemand bot seine Dienste für Gartenarbeiten an. Ausgebildeter Gärtner, viel Erfahrung, günstiger Einstiegspreis, lauteten die Argumente. Nicht schlecht für einen Werbeamateur. Aber trotz der günstigen Konditionen konnte ich mir diese Hilfe erst leisten, wenn ich wieder einen Auftrag hatte.

Als selbstständige Werbetexterin wurde ich von Werbeagenturen damit beauftragt, Unternehmensbroschüren, Webseiten oder Infoflyer zu schreiben. Zu meinen Auftraggebern gehörte auch die Werbeagentur Hohlbergs Reich, bei der Jeannette angestellt war. Mit dem Geschäftsführer Jens Hohlberg und einigen Mitarbeitern stand ich auf Kriegsfuß, trotzdem war ich froh über jeden Auftrag. Seit ich in Fannys Haus lebte, musste ich glücklicherweise keine Miete mehr bezahlen. Und seit Jeannette beschlossen hatte, ihre Wohngemeinschaft in der Reinsburgstraße aufzulösen und zu mir zu ziehen, überwies sie mir pünktlich eine ordentliche Miete. Trotzdem reichte das Geld gerade so zum Leben. Die laufenden Ausgaben für das Haus fraßen mir die Haare vom Kopf.

Ich pinnte den Zettel an die Korkplatte neben der Küchentür und nahm mir zum Frühstück einen Apfel aus der Obstschale auf der Fensterbank. Ein leuchtend hellblaues Ding neben dem Gartentor schob sich in mein Blickfeld. Sofort kehrte die Erinnerung an unsere Graberei und die geheimnisvollen Funde zurück. Wo war eigentlich die verrostete Niveadose? Mein Blick glitt über Hänge- und Schubladenschränke, den antiken Holztisch mit den gedrechselten Beinen, die vier Stühle und den altertümlichen Standkühlschrank. Auf den Arbeitsplatten türmte sich schmutziges Geschirr, neben der Heizung lagen Bücher- und Zeitungsstapel, und auf dem Tisch standen die Weinflasche und die beiden Bierflaschen, die Jeannette und ich gestern Abend geleert hatten. Dieser Anblick erinnerte mich daran, wo die Dose war. Im Weinregal. In dem Fach, aus dem wir die letzte Spätburgunderauslese geholt hatten.

Das Zweite, was ich vermisste, war Kater Stiefel. Normalerweise kam er morgens in die Küche, sobald jemand sich rührte, und bettelte um Fressen. Vielleicht trieb er sich im Garten herum. Mit einer Packung Trockenfutter und dem Hausschlüssel ging ich nach draußen. Die Blechschüsseln im Windfang waren leergeputzt. Der Kater war nirgends zu sehen. Stiefel war schon im besten Katzenrentenalter, liebte aber nach wie vor das Abenteuer. Täglich drehte er seine Runden in der näheren Umgebung. Manchmal setzten seine grauen Zellen zwischendurch aus, und er blieb da hocken, wo er sich gerade befand, weil er sich nicht mehr erinnerte, wo sein Zuhause war.

Zwischenzeitlich war die Sonne um das Haus herumgewandert und hatte den südlichen Teil des Vorgartens halb erobert. Auf dem unkrautfreundlichen Rasen glitzerten Tautropfen, als hätte jemand

Glasperlen verstreut. Ich schlüpfte aus den Sandalen. Unter meinen Fußsohlen quietschte das feuchte Gras, und ich spürte fast, wie die feine Struktur der Halme zerbrach.

Kaum war ich im hinteren Teil des Gartens angekommen, tauchte Herr Schiedlich in violettem Trainingsanzug aus Fallschirmseide auf und entfernte die Folie von seinen Tomatenbüschen. Regenwasser hatte sich in den Vertiefungen gesammelt und spritzte umher. Er fluchte lautstark.

»Pst, pst – Stiefel!«, rief ich in Richtung des von Brombeerranken überwucherten früheren Gemüsebeets meiner Tante, in dem der Kater gern ein Schläfchen hielt.

»Es wird Zeit, dass Sie dieses nichtsnutzige Gestrüpp endlich fortschaffen«, röhrte Schiedlich über den Zaun. »Die reinste Brutstätte für Ungeziefer und Schnaken, die auf mein Grundstück übergreifen. Eine Schande für unsere Straße ist das, Fräulein Pelzer.«

Nach dieser Schimpftirade begutachtete er seine an einem Rankgerüst reifenden grünen Bohnen. Sichtlich zufrieden bückte er sich und zupfte Grashalme aus.

»Das gibt's doch nicht!«, stieß er empört aus. »Ihr Viech hat schon wieder in mein Beet gekackt!« Zum Beweis hielt er einen Erdklumpen hoch, auf dem ich sogar von hier aus eine kleine schwarze Wurst erkennen konnte.

»Das war nicht Stiefel«, protestierte ich. »Unser Kater ist gut erzogen und vergräbt seine Scheiße.«

Schiedlich war anderer Meinung. Mit spitzen Fingern steckte er den Erdklumpen in eine Plastiktüte, verknotete die Henkel und trug sie am ausgestreckten Arm in seine Garage, wo er für den nächsten Polizeieinsatz Beweisstücke sammelte.

Als ich mich abwenden wollte, bewegte sich der Vorhang an einem der Dachgeschossfenster des Schiedlich-Hauses. Ein blasses, verquollenes Gesicht unter einem grauen Kurzhaarschnitt erschien. Frau Schiedlich. Seit ich hier wohnte, hatte ich die Nachbarin nur ein paarmal außerhalb des Hauses gesehen. Sie litt unter starken Depressionen, das wusste ich von Tante Fanny. Müsste ich mein Leben an der Seite dieses bösartigen Besserwissers fristen, würde es mir genauso ergehen. Obwohl das Gespenst am Fenster nicht mehr zu sehen war, winkte ich voller Mitleid hoch.

Ich steckte den Hausschlüssel ein und machte mich auf die Suche nach dem Kater. Wo konnte er sich herumtreiben? Rechts neben Fannys Grundstück führte ein Fußweg zwischen den Häusern hindurch zur parallel verlaufenden Straße. Daneben lag ein Geschäftshaus mit einer Apotheke, einer Reinigung und einem Bestattungsunternehmen. Gegenüber erstreckten sich neu bezogene Reihenhäuschen, deren Vorgärten Badetuchmaße hatten und größtenteils von Mülltonnen eingenommen wurden.

Links von mir war die Gegend vielversprechender, jedenfalls was von Katzen bevorzugte Aufenthaltsorte anging. An Schiedlichs Haus schloss sich ein weiteres frei stehendes Einfamilienhaus aus den fünfziger Jahren des letzten Jahrhunderts an, in dem ein alleinstehender Mann lebte. Der Garten sah noch verwahrloster aus als der von Fanny, was bedeutete, dass er ein Mäuse- und damit auch ein Katzenparadies war. Im Anschluss folgte ein größeres Mehrfamilienhaus, in dessen Erdgeschoss ein altertümlicher Spielzeugladen mit Lotto-Toto-Annahmestelle und Bierausschank logierte. Vor der Kneipe stand ein einsamer Biertisch unter einer Hängeweide, auf deren vorderem Ast Stiefel gern das Geschehen verfolgte. Heute war dem nicht so.

Der Garten des übernächsten Hauses gehörte zu Stiefels bevorzugten Jagdplätzen. Doch kein Rascheln oder Miauen antwortete auf meine Rufe. Gegenüber erstreckte sich ein Wohnblock aus den Siebzigern mit scheußlich ockerfarbenem Anstrich. Das Gebäude und die Gärten umgab ein kleiner Park, in dem eine Menge Mäuse und Eichhörnchen lebten. Quasi ein lebendiges Feinkostgeschäft für Katzen. Ich ließ zwei Autos passieren und überquerte die Straße. Die Gärtchen und Terrassen der Mieter im Erdgeschoss waren eigentlich zu gepflegt für Stiefels Geschmack, trotzdem lohnte sich der Versuch. Der Eckgarten war mit niedrigen Kiefern und einem Steingärtchen voller Kakteen und Hauswurz pflegeleicht angelegt.

»Komm zu Frauchen, feines Leckerli.« Mit der Trockenfutterpackung rappelnd ging ich weiter.

Der nächste Garten war ein Blütenparadies. Ringelblumen leuchteten orangefarben, dazwischen bildete Borretsch lilablaue Akzente. Weiße und blaue Petunien, rote Minirosen und ein orange blühender Strauch, den ich nicht kannte, bildeten hübsche Kontraste. Im Schatten eines Baumes voller Süßkirschen saß eine Frau an einem Tisch. Ich schätzte sie auf Anfang vierzig. Ihr langes weizenblondes Haar war zum Zopf geflochten.

Ich wollte schon weitergehen, als die Frau mich ansprach.

»Suchen Sie vielleicht Ihre Katze?«

Auf mein Nicken hin lächelte sie und senkte den Blick. »Ist es dieser hübsche Bursche hier?«

In ihrem Schoß lag ein schwarz-weißes Fellknäuel, das mir vorher entgangen war. Zufrieden presste der Kater die Lider zusammen und schnurrte laut.

»Ja, das ist Stiefel. Der fühlt sich bei Ihnen ja ausgesprochen wohl.«

»Ihr Kater kommt gelegentlich herüber und holt sich ein paar Streicheleinheiten ab.« Die Frau lachte und kraulte Stiefel im Nacken. »Wollen Sie sich auf eine Tasse Kaffee zu mir setzen?«

Mein Blick glitt erneut zu dem glücklichen Kater, der genießerisch die Pfoten von sich streckte. Jetzt erst sah ich, dass die Frau nicht in einem Gartenstuhl, sondern in einem Rollstuhl saß. Stiefel lag auf einer karierten Decke, die um ihre Beine gewickelt war. Sofort schaute ich weg, wusste aber nicht so recht, wohin. Eigentlich wollte ich die Einladung ablehnen, aber die Frau freute sich bestimmt über jede Gesellschaft.

Die Katzenfreundin lächelte mit wissendem Gesichtsausdruck, als hätte sie mir diesen Gedanken an der Nasenspitze abgelesen. Verlegen sah ich auf Stiefel.

»Mein Name ist Bern, Dalia Bern. Wenn Sie klingeln, schnappt die Haustür automatisch auf. Dritte Tür links.«

Stiefel kommentierte meine Ankunft mit einem ausgiebigen Gähnen. Ich stellte mich als neue Nachbarin vor und nahm das angebotene Du ebenso gerne an wie die Butterbrezel.

Dalias Augen leuchteten türkisblau wie die Vergissmeinnicht in der Vase auf dem Tisch. »Du bist also die neue Bewohnerin. Frau Wieland ist bald ein halbes Jahr unterwegs, nicht wahr?«

»Fünf Monate sind es inzwischen. Kurz nach Tante Fannys Abreise bin ich eingezogen. Alle paar Wochen meldet sie sich telefonisch. Beim letzten Mal war sie in Singapur und startete zu einer Kreuzfahrt zu den Malediven, den Seychellen und nach Mauritius.«

»Seychellen. Mauritius.« Dalia kostete die Worte aus, als handelte es sich um einen Nachtisch. »Das klingt wunderbar.« Ihr Blick schweifte umher, als wollte sie sich ihres eigenen kleinen Paradieses versichern.

»Dein Garten ist sehr schön«, sagte ich. »Hast du ihn selbst angelegt?« Was für eine blöde Frage, dachte ich, kaum waren die Worte raus. Die Frau saß im Rollstuhl, wie sollte sie da Gartenarbeiten bewältigen?

Meine Gastgeberin lächelte nachsichtig. »Ich habe ihn geplant und die Pflanzen ausgesucht. Der Hausmeister und meine Schwester haben mir geholfen, alles so anzulegen, wie es mir gefällt.«

Ein lautes Rumpeln auf der anderen Straßenseite zog unsere Blicke auf sich. Schiedlich war in seiner Garageneinfahrt damit beschäftigt, die frisch geleerte Restmülltonne unter hohem Geräuschaufwand mit dem Gartenschlauch sauber zu spritzen.

»Wohnst du schon lange hier?«, fragte ich.

»Ich bin mit meinen Eltern eingezogen, da war das Haus gerade fertiggestellt. Das war 1971. Später haben sie die Wohnung für mich barrierefrei umgebaut.« Sie sah einem VW-Bus mit Hochdach hinterher, der die Straße entlangdieselte. »Inzwischen wohne ich wieder über zwanzig Jahre in Degerloch.«

Weil ich nicht recht wusste, was ich sagen sollte, trank ich meinen Kaffee leer.

Dalia hob die Kanne, um mir nachzuschenken.

Ich legte die Hand über die Tasse und stand auf. »Danke, aber ich sollte langsam zurück.«

Als hätte Stiefel meine Worte gehört, streckte er sich und gähnte herzhaft. Ohne Protest ließ er sich von mir in den Arm nehmen.

»Hat mich gefreut, dich kennenzulernen, Bea.« Dalia reichte mir die Hand. Sie wischte ein Blatt vom Tisch, das aus dem Kirschbaum herabgesegelt war. »Ich wollte dir noch etwas sagen, auch wenn es mich eigentlich nichts angeht …«, begann sie mit zögerlicher Stimme.

An meinem Unterarm kitzelte etwas. Stiefel leckte mit seiner kratzigen Zunge über meine Haut. Es fühlte sich rau an, als säßen kleine Widerhaken darauf. Um auf gleicher Augenhöhe mit Dalia zu sein, setzte ich mich wieder.

»Gestern habe ich einen Mann beobachtet, der mehrmals am Grundstück deiner Tante auf und ab gegangen ist. Mir kam es so vor, als wollte er den Garten und das Haus ausspionieren.«

Sofort musste ich an den Spanner in dem blauen Polo denken. Erst gestern war er wieder hier gewesen.

»Hat der Mann hier in der Straße geparkt?«, hakte ich nach. »Kannst du dich an die Automarke erinnern?«

Dalia schüttelte den Kopf. »Tut mir leid. Ob der Mann hier parkte, weiß ich nicht. Auf jeden Fall war er groß und hatte dunkles Haar.« Sie schwieg einen Augenblick. »Ich hoffe, du hältst mich nicht für neugierig. Es ist nur so, ich bin sehr an die Wohnung gebunden und –«

»Nein, im Gegenteil. Danke, dass du das erwähnt hast.«

»Man macht sich eben Sorgen, wenn etwas Ungewöhnliches in der Nachbarschaft vorgeht. Was hat es eigentlich mit dem Zelt auf sich? Übernachtest du dort?«

»Meine Freundin Jeannette und ich wollen bald Campingurlaub machen. Wir dachten uns, es wäre hilfreich, vorher zu testen, ob das Zelt dicht ist.«

»Na, bei dem Wolkenbruch gestern Abend hat es den schlimmsten Härtetest schon hinter sich.« Dalia rollte auf die Terrasse und begleitete mich zur Balkontür. Mit einer Handbewegung bat sie mich, vor ihr ins Wohnzimmer zu treten. Ohne Probleme folgte sie mir. Unauffällig blickte ich zurück und bemerkte, dass die Türschwelle auf einer Ebene mit der Terrasse und dem Estrich des Wohnzimmers lag.

Mit Stiefel im Arm kehrte ich nach Hause zurück, schloss das Gartentor hinter mir und ließ den Kater springen. Er verschwand sofort in den dunkelroten Löwenmäulchen am Zaun, die zu seinen Lieblingsverstecken gehörten.

Schiedlich stellte die ausgewaschene Tonne in seiner Garageneinfahrt auf den Kopf, damit das Wasser ablaufen konnte.

Unauffällig vergewisserte ich mich, dass die Luft rein war, und zog den Reißverschluss des Zeltes auf. Die Luft im Vorraum war stickig und warm. Sorgfältig schloss ich die Öffnung hinter mir, damit keiner hereinsehen konnte, und begutachtete die Grube neben dem Baumstumpf. Ein wenig Wasser stand noch darin, doch es war deutlich weniger als gestern. Wo war der längliche Knochen? Vielleicht tiefer gerutscht. Mit den Fingern tastete ich den schlammigen Grund ab, wo ich mehrere Steine spürte, aber nichts Rundes, Knochenähnliches. Beunruhigt wischte ich die Hände an der Jeans ab.

War Schiedlich auf Fannys Grundstück geschlichen, um das Fundstück an sich zu nehmen? Unserem Nachbarn traute ich alles zu, dennoch schien mir das unwahrscheinlich. Grübelnd strich ich über die Stelle am Unterarm, die Stiefel abgeleckt hatte. Stiefel! Der nagte für sein Leben gern an Knochen herum. Bei der Vorstellung, dass Stiefel möglicherweise die sterblichen Überreste von Fannys Hund angefressen und weggeschleppt hatte, kam mir die Brezel wieder hoch. Ich verschloss den Zelteingang und lief zum Haus.

Kaum hatte ich den Flur betreten, klingelte das Telefon auf der Kommode. Der Anrufbeantworter sprang sofort an.

»Hallo, Bea. Ich bin's, Jeannette. Ich habe gute Nachrichten. Hohlberg hat einen Auftrag für dich. Du sollst morgen Vormittag vorbeikommen, damit er dich briefen kann. Was das bedeutet, kannst du dir denken.«

Damit meinte sie, ich würde hinterher kaum schlauer sein als vorher. Agenturchef Hohlberg redete viel und gern, war aber zu Recht als verbale Nebelkerze bekannt. Trotzdem war ich froh. Endlich wieder ein Job!

4

Noch immer fühlte ich mich seltsam als Hausbesitzerin auf Zeit. Letzten Monat hatte ich endlich damit begonnen, einige Möbelstücke und persönliche Dinge von Fanny auf den Dachboden zu räumen. Ihr Schlafzimmer im Erdgeschoss neben dem Wohnzimmer ließ ich unverändert und lüftete es jeden Morgen gründlich durch. Mein eigenes kleines Reich im ersten Stock hatte ich nach meinem Geschmack umgestaltet. Die Zweizimmerwohnung in der Friedhofstraße im Stuttgarter Norden, wo ich es fast zwei Jahre mit lärmenden Nachbarn ausgehalten hatte, war längst anderweitig vermietet.

»Bea, ich bin mindestens ein Jahr unterwegs«, hatte Fanny vor ihrer Abreise gesagt. »Richte dich so ein, wie du möchtest. Stell die Möbel um oder renoviere, fühl dich wie zu Hause.«

Da meine Tante eher der spontane Typ war und genau wie Stiefel das Abenteuer liebte, konnte ihre Reise genauso gut zwei Jahre dauern.

Ich schnitt ein paar Äste von den Fliederbüschen vor der Terrasse ab. Etliche Blütenrispen waren bereits vertrocknet und mussten entfernt werden. Das war noch die geringste Herausforderung, denn der ganze Garten war verwildert. Jasmin, Forsythien und andere Blütensträucher sowie die Ligusterhecke mussten dringend geschnitten und der fast kniehohe, unkrautfreundliche Rasen gebändigt werden. Die Betonsteine der Garageneinfahrt sahen aus wie eine Buckelpiste. Auch im Haus standen viele Reparaturen an.

Tante Fanny hatte mir fünftausend Euro auf mein Konto überwiesen, bevor sie ihre Weltreise angetreten hatte. »Für die notwendigsten Reparaturen«, hatte sie gesagt und gezwinkert, wohl wissend, wann die letzten Sanierungsarbeiten durchgeführt worden waren.

Das Haus stammte aus den dreißiger Jahren des letzten Jahrhunderts. Fannys Mann Klaus hatte es bis zu seinem Tod Anfang der Achtziger gut in Schuss gehalten. Danach hatte Fanny die Garage angebaut, aber sonst alles so belassen, wie es war. Seit über fünfundzwanzig Jahren war nichts mehr saniert worden. Das verlieh dem Haus, höflich ausgedrückt, einen sehr eigenen Charme. Der verblasste freilich, sobald die Sicherung des Badezimmerboilers oder des Herds raussprang, was regelmäßig geschah, oder der feuchte Fleck über der Badewanne sich weiter in den Putz fraß.

»Das Wasserrohr leckt«, hatte mir der Installateur erklärt. »Die Leitungen müssen unbedingt erneuert werden, sonst ist bald die ganze Wand durchnässt. Das gilt auch für die übrigen Installationen im Haus. Alles marode«, fügte er sichtlich erfreut hinzu und drückte mir einen schwindelerregenden Kostenvoranschlag in die Hand, der den Notgroschen meiner Tante um einiges überstieg.

Das Telefon klingelte. Ob Jeannette in der Agentur aufgehalten wurde? Ein Blick auf das Display zeigte mir, dass die Nummer unterdrückt war.

»Pelzer.«

Niemand meldete sich.

»Hallo, wer ist da?«

Wieder keine Antwort. Nur Atemgeräusche waren zu hören. Wie konnte jemand Spaß daran haben, anderen auf diese Weise Angst einzujagen? In meiner alten Wohnung hatten öfter Lustmolche angerufen, bis ich meinen Telefonbucheintrag geändert hatte. Seit ein paar Wochen schien es nun jemand auf Tante Fannys Anschluss abgesehen zu haben. Bisher hatte der Anrufer nie etwas gesagt und nach ein paar Sekunden aufgelegt.

»Hallo! Melden Sie sich!«, sagte ich ruppig.

Als sich nichts regte, schrie ich laut in den Hörer. Jeannette hatte mir das empfohlen, um den Perversen loszuwerden. Prompt wurde die Verbindung beendet.

Gegen acht quietschte das Gartentor. Wenig später betrat Jeannette das Haus. Im Flur warf sie Tasche, Schuhe und Autoschlüssel von sich und kam in die Küche.

»Tut mir leid, ich konnte einfach nicht früher weg.« Sie begann zu kichern.

»Was ist los? Hab ich was im Gesicht hängen?«

»Schade, dass dein Termin bei Hohlberg erst morgen ist. Heute hättest du deinen Spaß gehabt.« Jeannette setzte sich, legte die

Füße auf den Tisch und balancierte in ihrer Lieblingsposition auf den hinteren Stuhlbeinen. »Dein Lover und der Chef haben sich in die Haare bekommen. Auch wenn Hohlberg nicht mehr viele davon hat.«

»Wenn du von Teddy sprichst, der ist nicht mein Liebhaber. Das weißt du doch.« Meine Stimme klang etwas lahm. Teddy und ich waren lange ein Paar gewesen. Bis ich vor zwei Jahren früher als angekündigt in unsere Wohnung am Markusplatz heimgekehrt war und ihn nackt mit einer ebenfalls nackten und blutjungen Rothaarigen auf unserem Sofa entdeckt hatte. Ziemlich theatralisch hatte ich meine Koffer gepackt und war in Jeannettes WG geflüchtet.

»Ach, nennt man das heute etwa anders?«, spöttelte Jeannette. »Jedes Mal wenn du Georg auf Distanz hältst oder dich besser gesagt vor ihm versteckst, landet Teddy in deinem Bett. Und ich wette, ihr tut dort genau das, was man mit einem Liebhaber so macht.«

Tatsächlich erlag ich ab und zu Teddys Charmeattacken, wenn ich Sehnsucht nach Nähe hatte oder mir schlicht die Hormone durchgingen. Dennoch vergaß ich nicht, wie sehr er mich verletzt hatte. Ich war fest entschlossen, ihn, wenn Not am Mann war, zwar wieder in mein Bett, aber nicht mehr in mein Herz zu lassen.

Endlich erzählte Jeannette, worüber sie sich amüsierte. »Hohlberg hat bei einem unserer Kunden, einem Spezialisten für Gebäudetechnik, Vorschläge für ein neues Logo präsentiert. Die hat Teddy entworfen. Weil der Chef mit Technik bekanntermaßen auf Kriegsfuß steht, hat er das Logo seitenverkehrt präsentiert. Frag mich nicht, wie er das angestellt hat.«

»Soll ich raten, wie's weiterging? Ich wette, der Kunde hat euren Logovorschlag gekauft. Und zwar genau in der Version, die Hohlberg präsentiert hat.«

Jeannette klopfte sich vor Schadenfreude auf die Schenkel. »Du kannst dir vorstellen, wie Teddy ausgerastet ist, als er das erfahren hat. Jeder Praktikant hätte mehr Sensibilität für Gestaltung, hat er gebrüllt und sein Feuerzeug nach Hohlberg geworfen. Er habe die Nase voll von diesem Werbungsscheiß und wolle sich wieder der wahren Kunst widmen. Dann ist er rausgestürmt und hat was von

Schmerzensgeld und Kündigung aus künstlerischer Frustration gebrüllt.«

»Das kann ich mir lebhaft vorstellen.« Ich lächelte in mich hinein. Teddy war ein Bauchtyp, total emotional. Wenn es um seine Entwürfe ging, ließ er sich auf keine Kompromisse ein. Logischerweise eckte er damit in einer Werbeagentur ständig an. Schließlich ging es dort um Kommerz, nicht um Kunst.

Jeannette stand auf und nahm zwei Teller aus dem Hängeschrank. »Übrigens habe ich darüber nachgedacht, ob wir den Anhänger behalten dürfen.«

Mit der Butterdose in der einen und einem Bund Radieschen in der anderen Hand hielt ich inne. »Wieso? Was spricht dagegen?«

»Nach dem gesunden Menschenverstand müsste einem Grundstücksbesitzer alles gehören, was er darauf findet. Also auch ein Anhänger oder Knochen. Bei einem Verbrechen sieht die Sache jedoch anders aus.«

»Ein Verbrechen? Wovon redest du? Ich hab dir doch gesagt, dass der Knochen von Fannys Schäferhund stammt.«

»Das sehe ich anders. Als es heute früh dämmerte, bin ich raus und hab den Knochen in Sicherheit gebracht.«

Erleichtert atmete ich auf. »Ach, du warst das! Ich dachte schon, Stiefel hätte ihn als Beute verschleppt.«

»Mir hat die Sache keine Ruhe gelassen. Also habe ich das Regenwasser aus der Grube geschöpft und tiefer gegraben. Was ich gefunden habe, dürfte dir nicht gefallen.«

»Noch weniger als gestern?«

Jeannette nickte ernst. »Da waren noch mehr Knochen. Genauer gesagt zwei gewölbte Stücke, ich habe sie mit dem großen Knochen im Weinkeller versteckt. Die könnten vom Schädel der armen Seele stammen, die im Garten liegt. Ich denke, wir sollten die Polizei einschalten.«

»Was? Die Polizei?« Vor Schreck schoss ich vom Stuhl hoch. »Warum das denn?«

»Ich glaube, wir haben es hier mit einem grauenvollen Verbrechen zu tun. Ein Mord, eine möglicherweise zerstückelte Leiche, vielleicht ein Eifersuchtsdrama.« Jeannette kostete die Dramatik ihrer Worte sichtlich aus. »Es könnte durchaus sein, dass deine Tante daran beteiligt war. Immerhin ist es ihr Grundstück.«

Ein Verbrechen? Hier bei meiner Tante? Das war absurd!

»Mach mal halblang«, bremste ich Jeannette. »Tante Fanny hat ihre Eigenarten, okay. Aber die Knochen gehören Benno, das habe ich dir bereits erklärt. Außerdem – ein heimliches Verbrechen in meiner Familie, das würde meine Mutter nie zulassen. Die würde sämtliche Polizisten im Großraum Stuttgart aufscheuchen. Du kennst Marlene doch. Völlig unmöglich!«

»Und wenn deine Mutter nichts davon weiß?«

»Meine Mutter weiß alles. Immer und überall.«

Jeannette zuckte mit den Schultern. »Ist gut, beruhige dich. Wir sollten jetzt essen. Später sehen wir weiter.«

Beim Gedanken an die Knochen war mir der Appetit vergangen. Trotzdem verteilte ich das Besteck, als wäre dies ein Abend wie jeder andere. Jeannettes Worte schwirrten mir im Kopf herum. Ein Verbrechen in meiner Familie? Und Tante Fanny sollte darin verwickelt sein? Das konnte ich mir nicht vorstellen. Andererseits war der Knochen ziemlich groß für einen Hund. Vielleicht sollte ich mir Gewissheit verschaffen, ob es tatsächlich ein Tierknochen war.

»Danke übrigens, dass du mir den Auftrag von Hohlberg zugeschanzt hast«, sagte ich. »Ich habe überlegt, ob ich von meinem Honorar diesen Gärtner beauftragen soll. Du weißt schon, der mit dem Handzettel, den du mir herausgesucht hast. Seit Fanny sich bei ihrem letzten Anruf nach dem Garten erkundigt hat, habe ich ein schlechtes Gewissen.«

»Gute Idee. Weißt du was? Ich beteilige mich an den Kosten. Der Garten braucht dringend eine Generalüberholung. Und dieser Gärtner lässt bestimmt mit sich handeln, weil er arbeitslos ist.«

»Ich habe vorhin versucht, ihn zu erreichen, und ihm eine Nachricht auf der Mailbox hinterlassen.«

»Sehr gut«, lobte Jeannette und biss geräuschvoll in ein Radieschen. »Es geht doch nichts über Profis. Mein Rücken knirscht schon den ganzen Tag. Aber wir sollten auf jeden Fall klar Schiff machen, bevor der Gärtner aufkreuzt. Du weißt, was ich meine?«

Das wusste ich allerdings.

»Wo wir gerade bei den unangenehmen Dingen sind: Unser anonymer Anrufer hat sich wieder gemeldet«, sagte ich.

Jeannette wollte nach einem weiteren Radieschen greifen, zog aber nun die Hand zurück. »Das ist schon das zweite Mal in dieser Woche. Jedes Mal, wenn das Telefon klingelt, schießt mein Blutdruck in die Höhe. Wie lange geht das eigentlich schon?«

»Das erste Mal hat er angerufen, kurz nachdem Fanny sich von den Malediven gemeldet hat. Das war vor drei, nein, vor vier Wochen.«

»Hm. Vor vier Wochen.« Jeannette überlegte. »Also etwa zur gleichen Zeit, als uns der blaue Polo aufgefallen ist.«

Verblüfft stellte ich mein Glas ab. »Glaubst du, da gibt es einen Zusammenhang?«

»Es könnte gut sein, dass derselbe Typ dahintersteckt.«

Vor dem Schlafengehen stieg ich auf den Dachboden, um die Eimer und Schüsseln zu kontrollieren. Neues Regenwasser hatte sich angesammelt. Ich schüttete es weg und stellte die Behältnisse zurück. Mein Blick wanderte über Fannys Kartons und blieb an dem, der nass geworden war, hängen. Ob sein Inhalt in Mitleidenschaft gezogen worden war?

Ich klappte die Laschen des Kartons auf und blickte auf alte Fotoalben und eine Schuhschachtel, die mit Schnur zugebunden war. Die obersten Alben und die Schachtel waren aufgeweicht. Ich nahm die Alben heraus und legte sie auf den Holzdielen zum Trocknen aus. Den durchnässten Schuhkarton stellte ich daneben. Falls die Sachen hier nicht trockneten, würde ich sie morgen auf der Terrasse in die Sonne legen.

5

Von Kopf bis Fuß in agenturübliches Schwarz gekleidet, verließ ich nach einem hastigen Frühstück ohne Katzengesellschaft das Haus. Die Terrassentür ließ ich von außen kaum sichtbar angelehnt, wie Fanny es mir gezeigt hatte. So konnte Stiefel jederzeit herein. Der Kater hatte gelernt, die Tür mit seiner Pfote so weit aufzudrücken, bis er durch den Spalt ins Wohnzimmer schlüpfen konnte.

Bevor ich losfuhr, lüftete ich den Wagen durch, der um diese Zeit schon von der Morgensonne aufgeheizt war. Als ich die Heckklappe öffnete, sah ich auf der anderen Straßenseite einen blauen Polo mit getönten Scheiben stehen. In meinem Bauch grummelte eine Mischung aus Empörung, Angst und Wut. Die Wut überwog. Ich bekam Lust, hinüberzugehen und den Spanner zur Rede zu stellen. Aber was genau würde ich ihm sagen? Und was sollte ich tun, wenn der Typ ausstieg und auf mich losging? Ich beschloss, mich nicht beirren zu lassen und loszufahren. Falls der Typ mir folgte, konnte ich per Handy die Polizei rufen.

Ich machte die Türen zu, stieg in den Corsa und fuhr los. Im Rückspiegel entfernte sich der parkende Polo. Hatte ich mich umsonst aufgeregt? Vielleicht gehörte der Polo gar nicht unserem Spanner. Als ich in der Ortsmitte an einer roten Ampel vor der B 27 wartete, schaute ich erneut in den Rückspiegel und erschrak. Direkt hinter mir hielt ein blauer Polo. Das Nummernschild war verdreckt. Vom Fahrer konnte ich nur erkennen, dass er ein dunkles Oberteil und eine Sonnenbrille trug und eine schwarze Schildkappe ins Gesicht gezogen hatte.

Grün. Gang rein, Kupplung loslassen, Gas geben. Fast hätte ich den Wagen beim Anfahren abgewürgt. Der Polo blieb dicht an mir dran. Was wollte der von mir? Ausspionieren, wohin ich fuhr? Alle paar Meter blickte ich in den Rückspiegel. Auf der Höhe des Jugendhauses kam er näher und näher, bis er fast an meiner Stoßstange klebte. In der Linkskurve bei der Gärtnerei trat ich das Gaspedal durch und raste auf den Mercedes vor mir zu. Das schwarze Heck kam näher.

Erst ein, zwei Meter vor dem Mercedes reagierte mein Fuß und trat auf die Bremse. Ein Blick in den Rückspiegel. Der Irre hing noch an mir dran. Ich setzte den Blinker und wollte auf die linke Spur wechseln. Dabei übersah ich einen Audi im toten Winkel. Er hupte wild, als ich ausscherte. Sofort kehrte ich auf meine Spur zurück. Mein Herz pumpte wie verrückt. Wir waren nun auf der Höhe der Tankstelle. Ab hier schlängelte sich die Neue Weinsteige wie eine Schneise ins Tal hinunter. Es gab keine Möglichkeit, abzubiegen oder zu wenden.

Meine Hände krallten sich ums Lenkrad, als der Corsa einen Satz nach vorne machte. Ich geriet ins Schlingern und knallte gegen den hohen Bordstein, hinter dem sich ein steil ansteigendes Waldgelände erstreckte. Der Polo war auf mich aufgefahren! Wie gut, dass ich ins Tal fuhr und nicht hoch nach Degerloch. Denn auf der anderen Seite fiel das Gelände unterhalb der Einfahrt zum Haus des Gartenbaues steil ab. Nichts als ein läppischer Zaun trennte die Fahrbahn vom Abgrund, und weiter oben gab es sogar ein Stück ohne jegliche Sicherung.

Am Aussichtspunkt gab der Mercedes vor mir Gas. Ich blieb dran und brachte ein paar Meter zwischen mich und meinen Verfolger. Wie mechanisch schaute ich eine halbe Sekunde nach vorn, eine halbe Sekunde in den Rückspiegel, wieder nach vorn. Der Polo war noch da, aber nun lagen drei, vier Meter Sicherheitsabstand zwischen uns.

Weil ich vor Schreck beim Aufprall des Polos die Luft angehalten hatte, atmete ich ein paarmal durch. Gleich kam die nächste Blitzanlage. Es war nur eine Frage der Zeit, bis der Mercedes abbremste. Da – schon leuchteten seine Rücklichter auf. Auch ich trat auf die Bremse und warf einen Blick in den Rückspiegel. Der Polo kam näher.

Als ich sah, dass die linke Spur frei war, wollte ich ausscheren. Der Polo kam mir zuvor. Er beschleunigte in der Kurve und schloss fast auf. Sicherheitshalber fuhr ich so weit wie möglich rechts. Der Mercedes vor mir wurde wieder schneller. Ich drückte ebenfalls das Gaspedal durch, um dem Polo zu entkommen. Doch in diesem Moment rammte er mich erneut. Wieder machte mein Corsa einen Satz auf die Mauer zu, die entlang der Straße aufragte. Ich bremste, riss das Lenkrad herum und geriet ins Schleudern. Hinter mir ertönte mehrfaches Hupen von anderen Autos.

Der Polo fuhr dicht neben mir. Parallel zueinander schossen wir ins Tal hinunter. Da seine Spur frei war, konnte der Polo nach Belieben beschleunigen, mich abdrängen und abbremsen, bis er wieder auf meiner Höhe war. Meine Handflächen waren schweißnass und rutschten auf dem Gummiüberzug des Lenkrads. Als der Polo sich einen Augenblick zurückfallen ließ, wischte ich sie an meinen Oberschenkeln ab.

Oh nein – da kam die enge Kurve unterhalb der Weinberge mit den Abstandshaltern zwischen den Spuren. Hinter mir war im Moment kein Auto zu sehen. Ich stieg voll in die Bremse und wurde nach vorn gerissen. Der Gurt schnitt sich schmerzhaft in meine Brust. Doch ich hatte erreicht, was ich wollte. Der Polo schoss an mir vorbei. Erleichtert atmete ich durch und hielt an einer freien Stelle am Bordstein. Mit eingeschaltetem Blinker ließ ich zwanzig, dreißig Autos vorbeifahren.

Als ich mich einigermaßen beruhigt hatte, fuhr ich wie eine Fahranfängerin mit dreißig weiter. Hinter mir hupte es erbost. Das war mir egal, Hauptsache, der Polo war weg. Ich blinkte, scherte auf die linke Spur aus und bog unterhalb des Teehauses Richtung Südstadt ab. Im Schneckentempo und am ganzen Körper zitternd fuhr ich bis zur Agentur.

Hohlbergs Reich residierte standesgemäß in einer sanierten Gründerzeitvilla. Mit letzter Kraft bog ich auf den Parkplatz ein und hielt neben Hohlbergs schwarzem Cayenne-Ungetüm. Sofort sah ich zurück zur Straße. Kein blauer Polo zu sehen. Völlig fertig lehnte ich mich in den Sitz und atmete auf. Das war gerade noch einmal gut gegangen. Während ich eine Weile den Verkehr auf der Weinsteige verfolgte, legte sich die Panik, und ich überlegte, ob ich den Polofahrer anzeigen sollte. Aber ich hatte nichts gegen ihn in der Hand, das Nummernschild hatte ich nicht entziffern können.

Ich sah mich nach Teddys weißem Alfa Romeo um, den er mit Vorliebe auf den beiden für die Geschäftsführung reservierten Plätzen abstellte. Heute parkte neben dem Cayenne der silberne Angeber-Porsche-Boxster von Nikolas, der für die Zahlen zuständig war. Hatte mein Ex definitiv seinen Abschied von der Werbung genommen? Damit gedroht hatte er oft genug.

Ich wischte die feuchten Hände an der Hose ab und stieg mit wackeligen Knien aus. Meine Finger bebten, als ich den Corsa abschloss. Ich ging ein paar Schritte auf dem Parkplatz auf und ab, bis ich mich beruhigt hatte, und versuchte mich für das Gespräch mit Agenturchef Hohlberg zu wappnen.

Die Agentur lag im zweiten Stock. Im Empfangsbereich mit chromblitzender Bar und Designersesseln lauerte eine Wolke aus kaltem Rauch. Anders als sonst dröhnte durch die geschlossene Tür des Grafikateliers kein aufputschender Heavy-Metal-Lärm. Das deutete darauf hin, dass Teddy beim Kunden, bei Hohlberg oder in einer Besprechung war. Oder gar nicht da.

Jeannette kam mir auf dem Flur entgegen. »Da bist du endlich. Hohlberg wartet bereits auf dich.« Sie stutzte. »Du bist bleich wie Mozzarella. Fürchtest du dich vor Hohlberg?«

»Nein. Mir ist eben was Schreckliches passiert.«

Jeannette zog mich in die Küche. »Laufmasche? Knopf ab?«

»Viel schlimmer. Unser Spanner hat mir aufgelauert und mich von Degerloch bis fast hierher verfolgt. Auf der Weinsteige hat mich der Polo gerammt. Einmal sogar dort, wo die Mauer gleich neben der Straße aufragt. Zum Glück waren relativ wenige Autos unterwegs, sonst hätten wir eine Massenkarambolage verursacht.«

»Um Gottes willen, Bea! Bist du verletzt?« Jeannette checkte mich besorgt von oben bis unten.

»Nein, mir ist nichts passiert außer ein paar Druckstellen vom Gurt. Auf der talwärts gelegenen Seite hätte ich leicht die Böschung hinabstürzen können.«

Jeannette strich mir tröstend über den Arm. Sie warf einen Blick auf ihre Uhr. »Bea, lass uns heute Abend überlegen, was wir machen, okay? Jetzt müssen wir leider zum Chef. Hier herrscht dicke Luft. Teddy ist nicht zum Kundentermin erschienen. Ein anderer Grafiker mit null Ahnung vom Projekt musste ihn vertreten.«

Ich schluckte und richtete mich auf. »Okay.«

»Kriegst du das hin?« Sie sah mich prüfend an.

»Ja, ist gut. Wird schon gehen.«

Wir gingen zu Hohlbergs Büro. Jeannette klopfte und steckte den Kopf ins Allerheiligste. »Jens, hast du gerade Zeit? Bea Pelzer ist da. Es geht um die Texte für Weininger.«

Jeannette ließ mich eintreten. »Gute Nerven«, wünschte sie und eilte davon.

Herr Hohlberg, wie er sich von mir ansprechen ließ, mich aber gleichwohl duzte, thronte in seinem stylishen, schwarz-weiß eingerichteten Designerbüro mit angeberischem Halbhöhenblick. Mit einem blasierten »Wurde auch Zeit« wies er auf einen Hocker und reckte den Kopf, um größer zu wirken. Solange er saß, fiel seine Winzigkeit kaum auf. Das lag an der hoch eingestellten Sitzfläche. Im Stehen halfen die Absätze seiner schwarz glänzenden Edeltreter nach, für die ein Krokodil seine Haut hatte hergeben müssen.

»Der Traditionsjuwelier Weininger aus der Calwer Straße feiert fünfzigjähriges Jubiläum.« Hohlberg schaute durch mich hindurch, was mir recht war, weil ich noch überall zitterte und kaum ruhig sitzen konnte.

»Aus diesem Anlass hat er uns mit einer Broschüre beauftragt.«

Sei professionell, redete ich mir in Gedanken zu. Eine Broschüre also. Stell Fragen. »Wie viele Seiten soll sie umfassen? Wie viel Text ist vorgesehen?« Meine Lippen fühlten sich an wie eingefroren.

Auf dem Tisch lagen Ausdrucke. Hohlberg machte keine Anstalten, sie mir herüberzureichen, und ließ sich, wie nicht anders zu erwarten, nicht auf meine banal-praktische Ebene herab.

Wie ein Prediger hob er die Hände und teilte seine Vision mit mir. »Das Corporate Design muss den Premiumanspruch von Weininger adäquat transportieren. Luxusjuwelier, exklusives High-End-Design, wenn du meine Infusion verstehst.«

Obwohl mein Gehirn noch unter Schock stand, übersetzte es automatisch Infusion in Intention. Hohlberg liebte Fremdwörter, auch wenn sein Umgang mit ihnen grob fahrlässig war.

»Wir müssen angreifen!«, rief er nun. »Bei der visuellen Identität bewegen wir uns selbstredend absolut State of the Art.«

Das reinste Word-Dropping. Völlig inhaltslos. »Gibt es schon Entwürfe?«, versuchte ich etwas zum Gespräch beizutragen.

Hohlberg schloss die Augen und malte Ostereier in die Luft. »Ich sehe es genau vor mir. Exklusive Anmutung. Hoher Anspruch. Metallic. Gold. Schwarz. Hochglanzlack.«

»Hat Anita bereits einen Termin mit Herrn Weininger vereinbart?«, erkundigte ich mich. Anita war die Kontakterin, die für die guten Beziehungen zum Kunden zuständig war.

»Anita hat Urlaub. Das heißt: dein Part.«

»Wer macht die Grafik?«

»Wird noch geklärt«, brummte Hohlberg.

Daraus schloss ich, dass Teddy für die Gestaltung zuständig war. Na prima.

Hohlberg schob gnädig die Infos herüber und nahm den Telefonhörer ab. Meine Redezeit war abgelaufen.

Jeannette hing am Telefon und gab mir zu verstehen, dass sie sich später melden würde. Langsam funktionierten meine Knie wieder. Das Zittern hatte aufgehört. Ich ging hinüber ins Grafikatelier. Dabei schob ich die Ausdrucke in meine Umhängetasche neben den sorgfältig in Alufolie und eine Plastiktüte verpackten Knochen aus Fannys Garten.

Bevor ich zu meiner Mutter nach Leinfelden weiterfuhr und ihrer reich ausgestatteten Medizinbibliothek einen Besuch abstattete, wollte ich sehen, ob Teddy da war. Wenn ja, konnte er mir gleich seine Entwürfe für die Juwelierbroschüre zeigen.

Im Grafikatelier trieben Rauchwolken über den weißen Egon-Eiermann-Tischen. Teddys Kollegen brüteten vor ihren Bildschirmen. Ein Grafiker unterhielt sich mit einer bulimischen Blondine, deren Gürtel ihr als Minirock diente.

Teddys Platz war verwaist. Eine Cappuccinotasse mit angetrockneten Schaumresten und eine halb volle Colaflasche standen neben der Tastatur. Aufgeschlagene Kataloge, ein RAL-Farbfächer, zwei Cutter und ein paar CDs lagen herum. Sogar der kitschige herzförmige Aschenbecher war noch da, den Teddy und ich von einem Urlaub auf Teneriffa mitgebracht hatten. Ich strich über das aufgedruckte Bild des Teide, der sich majestätisch über den Dächern von Puerto de la Cruz erhob. Der fast viertausend Meter hohe Berg ragte mit seiner Schneekappe in einen kobaltblauen Himmel auf. Genau so hatte ich den Blick von unserem Hotelzimmer aus in Erinnerung. Nach diesem Urlaub waren Teddy und ich an den Markusplatz gezogen, wo mein Ex noch heute zu Hause war.

»Suchst du Teddy?« Ein glatzköpfiger Grafiker mit schwarzer

Brille fixierte mich über seinen Bildschirm. »Keine Ahnung, wo der steckt. Seit dem Streit mit dem Häuptling macht er sich rar.«

»Weißt du, ob er schon mit dem Layout für die Juwelierbroschüre begonnen hat?«

»Juwelier, Juwelier ...«, überlegte der Grafiker und kratzte sich am Hals. »Glaube ja. Da müssten ein paar Schmuckkataloge an seinem Platz liegen.«

Es waren ein Weihnachtskatalog und ein Hochzeitskatalog, der Eheringe in allen Preisklassen präsentierte. Weil mich der Hochzeitskatalog abschreckte, blätterte ich den Weihnachtskatalog durch und stieß auf hochpreisige Anhänger. Obwohl kein Design der Frauenfigur im Kreis ähnelte, sah ich mir die Schmuckstücke lange an. Irgendetwas an dem Anhänger aus dem Garten irritierte mich. Aber ich kam nicht darauf, was es war. Ich schlug die Broschüre zu und verließ die Agentur.

Vor dem Corsa blieb ich stehen. Ich hatte den Schlüssel in der Hand, brachte es aber nicht fertig, die Tür aufzuschließen. Mein Weg würde die Weinsteige hinaufführen. An den Stellen vorbei, wo der Polo mich vorhin bedrängt hatte. Dem fühlte ich mich nicht gewachsen. Ich entschied, das Auto stehen zu lassen und die U-Bahn zu nehmen.

Auf dem Weg zur Haltestelle durchquerte ich die stilvoll gestalteten Bopseranlagen. Hundebesitzer, Flaneure und Mütter mit Kindern genossen die abwechslungsreiche Grünlandschaft mit Wasserlauf, Blumenbeeten, Abenteuerspielplatz und einem klassizistischen Pavillon über dem Bopserbrünnele. Vom Aussichtsplatz eröffnete sich ein preiswürdiger Panoramablick über die Stadt, die sich malerisch und von viel Grün durchzogen vom Kessel hinauf in die begehrten Höhenlagen wie Killesberg oder Haigst schwang. Diese kleine Anlage war Teil des Weißenburgparks. Der wiederum lag auf dem Gelände der früheren Villa des Ägyptenkenners Ernst von Sieglin, einem einflussreichen Industriellen. Den oberen Teil des Parks mit bewirtschaftetem Teehaus, prunkvollem Marmorsaal und Aussichtsplatz ereilte ein typisches Stuttgarter Schicksal: Er wurde wie das Opfer eines Samurais durch den nie abreißenden Verkehr brutal von seiner unteren Hälfte getrennt. Wie sehr die Autos die Stadt beherrschten, ging jedem Fußgänger und Touristen spätestens dann auf, wenn er versuchte, von einem Parkteil in den anderen zu gelangen. Entweder man verlief sich von oben kommend auf einem Fußgängersteg, der zwar Richtung Tal, nicht aber in den Park führte. Oder man riskierte sein Leben, während man an der Straßenschneise der B 27 an einer verwegen gelegenen Fußgängerampel der Geherlaubnis harrte.

Das Gekläffe von Hunden und das Gezwitscher der Vögel mischten sich in den steten Verkehrslärm. Ein blecherner, treibender Beat drängte sich dem Rhythmus meiner Schritte auf. Der Gettosound kam aus den Handys dreier Jungs mit Baseballmützen und tief hängenden Hosen, die auf einer Bank hinter dem Pavillon herumlümmelten und sich die Zeit mit Hip-Hop-Tanzen vertrieben.

Die frische Luft und die Bewegung taten mir gut. Sie senkten meinen Adrenalinspiegel, und mit jedem Schritt entfernte ich mich weiter von dem traumatischen Erlebnis auf der Weinsteige.

Als ich an der Ampel vor der Haltestelle Bopser auf Grün wartete, umtoste mich der Verkehrslärm wie das Geräuschgewitter eines Rockkonzerts. In meiner früheren Wohnung war mir das Spektakel, das Autos und Lkws veranstalteten, wenn sie drei- oder vierspurig vorüberdonnerten, nie so deutlich aufgefallen. Da – ein blauer Polo! Mein Puls schoss in die Höhe, und ich packte meine Tasche mit beiden Händen, damit ich sofort losrennen konnte, sollte es nötig sein. Doch dann sah ich, dass in dem Polo eine ältere Frau mit grauen Dauerwellenlöckchen saß. Entwarnung.

Fannys Haus lag zwar nicht direkt auf dem Land, immerhin war Degerloch schon seit 1908 in die Landeshauptstadt eingemeindet, und seine Bewohner schienen sich als Hauptstädter zu verstehen. Trotzdem war es in dem zweihundert Meter höher auf der Filderebene gelegenen Ort vergleichsweise friedlich. Abgesehen von der B 27, die den Ort einer fauchenden Autobahn gleich in zwei Hälften teilte.

6

Nach fünf Minuten fuhr die U5 nach Leinfelden ein. Auf dieser Strecke freute ich mich jedes Mal über die Aussicht in der Tunnellücke zwischen Bopser und Weinsteige, die von den Stuttgartern »Fenster« getauft worden war. Heute lenkte mich der Blick auf die steinerne Schönheit, die mir zu Füßen lag, bewacht von bewaldeten Hügeln, von der morgendlichen Verfolgungsjagd auf der Weinsteige ab.

Einem Hochglanzkalenderblatt angemessen thronte die herrschaftliche Fachwerkvilla zwischen den steilen Weinbergen wie ein Leuchtturm auf einer Klippe über dem Talkessel. Das großzügig über die Hügel verteilte Häusermeer strahlte bei schönem Wetter ein Selbstbewusstsein und eine Heiterkeit aus, die mich stolz auf meine Stadt machten. Wenn der Himmel wie heute saphirblau leuchtete, die Sonne ihr goldenes Licht ausgoss und die Mundwinkel der Fahrgäste nach oben deuteten, fühlte ich mich in südlichere Gefilde versetzt. Dieses kurze Gleisstück im freien Gelände war eine für hiesige Verhältnisse erstaunlich kluge Investition in Sachen Imagepflege. Jedes Mal, wenn Touristen in der Bahn begeistert aufs Fenster zeigten und aufgeregte Ahs und Ohs ausstießen, fühlte ich mich so geehrt, als hätte ich die Landeshauptstadt persönlich angelegt.

In Degerloch stiegen viele Fahrgäste aus. Ich blieb sitzen, bis die Bahn die dicht befahrene A8 überquerte und an der Endhaltestelle Leinfelden ankam.

Meine Mutter lebte in einem Bungalow in der Nähe des kleinen Parks zwischen Filderhalle und Gartenschwimmbad; vom Bahnhof aus dauerte es nur wenige Minuten bis dorthin. Marlene war den Tag über in ihrer Hausarztpraxis in Echterdingen. Ich würde genug Zeit haben, um ungestört zu stöbern.

Als ich aus der völlig überdimensionierten Unterführung hochkam, stieg unter ohrenbetäubendem Getöse ein Flugzeug in den Himmel auf. Von wegen Flüsterjets. Meiner Meinung nach müsste es ein Gesetz geben, das alle Entscheidungsträger in Sachen Flughafen-Westerweiterung, aufgeweichtem Nachtflugverbot und zweiter Startbahn dazu zwang, mindestens ein halbes Jahr in einem der Orte rings um den Flughafen zu leben. Danach würden sie garantiert zurücktreten und Mitglied in der Filderschutzgemeinschaft werden.

In der Diele duftete es nach Bergamotte. Meine Mutter liebte Earl-Grey-Tee, wahrscheinlich weil sie sich dabei so kultiviert wie eine englische Adelige vorkam. Die Bibliothek lag neben dem Wohnzimmer. An drei Seiten des Raumes zogen sich Bücherregale aus dunkler Eiche bis zur Decke. Auf dem ausladenden Eichentisch vor dem Fenster stand eine klassische Leselampe mit grünem Glasschirm. Mit dem teuren seidenen Orientteppich, einem Eileen-Grey-Glastisch neben einem altmodischen Ledersessel und Marlenes beeindruckenden Urkunden an der Wand hätte der Raum gut ein Separee in der Privatbibliothek der Queen auf ihrem schottischen Sommersitz Balmoral Castle sein können.

Ich deponierte meine Tasche auf dem Sessel und suchte die Regale nach Hundebüchern ab, um mir Gewissheit darüber zu verschaffen, ob meine Behauptung, der Knochen aus dem Garten stamme von Benno, der Wahrheit entsprechen konnte.

Meine Mutter konnte mit Vierbeinern wenig anfangen, dafür war mein Vater ein großer Hundenarr. Gut möglich, dass einige seiner Bücher noch hier in der Bibliothek waren. Auf dem Hochzeitsbild meiner Eltern, das auch nach der Scheidung auf seinem Platz im Wohnzimmer blieb, war der Schäferhund abgebildet, den mein Vater mit in die Ehe gebracht hatte. Leider hatte das Hundeglück nicht lange gedauert. Marlene fand es unhygienisch, ein Baby und einen Hund gleichzeitig zu haben. Also musste mein Vater meinetwegen den Hund weggeben. Wahrscheinlich war damals der erste feine Riss in der Beziehung meiner Eltern entstanden. Als ich zehn war, zog mein Vater aus. Nach der Scheidung ging er nach München. Dort lebte er nun mit einer Freundin, die jünger war als ich.

Im untersten Fach stieß ich auf einige Hundebücher. »Der beste Freund des Menschen«, »Die Sprache deines Hundes«, »Schäferhunde kompakt«. Mit dem Band über Schäferhunde ging ich zurück zum Tisch. Laut Inhaltsverzeichnis enthielt das Buch einige Schautafeln über Anatomie. Eine Tafel zeigte das Skelett eines

Schäferhundes. Schon auf den ersten Blick erkannte ich die Parallelen zwischen Menschen und Hunden. Das gleiche System von Becken, Oberschenkel und Unterschenkel. Nur der Fuß war beim Hund anders geformt, weil er auf Zehen ging. Das abgebildete Oberschenkelbein ähnelte dem Knochen, der vor mir lag. So weit, so gut.

Erneut stand ich auf und machte mich auf die Suche, diesmal nach Informationen über die Anatomie des Menschen. Bald studierte ich am Tisch die Abbildung eines menschlichen Skeletts. Die Oberschenkelknochen waren lang und gerade. Am oberen Ende verband der Oberschenkelhals das Bein mit dem Becken. Er war seitlich nach innen gerichtet und trug laut Beschreibung den Gelenkkopf. Der Schaft endete in einer Verdickung, dem großen Rollhügel, auch Trochanter major genannt. Diesen Namen kannte ich. Genau an der Stelle hatte ich mir letzten Monat bei einem Sturz vom Fahrrad eine untertassengroße Prellung zugezogen. Der Knochen verbreiterte sich am unteren Ende und besaß an beiden Seiten rundliche Gebilde, die Gelenkknorren. Erstaunlich, wie kompliziert so was aufgebaut war.

Ich holte die Einmalhandschuhe aus der Tasche und zog sie über. Behutsam wickelte ich den Knochen aus der Folie und verglich ihn mit den Abbildungen im Buch. Bald gab es keinen Zweifel mehr. Der Fund aus Fannys Vorgarten erinnerte stark an einen menschlichen Oberschenkelknochen.

Plötzlich klackerten hohe Absätze über die Steinfliesen im Flur. Vor lauter Konzentration war mir entgangen, wie jemand die Haustür aufgeschlossen hatte. Eilig tauschte ich das Anatomiebuch gegen den Band über Schäferhunde. Dann wickelte ich die Alufolie um den Knochen, schob ihn in meinen Schoß und rückte den Stuhl näher an den Tisch.

»Bea, bist du das?« Das war die Stimme meiner Mutter. Ihre Schritte kamen näher. »Was machst du denn um diese Zeit hier? Musst du nicht arbeiten?«

Marlene blieb im Türrahmen stehen und musterte mich verwundert. Wie üblich sah sie so gepflegt aus, dass ich mir sofort vernachlässigt und stillos vorkam. Ihr helles Leinenkostüm wirkte wie frisch gebügelt. Die hohen Sandaletten passten farblich zur Handtasche und zu den aufgesteckten blondierten Haaren. Einzig die Falte zwischen ihren Augenbrauen störte den harmonischen Gesamteindruck.

Krampfhaft klemmte ich die Schenkel zusammen. »Mutter, wieso bist du nicht in der Praxis?«

Marlene trat auf mich zu. »Heute ist wenig los. Ich hatte nachts einen Notfalltermin und wollte mich über Mittag ausruhen.« Ihr Blick glitt über die aufgeschlagenen Bücher und blieb an meinen Händen hängen. »Kind, warum hast du denn Gummihandschuhe an? Bist du allergisch gegen Bücher?«

Nervös zupfte ich die Handschuhe von den Fingern. »Äh, nein. Das heißt, ja – ich habe einen Ausschlag und teste alles durch. Gerade ist Druckerschwärze dran.« Gott sei Dank kam meine Mutter nicht auf die Idee, sich den Ausschlag anzusehen.

»Vielleicht reagierst du auf die Handschuhe. Latexproteine lösen oft Allergien aus. In der Praxis verwenden wir deshalb nur noch Handschuhe ohne Latex.«

»Nein, nein«, beteuerte ich. »Daran liegt es nicht.«

Sie schüttelte den Kopf. »Bea, irgendetwas stimmt doch nicht mit dir! Warum sitzt du so dicht am Tisch?«

»Mein Rücken tut weh. So ist es besser auszuhalten.«

Meine Mutter stieß dieses kleine Zischgeräusch aus, das sie speziell für ihre missratene Tochter reserviert hatte. »Ts!« Sie deutete auf die Abbildungen. »Wieso um Himmels willen schaust du dir Skelette von Hunden an?«

Wie eine Zauberin schaffte sie es, mich von einer Sekunde auf die andere in ein kleines Mädchen zu verwandeln, das nur Unsinn im Kopf haben konnte.

Während ich die Bücher zuschlug, überlegte ich mir eine Ausrede. »Ja, das ist so. Ich habe einen neuen Auftrag von einer Werbeagentur. Es geht um ein Bestattungsunternehmen für Haustiere. Also Katzen, Hunde und so weiter.«

Wie üblich hörte meine Mutter nur mit halbem Ohr zu. Deshalb fiel ihr nicht auf, wie wenig meine Antwort mit der Frage zu tun hatte.

Ihr Seufzer kam aus tiefstem Herzen. »Kind, wenn ich bedenke, dass du Germanistik studiert hast und längst eine gut dotierte Stelle an der Universität haben könntest. Was hätte aus dir werden können, wenn du deinen Doktor gemacht hättest ... Stattdessen beschäftigst du dich mit diesem albernen Werbekram!« Sie drehte sich um und stöckelte in den Flur zurück. Ein Kleiderbügel klapperte in der Garderobe, dann ging sie in die Küche.

Diese Gelegenheit nutzte ich, um den Knochen und die Handschuhe in meiner Tasche verschwinden zu lassen. Die Bücher über menschliche Anatomie und den Band über Schäferhunde ließ ich auf dem Tisch liegen. Die anderen räumte ich ins Regal zurück.

Als ich die Küche betrat, stellte meine Mutter zwei Tassen neben eine Teekanne aus chinesischem Fine-Bone-Porzellan auf ein Tablett. Wie selbstverständlich ging sie davon aus, dass ich ihr Gesellschaft leistete.

»Wie läuft es in der Praxis?«, versuchte ich mich aus der Schusslinie zu bringen.

Das Ablenkungsmanöver klappte. Sie schilderte mir die Anliegen ihrer vormittäglichen Patienten und beklagte sich über den immensen Verwaltungsaufwand.

»Nächstes Jahr nehme ich nur noch Privatpatienten, das kannst du mir glauben«, versicherte sie, als wir auf der Terrasse unter der Markise saßen.

Bei der nächstbesten Gelegenheit lenkte ich das Gespräch auf ihre Schwester. »Hast du in letzter Zeit mit Tante Fanny gesprochen? Weißt du, wo sie gerade unterwegs ist?«

Meine Mutter runzelte die Stirn, ließ aber sofort wieder locker und strich die Haut über den Augenbrauen glatt. »Fanny? Nein, seit meinem Geburtstag im April habe ich nichts mehr von ihr gehört. Du weißt doch, wir gehen eigene Wege. Warum fragst du?«

Harmlos rührte ich mit dem Teelöffel in meiner Tasse. »Ach, nur so. Ich wollte sie fragen, wie sie die Hunde begraben hat.« Eigentlich wollte ich mich eher vergewissern, *wo* Fanny sie begraben hatte, hoffte aber, das würde sich im Gespräch ergeben.

»Wieso interessierst du dich auf einmal für ihre Hunde?«

»Wegen meines neuen Auftrags. Das Bestattungsunternehmen, du weißt schon.«

»Ach ja.« Sie seufzte. »Fanny hat sie in ihrem Korb begraben.«

»Einfach so? Ohne Kiste?«

»Sie hat die toten Tiere mitsamt ihrem Korb in einen Pappkarton gestellt. Mein Gott, hat sie jedes Mal ein Theater gemacht, wenn ein Hund gestorben ist.« Missbilligend schüttelte sie den Kopf. »Sie hat sogar kleine Holzkreuze mit ihren Namen in die Erde unter dem Holunderbusch gesteckt. Aber das weißt du doch alles, Kind. Erzähl mir lieber, ob du endlich mit der Renovierung begonnen hast. Fanny hat das Haus nach Klaus' Tod richtig verkommen lassen. Und jetzt hast du es am Hals, das ist typisch Fanny. Leider bist du ebenso unordentlich wie sie.«

Nicht schon wieder diese Leier! Demonstrativ schob ich die leere Tasse von mir. »Ich muss jetzt gehen. Ein Termin in der Stadt.«

»Bist du mit Georg verabredet?« Schlagartig besserte sich Mutters Laune, schließlich war Georg ihr absoluter Traumschwiegersohn. »Endlich hast du den Richtigen gefunden, Kind! Komm bald mit ihm vorbei. Vielleicht am Sonntag, ich mach uns einen schönen Braten.«

Hatte sie meine Beziehungskrise verdrängt? Die überstürzte Abreise aus Venedig hatte ich für mich behalten und nur vage angedeutet, es laufe nicht so gut zwischen Georg und mir.

»Wir sehen uns momentan eher selten.« Meine Stimme verriet wohl mehr über meinen Gemütszustand als beabsichtigt.

Mutter tätschelte mir die Hand. »Ach, das ist normal für ein Paar kurz vor der Hochzeit. Lade Georg hierher ein, ich rede mit ihm. Du wirst sehen, alles wird gut. Dann muss ich mir hoffentlich keine Sorgen mehr um dich machen.«

Jetzt war es an mir, zu seufzen. »Kann ich mir die Anatomiebücher ausleihen?«

»Ja, nimm sie mit. Und gib mir Bescheid, wann du mit Georg vorbeikommst. Grüß ihn herzlich von mir.«

Zurück in Degerloch, sah ich mir jedes Auto, das an mir vorüberfuhr, genau an. Es war kein blauer Polo dabei. Auch in Fannys Straße konnte ich keinen unter den parkenden Wagen entdecken. Zu Hause kontrollierte ich als Erstes den Anrufbeantworter. Jemand hatte versucht, mich zu erreichen, aber nichts aufs Band gesprochen. Ein Rückruf war wegen der unterdrückten Nummer nicht möglich. Ich nahm den Zettel mit der Adresse des Reiseveranstalters von der Pinnwand und erkundigte mich nach Tante Fanny. Eine junge Frau erklärte mir, sie sei zu einer zweiwöchigen

Dschungeltour mit Elefanten gestartet und nur im absoluten Notfall zu erreichen.

Erst als ich auflegte, bemerkte ich, dass die Tür zu Fannys Zimmer angelehnt war. Das kam mir seltsam vor. Heute früh hatte ich nach dem Lüften die Tür zugezogen, da war ich mir sicher.

Erschrocken zuckte ich zusammen, als ein Geräusch aus dem Zimmer kam. Ein jämmerliches Quietschen, dem ein lautes Klappern folgte. Diese Geräusche kannte ich. So hörte es sich an, wenn man versuchte, das Fenster zu öffnen. Es war verzogen, und man musste den Flügel leicht anheben, um es überhaupt aufzubekommen.

Leise trat ich zur Tür und lauschte. Nichts mehr zu hören. Was war da drin nur los? Mit dem Zeigefinger stieß ich die Tür auf und hielt schockiert die Luft an. Die Türen des elfenbeinfarbenen Schleiflackschranks standen offen, Wäschestapel, Pullis, Hosen und noch an Bügeln hängende Kleider türmten sich auf dem Läufer. Bettdecke und Kopfkissen lagen neben dem Nachttisch, dessen Schublade mitsamt Inhalt herausgerissen worden war. Ein Liebesroman, Taschentücher, Fannys Lesebrille und eine Tube Nachtcreme waren zu Boden gefallen.

Mit einem durchdringenden Quietschton bewegte sich der Fensterflügel wieder auf den Rahmen zu. Von draußen drangen die Geräusche sich entfernender Schritte herein. Da floh jemand über die Terrasse! Ich lief zum Fenster und schaute hinaus. Nichts zu sehen. Der Eindringling war bereits um die Ecke verschwunden.

Was sollte ich tun? Die Polizei alarmieren? Der konnte ich dann auch gleich von der Verfolgungsjagd auf der Weinsteige erzählen. Doch was sollte das bringen? Blaue Polos gab es hier zu Hunderten. Und was war mit den Knochen und dem rätselhaften Anhänger aus dem Garten? Wenn Fanny tatsächlich in ein Verbrechen verwickelt war, wie Jeannette mutmaßte, dann sollte ich die Polizei nicht auch noch mit der Nase darauf stoßen. Andererseits konnte ich die Funde aus dem Garten genauso gut für mich behalten.

Das überzeugte mich. Jemand war ins Haus eingedrungen und hatte Fannys Zimmer durchsucht. Und ein blauer Polo hatte mich bedrängt. Darum ging es, basta. Ich wählte den Notruf und meldete einen Einbruch. Der Mann am anderen Ende der Leitung vergewisserte sich, ob ich unverletzt war, und bat um die genaue Adresse. Er versprach, dass gleich ein Einsatzwagen vor Ort sei. Bis dahin sollte ich nichts anrühren und den Tatort nicht betreten.

Schon nach ein paar Minuten fuhr ein Wagen vor, das Gartentor quietschte, und es klingelte an der Haustür. Als ich öffnete, standen zwei Beamte in Uniform vor mir.

»Guten Abend«, grüßte der etwas Untersetztere der beiden. »Bei Ihnen wurde eingebrochen?«

»Ja. Kommen Sie herein.«

Während die beiden Beamten den Flur betraten und ich ihnen den Weg zu Fannys Zimmer wies, stellte sich der Untersetzte als Polizeihauptmeister Schäfer vom Degerlocher Revier vor.

»Und das ist mein Kollege, Polizeiobermeister Kessler. Ist Frau Wieland zu sprechen?«

»Kennen Sie meine Tante?«, fragte ich überrascht. »Was hatte sie denn mit der Polizei zu schaffen?«

»Nun, wir sind gewissermaßen öfter hier«, meinte Schäfer und warf einen Blick zu seinem Kollegen. »Die Nachbarschaftsstreitigkeiten. Sie wissen davon?«

»Ja, ich kenne Herrn Schiedlich. Ach, entschuldigen Sie, ich bin Beatrix Pelzer, die Nichte von Frau Wieland.«

»Ist Frau Wieland auch da?«

»Meine Tante ist auf Reisen. Ich hüte solange das Haus. Hier ist das Zimmer, in das eingebrochen wurde. Es ist ihr Schlafzimmer.« Ich deutete auf die angelehnte Tür.

»Aha. Nicht aufgebrochen«, stellte Schäfer mit Blick auf das Schloss fest, in dem innen ein Schlüssel steckte. »Wie kam der Einbrecher herein?«

»Vermutlich durch die Terrassentür im Wohnzimmer. Sie war angelehnt. Nur einen Spalt, wegen der Katze, verstehen Sie.«

»Haben Sie den Raum betreten oder etwas verändert?«, fragte der andere Beamte.

»Ja, ich bin rein, weil ich merkwürdige Geräusche hörte. Die kamen vom Fenster, das klemmt. Ich habe noch Schritte gehört, aber der Einbrecher war bereits weg.«

»Wurde etwas gestohlen?«, wollte Schäfer wissen und ließ seinen Blick von der Türschwelle aus durchs Zimmer schweifen.

»Das kann ich Ihnen nicht sagen. Ich habe keine Ahnung, was meine Tante hier alles aufbewahrt.«

»Gut, Frau Pelzer. Gleich kommen ein paar Kollegen, um die Spuren zu sichern. Können wir uns so lange setzen und Sie erzählen uns genau, wie sich der Einbruch zugetragen hat?«, fragte Schäfer.

»Am besten, wir gehen hinüber ins Wohnzimmer. Da sehen Sie auch gleich, wie der Einbrecher hereinkam.«

Als Jeannette am späten Abend endlich aus der Agentur zurückkam, war der ganze Spuk bereits vorbei. Ich schilderte ihr, wie die Beamten des hiesigen Reviers mit Blaulicht vorgefahren waren und mich befragt hatten.

»Hast du denen alles gesagt?«, wollte Jeannette wissen.

»Das, was für den Einbruch relevant ist«, antwortete ich. »Außerdem habe ich ihnen von dem blauen Polo erzählt und wie der mich heute auf der Weinsteige gerammt hat. Aber ohne das Kennzeichen ist da wohl nichts zu machen, haben sie gemeint. Die Knochen und den Anhänger habe ich nicht erwähnt.«

»Klug von dir. Wie ist der Einbrecher eigentlich ins Haus gekommen?«

»Durch die Terrassentür, denke ich. Die habe ich für Stiefel offen gelassen. Das macht Fanny auch immer so.«

»Super Idee«, kommentierte Jeannette. »Die reinste Einladung. Sicher hat die Polizei das auch gesagt.«

»Nein, zumindest nicht direkt. Ich habe denen erklärt, dass wir das wegen Stiefel immer so machen.«

»Das lässt darauf schließen, dass jemand genau beobachtet hat, was im Haus vorgeht, und über unsere Gewohnheiten Bescheid weiß. Da steckt doch garantiert unser Spanner dahinter.«

Ich schluckte hart. »Du glaubst, der weiß, was wir hier den ganzen Tag über tun?«

»Nach dem Einbruch liegt das nahe. Der Kerl ist gefährlicher, als wir dachten. Das ist kein typischer Spanner, der Frauen beobachtet und sich dabei einen runterholt. Wenn du mich fragst, steckt da ein krankes Gehirn dahinter. Weißt du, ob irgendetwas aus dem Zimmer deiner Tante gestohlen wurde?«

»Nein, ich betrete das Zimmer nur zum Lüften. Was sie in den Schränken und der Kommode aufbewahrt, ist ihre Sache.«

»Solange es keine Menschenknochen sind …«

Angeekelt verzog ich das Gesicht. »Jeannette, mein Wagen steht noch bei euch vor der Agentur. Würdest du mich in die Stadt fahren, damit ich ihn abholen kann?«

»Heute noch?« Jeannette sah auf die Uhr. »Es ist gleich halb elf.«

»Ich brauche ihn am Wochenende. Außerdem wäre es mir lieber, wenn ich das heute Abend noch erledigen könnte. Ich muss mich so schnell wie möglich wieder ins Auto setzen.«

»Okay, verstehe schon. Damit du kein Trauma entwickelst. Ich ziehe mir was Bequemes an, dann können wir los.«

Als wir in Jeannettes Mazda die Weinsteige hinunterfuhren, hielt ich es kaum auf dem Sitz aus. Meine Achseln waren feucht, und mein Herz raste in einer deutlich höheren Geschwindigkeit als Jeannette, die ihr normales Tempo mir zuliebe ein wenig drosselte.

Um mich abzulenken, erzählte sie mir von einer Internetrecherche, die sie tagsüber in der Agentur gestartet hatte.

»Ich wollte herausfinden, ob die Knochen aus dem Garten von einem Hund stammen. Wenn du ›Hund‹ und ›Knochen‹ in die Suchmaschine eingibst, bekommst du nur Tipps über Hundeernährung.«

Sie lächelte kurz, bremste vor einem Blitz auf korrekte Fünfzig ab und wurde wieder ernst.

»Aber wenn du ›Hund‹ und ›Anatomie‹ eingibst, wird schnell klar, dass unsere Funde kaum von einem Hund stammen können. Es sei denn, der Hund deiner Tante war groß wie ein Grizzlybär.«

»Benno war riesig.« Ich deutete auf die Höhe meiner Hüften. »Aber doch deutlich kleiner als ein Bär.«

Erleichtert atmete ich auf, als Jeannette sich auf der linken Spur einreihte und Richtung Agentur abbog. Dieses Mal war alles gut gegangen.

Auf dem Weg zum Parkplatz erzählte ich von meinem Besuch in Leinfelden. »Ich habe in der Medizinbibliothek meiner Mutter gestöbert und herausgefunden, wie lang der Oberschenkel eines Schäferhundes ist. Etwa dreißig, fünfunddreißig Zentimeter. Ich habe zwei Anatomiebücher mitgenommen, die können wir später anschauen.«

»Lieber wäre es mir morgen«, meinte Jeannette und stellte den Motor ab. »Diese Woche war extrem hart, weil ich für Anita einspringen musste.« Sie zeigte auf meinen Corsa, der einsam und verlassen vor der Villa stand. »Denk nicht lange nach. Steig ein, lass den Motor an und bring den Wagen nach Hause.«

»Okay.« Ich öffnete die Tür. »Du bleibst dicht hinter mir, versprochen?«

»Versprochen.«

7

Am Samstag rief ich erneut beim Reiseveranstalter meiner Tante an. Leider nahm eine andere Mitarbeiterin als gestern den Anruf entgegen. Da ich mir den Namen ihrer Kollegin nicht gemerkt hatte, musste ich noch einmal haarklein erklären, wer ich war und was ich wollte. Wieder bekam ich zu hören, wie schwierig es sei, Frau Wieland mitten im Dschungel zu erreichen. Dennoch versprach die Angestellte, ihr Bestes zu tun. Als sie mich nach dem Grund für den Notfall fragte, überlegte ich. Sollte ich den Einbruch erwähnen? Nein. Stattdessen sagte ich, es sei jemand gestorben. Das stimmte schließlich, auch wenn der Todesfall schon länger zurücklag.

Nach dem Frühstück legte ich die Bücher über menschliche Anatomie und Schäferhunde auf den Couchtisch im Wohnzimmer. Jeannette blätterte darin, während ich in den Vorratskeller hinunterging und die penibel verpackten Knochen mit Einmalhandschuhen hinter dem Sprudelkasten hervorfischte, wo ich sie gestern deponiert hatte.

»Hast du deiner Mutter von den Knochen erzählt?«, wollte Jeannette wissen, als ich wieder oben ankam. Ich deckte den Tisch mit einer Zeitung ab und legte das Paket darauf.

»Nein. Ich habe gesagt, ich müsste Texte über ein Tierbestattungsunternehmen schreiben. Du kannst dir vorstellen, wie begeistert sie war.«

Jeannette zog Gummihandschuhe über und wickelte die Knochen aus. Sorgfältig verglichen wir unseren Fund mit den Skeletten auf den Ansichtstafeln in den Büchern.

»Okay, alles klar«, meinte Jeannette schließlich. »Ich habe gleich auf ein menschliches Skelett getippt.«

Auch wenn ich selbst kaum mehr an die Hundetheorie glaubte, schlug ich vor, zur Sicherheit noch Fotos von Benno anzusehen.

Wir machten es uns mit einigen Fotoalben aus der Schrankwand auf dem Sofa bequem.

Nach wenigen Seiten kicherte Jeannette und deutete auf ein älteres Familienbild, dessen Farben verblichen waren. »Bist das du hier in dem rosa Kleidchen mit Schleife?«

Ich rutschte näher zu ihr. Die Aufnahme zeigte eine Gruppe von Menschen an einer festlich gedeckten Kaffeetafel auf Fannys Terrasse. Am Tisch saßen meine Mutter, mein Vater, Tante Fanny, Onkel Klaus und einige andere Verwandte in altmodischen Kleidern mit Schulterpolstern. Die meisten Frauen hatten eine Dauerwelle. Das braunhaarige Mädchen im rosa Kleid thronte auf dem Schoß meiner Mutter und wurde von ihr mit einem Kuchenstückchen gefüttert.

Wie stolz mein Vater lächelte. Waren meine Eltern so glücklich gewesen, wie sie in ihrem Sonntagsstaat wirkten? Oder war das alles Fassade?

»Die struppigen Kräusellocken müsstest du erkennen.« Ich zupfte an meinen schulterlangen Strähnen, die störrisch wie Paketschnur waren.

»Das muss der Tag deiner Einschulung gewesen ein. Dort auf der Fensterbank steht eine Schultüte.«

»Ja, das war vermutlich die gesündeste der Welt. Voll mit Äpfeln, Trauben und Karotten. Der Mann mit der Pfeife neben meiner Mutter ist Onkel Klaus. An ihn kann ich mich kaum noch erinnern. Er ist im darauffolgenden Jahr gestorben.«

»Woran?«

»Lungenkrebs. Ging schnell, hat Mutter erzählt.«

»Süße Familienidylle, aber leider kein Hund.« Jeannette blätterte weiter.

Mein Album enthielt Schwarz-Weiß-Bilder von Partys, die hier im Haus stattgefunden hatten. Die Räume waren mit Girlanden dekoriert und voller fremder Menschen. Einige Einrichtungsgegenstände erkannte ich wieder, etwa die Schrankwand im Wohnzimmer, vor der die Partygäste in kuriosen Verrenkungen tanzten. Manche hatten Gläser in der Hand und wirkten angetrunken. Auf einem Bild war der antike Tisch mit den gedrechselten Beinen aus der Küche zu sehen. Der Raum war deutlich größer und gemütlicher gewesen als heute. Ich brauchte eine Weile, bis ich verstand, woran das lag. Die Wand zum Esszimmer fehlte. Sie musste vergleichsweise neu sein.

»Hier ist deine Mutter mit braunen statt mit blonden Haaren

zu sehen, das ist also ihre Naturfarbe. Die rassige Frau neben ihr mit den schwarzen Locken in dem weißen Etuikleid, ist das deine Tante?« Jeannette deutete auf ein Farbfoto.

»Ja. Das ist Fanny.«

»Deiner Mutter standen die langen Haare gut, aber im Vergleich zu deiner Tante wirkt sie blass. Die war eine richtige Schönheit mit ihren großen dunklen Augen. Sieh nur, wie schmal ihre Taille ist. Dafür würde ich einen Mord begehen.« Jeannette seufzte. »Ganz zu schweigen von diesem seidig glänzenden Haar.«

»Um ihre Figur und die Haare hat meine Mutter sie auch beneidet. Das da auf dem Foto müssten noch Fannys eigene Haare sein. An die kann ich mich gut erinnern. Als Kind habe ich ihr oft Indianerinnenzöpfe geflochten, und wir haben im Garten ›Winnetou‹ nachgespielt. Seit sie über vierzig ist, trägt sie eine Perücke mit kurzen Locken.«

»Wieso denn? Bei der tollen Mähne?«

»Keine Ahnung. Vielleicht findet sie es so praktischer. Tante Fanny legt nicht so viel Wert auf ihr Äußeres. Kostüme, Pumps, Handtasche, perfektes Make-up, der ganze Kram, der meiner Mutter so wichtig ist … Fanny ist eher der legere Typ.«

»Das kann sie sich auch leisten. Eine Frau, die in einem schlichten Kleid dermaßen elegant aussieht, braucht keine optischen Aufputschmittel.«

Ich kehrte zu den Partyaufnahmen meines Albums zurück. Auf einem Bild saßen meine Mutter und ihre Schwester nebeneinander am Couchtisch im Wohnzimmer. Um sie herum Menschen, die ich nicht kannte. Sie waren um die dreißig. Zu meinem Erstaunen hielt Mutter eine Zigarette in der Hand. Sieh an, sie hatte mich belogen. In meiner Raucherinnenphase hatte sie behauptet, sie wäre diesem Laster nie erlegen.

»Hier! Ein Foto von deiner Tante mit Hund.« Jeannette reichte mir ihr Album herüber. »Ein Schäferhund. Schau mal, ob es Benno ist.«

An den riesigen Blöcken des Wohngebiets Asemwald, die über dem kahlen Wald aufragten, erkannte ich das Ramsbachtal. Tante Fanny stapfte in Winterstiefeln und Mantel mit aufgestelltem Kragen über eine zugeschneite Wiese. Sie trug die typische schwarzhaarige Perücke und hatte einen weißen Schal um den Hals gewickelt, der im Wind flatterte. Neben ihr lief ein Schäferhund. Er sah direkt in die Kamera, als kenne er den Fotografen. Sein Fell wies unterschiedlich helle Braun- und Cremetöne auf. Über den Rücken erstreckte sich ein runder schwarzer Fleck, der sich in der Farbe des Schwanzes fortsetzte. Daran erkannte ich Benno. Sein Vorgänger hatte dunkleres Fell gehabt.

»Ja, das ist Benno. Schade, es steht keine Jahreszahl dabei. Aber lange kann das nicht her sein.«

»Mensch, der war wirklich riesig«, sagte Jeannette beeindruckt. »Sein Kopf reicht fast bis zur Brust deiner Tante. Allerdings habe ich keine Ahnung, wo sein Oberschenkelknochen beginnt und aufhört.« Sie rutschte zurück auf ihren Platz.

Auch ich blätterte weiter, bis die Partybilder aufhörten. Hier war meine Tante im Garten zu sehen, wie sie einen violett blühenden Fliederbusch vor der Terrasse schnitt. Heute war der Flieder so groß wie ein Baum. Auf einem Bild bunter Sommerblumen im Vorgarten war der Stamm einer Birke neben dem Gartentor gerade noch zu erkennen. Das war der Baum, neben dessen Stumpf wir die Knochen gefunden hatten.

Auf dem nächsten Bild lehnte meine Tante in einem schwarzen Kleid an der Terrassentür und sah versonnen nach draußen in den Garten. Ihr langes Haar war im Nacken zu einem Knoten gedreht. Den Haaren nach zu schließen, war sie damals jünger als vierzig gewesen. Mit ihren Händen spielte sie an einer Halskette. Ich beugte mich tiefer über das Bild. Nein, das war nicht die Kette, mit der sie spielte, sondern ein Schmuckstück, das daran hing. Plötzlich wurde mir heiß. Unter Fannys Fingern erkannte ich eine Kreisform. Sonnenlicht fiel auf den Schmuck und ließ etwas Helles aufblitzen.

Ich hielt das Album hoch, damit Jeannette das Bild sehen konnte. »Kommt dir dieser Schmuck bekannt vor?«

Jeannette nahm mir das Album aus den Händen und stieß einen überraschten Laut aus. »Sieht aus wie der Anhänger in der Niveadose.«

Mit einem Satz sprang ich auf und rannte über den Flur. »Ich hole die Dose aus dem Weinkeller«, rief ich und stürmte die Kellertreppe hinunter. Vor dem Weinregal ging ich in die Knie und schob den Arm in das leere Fach. Als ich das kühle Metall der

Dose an den Fingerspitzen spürte, ertönte der melodische Gong der Haustür.

»Bea, da ist jemand an der Tür«, hörte ich Jeannette von oben rufen. »Ich räume die Fotoalben und die Kno… du weißt schon … weg.«

Wieder klingelte es. Mist, ausgerechnet jetzt. Die Kellertreppe hoch nahm ich zwei Stufen auf einmal, bis ich Seitenstechen bekam. Vor lauter Aufregung hatte ich das Atmen vergessen. Am Absatz blieb ich stehen und verfolgte den Schatten, der sich hinter dem Milchglaseinsatz der Haustür bewegte. Beim dritten Klingeln ließ unser Besucher den Finger auf dem Knopf. Gong. Gong. Gong.

Ich hielt mich am Griff der Kellertür fest und machte eine Rumpfbeuge. Auch von hier unten bemerkte ich, wie angespannt Jeannettes Gesicht war. Sie öffnete die Haustür.

Im Windfang stand Teddy.

8

Mein Ex fixierte mich aus dunkelblauen Augen und setzte ein schiefes Lächeln auf. An seiner Wange bildete sich ein kommaförmiges Grübchen, das er als Geheimwaffe bei mir und dem Rest der weiblichen Weltbevölkerung einsetzte.

Endlich ließ das Seitenstechen nach, und ich konnte mich aus meiner demütigenden Haltung aufrichten. Instinktiv ging ich hinter Jeannette in Deckung.

Seit ich in Degerloch lebte, waren Teddy und ich uns ein paarmal in Hohlbergs Reich begegnet. Trotzdem war ich überrascht, wie lang seine fast schwarzen Haare geworden waren. Mit dem Dreitagebart, dem halb offenen Leinenhemd und der verwaschenen Jeans sah er aus wie ein Bohemien. Diese Wirkung unterstrich die farbverschmierte Staffelei unter seinem Arm. Rechts und links neben Teddy standen zwei alte Lederkoffer. Den dunkelroten erkannte ich wieder. Wir hatten ihn vor der Reise nach Teneriffa auf dem Flohmarkt in der Stuttgarter Innenstadt gekauft.

»Hallo, ihr zwei Hübschen«, begrüßte Teddy uns und schob in der Manier gewiefter Handelsvertreter einen Koffer auf die Türschwelle. »Ich dachte, ihr braucht vielleicht Gesellschaft.«

»Wird das eine Hausbesetzung, oder was hast du vor?« Jeannette klang ruppig. Sie war immun gegen Teddys Charme und offenbar der Ansicht, ich brauchte eine Beschützerin.

Sie hatte recht, schließlich steckten Georg und ich in einer handfesten Beziehungskrise. Oder waren wir nicht eigentlich schon getrennt? Solche Phasen waren gefährlich, denn in Zeiten emotionalen Mangels reagierte mein Körper besonders heftig auf Teddys erotische Ausstrahlung. Mir war klar, dass hinter dem vermeintlichen Herzensbrecher ein unzuverlässiger, treuloser Macho steckte. Trotzdem setzte die Vertrautheit zwischen uns meine Vernunft manchmal außer Kraft.

Teddy schien genau zu wissen, was in Jeannette und mir vorging. Sein Blick wanderte zu meiner Mitbewohnerin. »Jeannette, wie nett. Freut mich auch, dich zu sehen. Und ja, danke, ich komme gern auf einen Kaffee rein.«

Jeannette öffnete die Tür keinen Millimeter weiter. Stattdessen sah sie zu mir. Als derzeitige Hausherrin war es meine Entscheidung, wen ich hier haben wollte und wen nicht. Eigentlich wollte ich Teddy lieber aus dem Weg gehen. Andererseits musste ich an die gefährliche Verfolgungsjagd auf der Weinsteige und den Einbruch in Fannys Zimmer denken. Vielleicht wäre es gut, für alle Fälle einen Mann im Haus zu haben. Kaum merklich nickte ich. Jeannette verdrehte die Augen, signalisierte aber mit dem Öffnen der Tür ihr Einverständnis.

Teddy nahm die Koffer hoch und trat in den Flur. »Ich brauche eine Zeit lang künstlerisches Asyl.«

»Wurde deine Wohnung überflutet?«, fuhr Jeannette ihn an. »Oder belagert dich die Drogenfahndung?«

Teddy beachtete sie nicht. »Wäre nur für ein paar Wochen«, meinte er zu mir. »Hab ein Atelier in Cannstatt in Aussicht.«

»Ich hab gehört, du hast bei Hohlberg gekündigt.«

»Ja. Und mein Vermieter hat mich rausgeworfen. Braucht die Wohnung für seinen Neffen.«

Sofort kehrte das Stechen zurück, diesmal in meinem Herz. In der Wohnung am Markusplatz waren Teddy und ich glücklich gewesen. Abgesehen von den Phasen, in denen er seine Hände nicht von anderen Frauen lassen konnte. Erstaunlich, wie weh der Gedanke tat, dass nun keiner von uns mehr dort wohnen würde.

Tapfer schluckte ich meinen Anflug von Wehmut hinunter. »Oben ist ein Zimmer frei. Das kannst du haben.«

»Schönes Haus. Schöner Garten«, bemerkte Teddy. »Vor ein paar Tagen war ich schon einmal hier, aber ihr wart ausgeflogen.«

Sofort dachte ich an den dunkelhaarigen Mann, den Dalia, die Nachbarin aus dem Wohnblock, vor Fannys Haus gesehen hatte. Das war also Teddy gewesen. Ich deutete zur Decke.

»Das Zimmer neben dem Bad. Ist leider kaum möbliert.«

»Macht nichts. Hab meine Matratze in den Alfa gequetscht.« Teddy beugte sich zu mir herunter. »Danke, Bea. Dachte schon, ihr bietet mir das Zelt an.«

Als mich sein intensiver Geruch erreichte – eine Mischung aus Wildleder, Zigarettenrauch und etwas zutiefst Männlichem, das meine grauen Zellen narkotisierte –, wich ich zurück.

»Welches Zelt?«

»Wir testen es für unseren Campingurlaub«, übernahm Jeannette rechtzeitig die Regie.

Teddy räumte sein Gepäck aus dem Alfa in den ersten Stock. Jeannette und ich verzogen uns in die Küche.

»Wo hast du die Knochen versteckt?«, raunte ich.

Jeannette deutete mit dem Kinn zur Spüle. »Biomüll.«

Meine Augen weiteten sich.

»Es musste schnell gehen.«

»Was sollen wir jetzt machen? Teddy ist nicht blöd. Der kriegt doch sofort mit, dass wir ihm etwas verheimlichen.«

»Beruhig dich, Bea.« Jeannette hob beschwichtigend die Hände. »So schlau ist dein Womanizer nun auch wieder nicht.«

Den Nachmittag über studierte ich im Arbeitszimmer das spärliche Informationsmaterial über Juwelier Weininger, das Hohlberg mir mitgegeben hatte. Über mir rumpelte es. Teddy richtete sein Zimmer ein. Anhand der Geräusche seiner Stiefelabsätze konnte ich jeden Schritt mitverfolgen. Es gab noch einen anderen freien Raum, der sogar möbliert war. Aber der lag direkt neben meinem Zimmer, und je mehr Abstand zwischen mir und meinem Ex war, desto besser.

Das Telefon klingelte. Gleichzeitig mit Teddy erreichte ich die Kommode im Flur.

»Bea, mein Handy ist kaputt, ich habe der Vermieterin in Cannstatt deine Nummer gegeben. Wegen dem Atelier. Ich hoffe, das ist okay.« Als wäre das Erklärung genug, griff Teddy nach dem Hörer.

Es war an der Zeit, mein Revier abzustecken. »Klar. Aber das ist mein Haus.«

Prompt zog Teddy die Hand zurück und lehnte sich mit verschränkten Armen gegen die Kommode.

Als ich mich meldete, dauerte es ein paar Sekunden, bis der Anrufer sich bemerkbar machte.

»Gerber hier. Sie baten um Rückruf?«

»Hab ich das?« Der Name Gerber sagte mir nichts.

»Ich bin der Gärtner.«

Nun fiel der Groschen. Das war der Mann mit dem Wurfzettel, dem ich eine Nachricht hinterlassen hatte. »Der Gärtner, natürlich. Entschuldigen Sie. Mein Garten ist verwildert, aber leider habe ich keinen grünen Daumen. Ich brauche jemanden, der hier Ordnung schafft. Wie wäre es, wenn Sie nächste Woche vorbeikommen, damit wir uns …«

»Ich kann heute, wenn es recht ist.«

»Ja. Prima. So gegen siebzehn Uhr?« Ich gab dem Gärtner die Adresse und legte auf.

Teddy beäugte mich abfällig von oben bis unten. »Die reinste Südstaatenlady. Kaum bist du unter die Hausbesitzer gegangen, schaffst du dir auch schon eigenes Personal an.«

Kommentarlos und erhobenen Hauptes kehrte ich ins Arbeitszimmer zurück.

Pünktlich um fünf quietschte das Gartentor. Durchs Fenster sah ich einen älteren, etwas untersetzten Mann in einem blauen Arbeitsoverall im offenen Tor stehen. Er schien unschlüssig, ob er eintreten sollte. Das musste der Gärtner sein.

Rasch öffnete ich das Fenster und rief ihm zu: »Die Klingel am Gartentor funktioniert nicht. Kommen Sie ruhig rein.«

Teddys Bemerkung ging mir durch den Kopf. Dies war das erste Mal, dass ich jemanden einstellen wollte. Wenn auch nur aushilfsweise und für hoffentlich wenig Geld.

Der Gärtner stellte sich als Johannes Gerber vor und wischte seine Hand am Overall ab, bevor er meine schüttelte. Sein kurzes Haar war dunkelbraun und wies an den Schläfen unterschiedliche Grautöne auf. Die Augen konnte ich durch die getönten Gläser seiner altmodischen Rahmenbrille kaum erkennen.

»Am besten, wir schauen uns den Garten zusammen an. Sie sehen sicher sofort, wie viel zu tun ist.« Ich nahm den Hausschlüssel vom Brett.

Gerber machte einen sympathischen Eindruck und bot an, sich gleich um die wuchernde Brombeerhecke am hinteren Zaun zu kümmern und den Garten zu gießen. Auch die Berg-und-Tal-Landschaft der Garageneinfahrt könne er in Ordnung bringen.

Das klang gut, aber zuvor wollte ich das Finanzielle klären. »In Ihrem Handzettel nannten Sie zehn Euro als Stundenlohn. Es ist so, ich bin ziemlich knapp bei Kasse. Würden Sie den Job auch für, sagen wir, acht Euro übernehmen?« Ich schämte mich ein bisschen, so zu schachern, aber es ging leider nicht anders.

Der Gärtner sah sich um. »Sagen wir neun.«

»Einverstanden.«

Wir einigten uns darauf, wie viele Stunden in der Woche er arbeiten sollte und dass er sich diese Zeit frei einteilen könne.

Ein wenig ratlos machte mich Gerbers Frage nach Gartengeräten und Werkzeugen. Dann erinnerte ich mich an die Hacke und die Axt, die Jeannette und ich für unsere Baumstumpfaktion verwendet hatten. Ich führte Gerber zur Garage und erklärte, das Tor stünde meist offen. Er solle sich alles nehmen, was er benötige.

Wenig später bearbeitete er mit einer respekteinflößenden Gartenschere die Brombeerbüsche am früheren Gemüsebeet. Stiefel würde das nicht gefallen. Dafür würde diese Aufräumaktion hoffentlich unseren angriffslustigen Nachbarn Schiedlich besänftigen.

Als ich dem Kater frisches Wasser und Trockenfutter vor die Tür stellte, schnitt Gerber die Ranken am Komposthaufen klein. Das Klappern von Stiefels Blechschüssel machte ihn auf mich aufmerksam.

Er kam herüber und zeigte auf den Topf mit blühenden Duftrosen, der unter dem Vordach neben den Katzenschüsseln stand. Seine Hände steckten in robusten grauen Handschuhen, die bis zum Ellbogen reichten. »Was für hübsche zartrosa-weiße Blüten«, sagte er und tippte eine Knospe an, die sich an der Spitze öffnete. »Müsste eine New Dawn sein.«

»Sind Sie Rosenexperte?«

»Nein, eigentlich nicht. Ehrlich gesagt bin ich auch kein ausgebildeter Gärtner. Nur angelernt.« Er blickte zu Boden.

»Na, auf jeden Fall verstehen Sie mehr davon als ich.«

»Soll ich den Busch für Sie setzen?«

Die englischen Duftrosen hatte ich von Jeannette zu ihrem Einzug bekommen. Eigentlich hatte ich sie anstelle des Baumstumpfes neben das Gartentor setzen wollen. Aber dort stand jetzt das Zelt, und drinnen war die Grube. »Nein, danke. Ich muss noch überlegen, wo ich sie haben möchte.«

Mit Blick in Richtung Schiedlichs Haus meinte Gerber: »Die

Ligusterhecke zum Nachbargrundstück müsste zurückgeschnitten werden.«

Dankbar nickte ich und behielt für mich, wieso die Hecke einem Kriegsschauplatz ähnelte. Schiedlich war den Zweigen, die es gewagt hatten, zu ihm hinüberzuwachsen, mit einem Abflammgerät zu Leibe gerückt. Dabei hatte er auch den Teil der Pfirsichbaumkrone, die über den Zaun ragte, weggebrannt.

»Wohnen Sie schon lange hier?«, erkundigte sich der Gärtner.

Sofort hatte ich das Gefühl, mich verteidigen zu müssen. »Sie meinen, weil der Garten so ungepflegt aussieht? Das Haus gehört meiner Tante, und die mochte es gerne naturbelassen und, na ja, nicht so schwäbisch-geleckt.«

Gerbers Mundwinkel zuckten. Offenbar war das seine Art zu lachen. »So, Ihre Tante«, sagte er zögernd. »Heißt sie Wieland? Ich frage nur, weil das auf der Klingel steht. Sie heißen aber Pelzer.«

»Gut, dass Sie mich daran erinnern. Ich vergesse ständig, das Schild zu ändern. Der Postbote beschwert sich dauernd.« Mit Teddy waren es vier Namen, die auf dem neuen Klingelschild Platz finden mussten.

»Meine Tante ist auf Weltreise«, erklärte ich Gerber. »Ich wohne seit Februar hier. Leider habe ich keine Ahnung, was in einem Garten alles zu tun ist. Dafür habe ich ab sofort Sie.«

Zufrieden sah ich dem arbeitsamen Mann hinterher. Bei meiner ersten Personalauswahl hatte ich ein glückliches Händchen bewiesen.

Als die Sonne sank, sah ich zu, wie Gerber den Garten goss. Man konnte förmlich sehen, wie dankbar die Bäume und Pflanzen dafür waren. Mein Blick folgte dem Verlauf des Schlauchs, der sich wie eine rote Schlange durchs Gras ringelte. Er endete in der Garage an einem Wasserhahn. Ein weiteres Indiz dafür, dass mich der liebe Gott beim Verteilen der grünen Daumen übersehen hatte. Zum Gießen schleppte ich immer zwei schwere Kannen aus der Küche ums halbe Haus herum. Auf die Idee, einen Gartenschlauch zu verwenden, war ich noch nicht gekommen.

Gegen neun Uhr abends entschwand Teddy in schwarzen Jeans und einem muskelbetonenden Shirt ins Stuttgarter Nachtleben.

Kaum war sein Alfa um die Ecke, trug Jeannette die Fotoalben aus dem Wohnzimmerschrank in die Küche, und ich holte die Niveadose mit dem Anhänger aus dem leeren Fach im Weinkeller. Vorsichtshalber hatte ich die Rollläden heruntergelassen und die Haustür abgeschlossen. Unliebsame Überraschungen wollten wir diesmal vermeiden.

Nach einigem Blättern fand ich das Bild von Fanny an der Terrassentür wieder. Jeannette legte eine Zeitung auf den Tisch und öffnete die rostige, dreckverkrustete Cremedose. Ein muffiger Geruch stieg auf.

Meine Freundin fächelte sich Luft zu und schnupperte an dem preisgekrönten Bordeaux von 2003, der als großzügig bemessenes Viertele vor ihr stand. »Wenn wir so weitertrinken, dürfte der Weinvorrat deiner Tante gerade noch bis zum Herbst reichen.« Sie schob mir das zweite Glas herüber. »Das phänomenale Aroma überlagert den Mief.«

Gespannt betrachtete ich das Foto von Fanny. »Viel kann ich nicht erkennen. Ihre Finger verdecken den Schmuck zum großen Teil.«

Jeannette wickelte den Anhänger aus dem Taschentuch und legte ihn auf die Albumseite neben das Bild.

»Die Kreisform und die lange Stoffbahn des Kleides, die aus dem Kreis herunterhängt, stimmen überein«, bestätigte sie meine Gedanken. »Vom oberen Teil des Anhängers kann man leider nichts erkennen.«

»Vielleicht finden wir ein Bild, auf dem er deutlicher zu sehen ist.«

Es dauerte ein weiteres Glas Bordeaux, bis wir auf ein entsprechendes Foto von Fanny im Familienkreis stießen. »1994« hatte jemand in einer ausgreifenden Handschrift darunter notiert. »Bea hat ihr Abitur bestanden!« Mit Ausrufezeichen, als wäre das eine Sensation. Außer meiner Tante waren auf dem Foto meine Mutter, mein Vater, meine Großmutter und die Schwester meines Vaters mit ihrem Sohn zu sehen. Mittendrin saß ich mit roten Backen. Mein Haar war damals fast taillenlang und lockig wie bei einem Landhausmoden-Model. Der Preis dafür war hoch gewesen, denn ich hatte jede Nacht auf Lockenwicklern geschlafen.

»Hast du dich fein herausgeputzt«, zog Jeannette mich auf und lachte. »Bestimmt hat deine Mutter dich zu dieser Scheußlichkeit gezwungen.«

»Damals dachten alle noch, aus mir wird ebbes Gscheids«, brummte ich und konnte den Blick nicht abwenden. Die Familienidylle schien perfekt, dabei waren meine Eltern zu der Zeit schon lange geschieden. Es war eine nette Geste meines Vaters gewesen, sich aus diesem Anlass für mich in die Höhle des Löwen zu wagen.

Schluss mit alten Geschichten. Wichtiger war der Anhänger, den meine Tante trug. Es war eindeutig das gleiche Schmuckstück.

»Nun ist mir auch klar, warum ich so irritiert war«, sagte ich. »Diesen Anhänger kenne ich von früher.«

»Also gehört der Anhänger aus dem Garten deiner Tante«, fasste Jeannette zusammen. »Bleibt die Frage, warum er dort vergraben wurde und was er mit den Knochen zu tun hat.«

Erneut betrachtete sie das Foto. »Man könnte glauben, deine Tante und deine Mutter wären ein Herz und eine Seele. Verstehen die beiden sich denn so gut?«

»Das Foto täuscht. Die beiden haben kaum noch Kontakt. Ein Anruf am Geburtstag oder eine Karte zu Weihnachten, das ist alles. Mutter war auf hundertachtzig, als Fanny mir das Haus überlassen hat. Aber sie hat keine eigenen Kinder, und als ich klein war, habe ich praktisch hier gelebt, weil Mutter unbedingt Karriere machen wollte. Fanny und ich haben viele Nachmittage auf dem Dachboden verbracht und uns mit den Klamotten von Onkel Klaus' Eltern verkleidet oder aus alten Vorhängen Märchenschlösser gebaut.«

»Vielleicht hat sich deine Mutter wegen der Scheidung so in ihre Arbeit gestürzt.«

»Das kann gut sein. Hätte sich Tante Fanny nicht um mich gekümmert, ich wäre das einsamste Kind der Welt gewesen.«

Jeannette zog die Brauen zusammen. »Aber hast du nicht gesagt, du wärst schon ewig nicht mehr hier im Haus gewesen?«

»Ja, das stimmt. In meiner Kindheit war Fanny so etwas wie meine Ersatzmutter. Aber als Teenager änderte sich das. Meine Mutter eröffnete mit einem Kollegen die Praxis und war nachmittags öfter daheim. Sie hat mir verboten, zu Fanny zu gehen. Ich hab's natürlich trotzdem getan, bin aber irgendwann dann meine eigenen Wege gegangen.«

»Vielleicht war deine Mutter eifersüchtig auf euer gutes Verhältnis.«

»Glaubst du?«, sagte ich verwundert. »So habe ich das noch nie gesehen.«

»Mit Fanny hast du viel mehr gemeinsam als mit deiner Mutter. Ich glaube schon, dass ihr das wehtut. Ich vermute mal, deine Mutter war von der Weltreise wenig begeistert.«

»Meine Tante ist eben das schwarze Schaf der Familie. Mutter hat brav Medizin studiert, wie mein Großvater das wollte. Fanny studierte eher das wilde Leben. Eines Tages hat sie ein Auto zu Schrott gefahren, das den Eltern ihres damaligen Freundes gehörte. Klaus war ein Bekannter meiner Großeltern. Ihn haben sie damals zu Hilfe gerufen, um den Streit zu schlichten. So haben die beiden sich kennengelernt.«

»Wie romantisch.« Jeannette strich über den Anhänger. »Vielleicht wollte dein Onkel sie mit dem Schmuck beeindrucken.«

»Geld dafür hatte er jedenfalls genug. Onkel Klaus war zwanzig Jahre älter als Fanny und ein angesehener Jurist mit eigener Kanzlei. Eher der ruhige Typ. Ich glaube, meine Großeltern waren sehr froh über diese Beziehung.«

»Wann haben die beiden geheiratet?«

»1970, glaube ich.« Ich nahm Jeannette den Anhänger aus der Hand und wollte ihn ins Taschentuch zurücklegen. Dabei entdeckte ich eine Stickerei an einer Ecke, die farblich zum Hellgrau des Stoffes passte.

»Wieso schaust du so überrascht?«

»Hier ist ein Monogramm eingestickt. Die Buchstaben sind verschnörkelt, man kann sie kaum entziffern.«

»Lass die Expertin ran. Ich kann sogar Hohlbergs Handschrift lesen.« Jeannette kniff die Augen zusammen. »Der erste Buchstabe ist ein R. Und der zweite sieht aus wie ein W.«

»RW. Das sagt mir nichts.«

Jeannette neigte den Kopf und studierte das Relief der Stickerei. »Warte, das Erste könnte auch ein K sein. Also KW.«

»Das ist das Monogramm meines Onkels. Klaus Wieland.«

»Demnach war dein Onkel womöglich auch in diese geheimnisvolle Anhängersache verwickelt. Bist du sicher, dass seine sterblichen Überreste auf einem Friedhof begraben sind und nicht im Garten?«

»Ja, ich war bei der Beerdigung dabei. Er liegt auf dem Waldfriedhof, wo auch die Gräber meiner Großeltern sind.«

»Also noch ein Rätsel. Wir haben die Knochen eines menschlichen Skeletts. Zweitens einen Anhänger deiner Tante. Und drittens ein altes Taschentuch, das deinem Onkel gehörte.« Jeannette legte alles zurück in die Niveadose. »Bleibt nur die Kleinigkeit, zu klären, wie das alles zusammenhängt.«

»Wo sind die Knochen eigentlich?«

»Noch im Biomüll.«

»Wir müssen uns ein sicheres Versteck überlegen, jetzt wo Teddy hier wohnt.«

»Wie wäre es mit der Garage? Dort stapelt sich jede Menge altes Zeug in den Regalen.«

»Geht nicht. Da stehen die Geräte für die Gartenarbeit.«

»Na und?«

»Ich habe dem Gärtner gesagt, er kann sich aus der Garage holen, was er braucht. Wenn sie nicht zugeschlossen ist, muss er nur das Tor hochschieben.«

»Bleiben Dachboden oder Keller. Oder du versteckst die Knochen in deinem Zimmer.«

»Niemals! Dachboden fällt aus, weil die Ziegel undicht sind. Da bilden sich riesige Pfützen. Den Weinkeller sollten wir meiden, Teddy bedient sich sicher dort.«

»Ich schlage vor, wir deponieren sie im Heizungskeller.« Jeannette öffnete das Fach unter der Spüle. Der zweigeteilte Müllbehälter schwenkte heraus. Sie nahm die Gummihandschuhe vom Abflussrohr über den Eimern, schlüpfte hinein und fischte die Knochen aus dem Biomüll. »Am besten, wir wickeln sie ins Wochenblatt.«

Um das fertige Päckchen klemmten wir ein Gummiband.

Jeannette reichte mir das Bündel und die Dose. Während sie die Gummihandschuhe im Restmüll entsorgte, machte ich mich auf den Weg in den Heizungskeller, der in früheren Zeiten ein Lagerraum mit Lehmboden gewesen war. Vor dem Heizkesselungetüm stand ein Regal mit Werkzeug und zwei Paar Gummistiefeln. Ich schob das Zeitungspäckchen und die Dose neben die Stiefel und atmete auf. Ein Problem weniger.

Wieder oben, schlug ich vor, das Zelt abzubauen, solange Teddy unterwegs war.

Jeannette stöhnte. »Darauf habe ich keine Lust. Außerdem dämmert es schon. Was machen wir mit der Grube, wenn das Zelt weg ist?«

»Zuschütten, was sonst?«

»Du willst das Loch zuschütten? Aber es könnte doch sein, dass dort noch mehr Knochen liegen. Möglicherweise ein ganzes Skelett.«

»Ist mir egal«, brummte ich. »Ich will nichts mehr von irgendwelchen Knochen hören. Schluss, aus, basta.«

9

Als der Wecker am frühen Sonntagmorgen klingelte, konnte mich allein die tröstende Aussicht, nachher wieder unter die Decke zu schlüpfen, zum Aufstehen bewegen. Im Osten hellte sich der Nachthimmel bereits auf. Zu Ehren des Sonnenaufgangs veranstalteten die Vögel im Garten ein Pfeifkonzert in Open-Air-Lautstärke.

Auf Zehenspitzen schlich ich über den Flur zu Jeannettes Tür, als ich ein unbekanntes Geräusch hörte. Was war das? Ich blieb stehen. Da – noch einmal. Jemand kicherte. Es war eine Frau. Das schien aus Teddys Zimmer zu kommen. Ein paar Sekunden lang fixierte ich seine Tür, doch es war nur Vogelzwitschern zu hören.

Lautlos drückte ich Jeannettes Klinke. Das Bett war zerwühlt, aber eindeutig leer. Was sollte das nun wieder? War die Frau bei Teddy etwa meine Freundin? Aber was gab es so früh am Morgen dort zu kichern? Dass sie Teddys Charme erlag, war ein Ding der Unmöglichkeit. Jeannette hätte eher den Rest ihres Lebens ohne Sex verbracht, als sich mit meinem Ex einzulassen.

Als ich die Tür schloss, hörte ich von unten jemand zischen:

»Mensch, Bea! Mach nicht so viel Lärm da oben!«

Das war Jeannettes Stimme. Wie hatte ich vergessen können, dass meine Freundin zu meinen natürlichen Feinden gehörte, den gut gelaunten Frühaufstehern?

In der Küche empfingen mich Kaffeeduft und ein Butterbrot mit Honig.

»Sei bitte nicht so schrecklich wach«, sagte ich gähnend. »Das deprimiert mich ungemein.«

»Der frühe Vogel fängt den Wurm.«

»Nein, danke. Morgens ess ich kein Fleisch«, murmelte ich und biss in das Honigbrot.

»Apropos Wurm. Dein Ex scheint auf Sex am Morgen zu stehen, wenn ich richtig gehört habe.«

Solange ich die Heringe rund um das Zelt aus dem Boden zog, holte Jeannette eine Schaufel aus der Garage und lehnte sie an den Gartentorpfosten. Mit vereinten Kräften nahmen wir das Gestänge aus dem Zelt. Ein beleibter Mann in Cordkappe und Jogginganzug schlurfte mit seinem Dackel den Gehweg entlang und sah uns interessiert zu. Bis Stiefel über die Straße hechtete und den Dackel fauchend vertrieb.

»Braver Kater«, lobte ich und schlüpfte ins Zelt, um das Gerüst auseinanderzunehmen. Da die Erdhaufen neben der Grube und das Gras von einem nächtlichen Regenguss feucht waren, balancierte ich auf dem Birkenstumpf. Je mehr Stangen ich entfernte, desto mehr nasser Zeltstoff sank auf mich herab. Schließlich trat ich ins Gras, rutschte aus und schlitterte mit einem Fuß in die Grube, in der kaltes Regenwasser stand. Vor Schreck stieß ich einen Schrei aus.

»Was ist los?«, kam Jeannettes Stimme von draußen. »Hast du noch 'ne Leiche entdeckt?«

Trotz des ernsten Themas prustete ich los. Wahrscheinlich eine Folge des Schlafmangels. Verschwitzt und mit einem durchnässten Turnschuh schlüpfte ich unter dem Stoff hervor. Wir zogen das Zelt auf die Rasenfläche und breiteten es zum Trocknen aus.

Mit der Schaufel schob Jeannette die lose Erde zurück in die Grube und trat die Oberfläche glatt. Man konnte noch erkennen, dass jemand versucht hatte, den Stumpf auszugraben. Aber alle anderen Spuren waren nun beseitigt.

Jeannette deutete auf die andere Seite des Gartentors. »Du könntest die Rose dort drüben setzen. Sie kann von da aus ebenso am Spalier hochwachsen.«

»Gute Idee. Der Gärtner hat bereits angeboten, das zu übernehmen.«

Jeannette hob die Augenbrauen. »Der Gute scheint einen Blick für unerledigte Dinge zu haben.«

Das galt auch für Stiefel. Der Kater scharrte in der frisch festgedrückten Erde eine Senke aus und setzte sich breitbeinig darüber.

»Weg da! Verschwinde!«, rief Jeannette und vertrieb ihn. »Wir sollten ihn im Auge behalten«, raunte sie. »Mir scheint, der hat unser kleines Geheimnis längst gewittert.«

Nach der Gartenaktion schlüpfte ich ins Bett und freute mich aufs Weiterschlafen. Doch es pulsierte zu viel Adrenalin in meinen Adern. Zudem wollte mir das Kichern in Teddys Zimmer nicht aus dem Kopf gehen. Stundenlang wälzte ich mich hin und her, zählte Schäfchen und dachte an schöne Dinge wie Blumenwiesen und Rumknutschen. Als ich endlich kurz vorm Einschlafen war, knallte eine Tür im Flur, und ich war endgültig wach. Ein paar Minuten trödelte ich noch unter der warmen Decke herum, dann tapste ich mit nackten Füßen zum Bad.

Kaum hatte ich die Tür geöffnet, quollen mir warme, feuchte Luft und der herbe Duft eines Männerduschgels entgegen. Mitten im Dunst stand ein blendend aussehender Mann vor dem Spiegel. Er trug nichts außer Hanteln, mit denen er seine Oberarmmuskeln trainierte. Der muskulöse Körper glänzte feucht, und das dunkle Haar war romantisch verwuschelt.

Der Mann blinzelte verführerisch mit langen dunklen Wimpern, streckte die Hand nach mir aus und lockte mich mit einer lasziven Bewegung seines Zeigefingers.

Mein Selbstschutzinstinkt schaltete auf Alarmstufe Rot. Ohne es wirklich zu wollen, knallte ich die Tür schwungvoll ins Schloss, worauf die ganze Wand wackelte. Innerhalb einer Minute war ich angezogen, schnappte mir den Schlüssel und rannte aus dem Haus. Im Windfang atmete ich durch, aber die Versuchung saß mir noch in den Knochen. Besser gesagt im Unterleib. Mit Riesenschritten lief ich um den Block, bis mein Kopf klarer wurde. Das kommt davon, wenn du deinen Feind bei dir einquartierst, schalt ich mich. Wahrscheinlich spürte Teddy genau, wie einsam ich mich seit Venedig fühlte.

Als ich wieder in meine Straße einbog, schlüpfte Stiefel sichtlich zufrieden durch Schiedlichs Zaun auf den Gehweg. Zielsicher überquerte er die Fahrbahn und sprang durch die Hecke in Dalia Berns Vorgarten. Ich folgte ihm auf die andere Straßenseite und klingelte bei ihr.

»Was für eine schöne Überraschung«, begrüßte sie mich. »Eben ist dein Kater aufgetaucht. Hast du Lust auf einen Kaffee?«

Wortlos nickte ich und folgte Dalia auf die Terrasse. Sie stellte ein zusätzliches Gedeck auf den Frühstückstisch und schenkte mir ein.

»Wie ist dein Zelttest verlaufen?«, fragte sie und streichelte Stiefel, der sich in ihrem Schoß schnurrend zusammenrollte.

»Scheint dicht zu sein. Wir haben es am Morgen abgebaut.«

»Wohnt der attraktive Mann mit dem weißen Sportwagen auch bei dir?«

Sofort sah ich Teddys verwuschelte Haare und seinen magnetischen Schlafzimmerblick vor mir. Ich fragte mich, wo sein Frauenbesuch abgeblieben war, und rutschte unbehaglich auf dem Stuhl hin und her.

»Ach, das ist nur ein Bekannter«, sagte ich und spürte, wie meine Worte durch die gewollte Beiläufigkeit an Gewicht gewannen. »Er hat seine Stelle gekündigt und musste aus seiner Wohnung raus. Ist nur für den Übergang. Übrigens muss er der dunkelhaarige Mann sein, den du ums Haus herumschleichen gesehen hast.«

Dalia löste den Blick vom Kater. »Wenn du den Mann kennst, müssen wir uns keine Sorgen mehr machen.«

»Ja, ich kenne ihn. Schon lange. Also genauer gesagt, war ich früher mit ihm zusammen. Das ist aber Jahre her. Heute sind wir nur noch Freunde.« Das Gespräch wurde langsam unangenehm. Dabei hatte ich mich mit diesem spontanen Besuch ablenken wollen. Sei ehrlich, sagte eine innere Stimme. Du traust dich nicht nach Hause, solange Teddy dort nackt herumlaufen könnte.

Meine Nachbarin schmunzelte. »Das sind ziemlich viele Worte für jemanden, der dir gleichgültig ist.«

Ich spürte deutlich, dass mein Gesicht die Farbe einer reifen Tomate annahm, und flüchtete zum erstbesten Thema, das mir in den Sinn kam.

»Weißt du eigentlich, warum Frau Schiedlich so zurückgezogen lebt? Du kennst die Nachbarschaft viel länger als ich.«

Dalias Züge wurden ernst. »Die arme Frau ist zu bedauern.« Sie blickte hinüber zum Schiedlich-Haus. »Ihr einziger Sohn ist Mitte der Achtziger verschwunden. War einfach weg, von einem Tag auf den anderen.«

Etwas dämmerte in meinem Gehirn. »Ich glaube, meine Tante hat das mal erwähnt.«

»Ja, sie kannte Dieter Schiedlich gut. Er und ich waren in derselben Schulklasse und zusammen in der Tanzstunde. Damals konnte ich noch laufen. Und tanzen.« Dalia verstummte und sah für ein paar Augenblicke in die Ferne. »Ja, der Dieter konnte gut tanzen. Er war sportlich und ein leidenschaftlicher Fußballspieler. Als Stürmer war er der Star auf der Waldau. Du kannst dir vorstellen, wie umschwärmt er war. Auch ich fand ihn süß und war ein paarmal mit ihm aus. Aber ich war viel zu brav für ihn. Dieter war ein Rebell und hat gern über die Stränge geschlagen, wofür seine spießigen Eltern kein Verständnis hatten.«

»Schiedlich war also früher schon so verklemmt?«

»Ja. Seine Frau war eher der ängstliche Typ. Einerseits wollte sie, dass ihr Sohn glücklich ist. Andererseits hat sie ihn kaum aus den Augen gelassen. Das konnte nicht funktionieren, zumal Dieter alles ausprobieren wollte, was das Leben zu bieten hat.«

»Kann ich mir vorstellen, bei einem derart klein karierten Elternhaus. Und den vielen Regeln, die Schiedlich aufstellt. Meine Mutter ist auch so eine, die gern alles im Griff hat. Sie denkt, mein Leben läuft total falsch, nur weil es nicht ihren Vorstellungen entspricht.« Ich wunderte mich über meine Offenheit, schließlich kannte ich Dalia kaum.

»So ähnlich muss es bei Dieter gewesen sein«, meinte sie. »Manchmal ist er in die Stadt geflüchtet und ein oder zwei Tage weggeblieben, ohne sich zu melden. Seine Mutter ist vor Angst fast verrückt geworden. Meine Eltern haben mir erzählt, wie oft Frau Schiedlich aus Verzweiflung mitten in der Nacht bei deiner Tante geklingelt hat.«

»Bei Fanny?«

»Dieter war oft bei ihr.« Dalia sah in ihren Schoß zu Stiefel, der sich die Pfoten leckte. »Seltsam, wenn ich überlege, wie lange das schon her ist. Dieses Jahr werde ich zweiundvierzig. Dieter ist ein Jahr älter, falls er noch lebt.«

»Weiß man überhaupt, ob er wirklich tot ist? Du sagtest vorhin, er sei verschwunden.«

»Du hast recht. Ich rede über ihn, als sei er tot. Wer weiß, vielleicht lebt er noch. Irgendwo weit weg und nach seinen eigenen Regeln.«

»So ein Ort würde Fanny auch gefallen.«

»Dann wundert es mich nicht, dass Dieter sich bei ihr wohlgefühlt hat. Nach der Trauerzeit um deinen Onkel, das müssen so zwei Jahre gewesen sein, war bei ihr ständig was los. An ihre Gartenfeste und Partys erinnere ich mich gut. Die Straße war vollgeparkt, es gab laute Musik und lebhafte Diskussionen. Auch mit den Schiedlichs, aber erst nach dem Tod deines Onkels. Vor Herrn Wieland hatten sie Respekt.«

»Meine Mutter war der Ansicht, das gehöre sich nicht. Immerhin war Fanny Witwe. Wenn es nach ihr ginge, würde meine Tante noch heute Schwarz tragen. Lotterleben, so hat Mutter ihren Lebensstil genannt, als ich klein war. Heute sagt sie das über mein Leben.«

»Dieter scheint diese Lebensfreude fasziniert zu haben. Ich glaube, er war in deine Tante verliebt.«

Erstaunt musterte ich sie. »Aber Fanny war fast doppelt so alt wie er.«

»Vielleicht hat ihm das gefallen. Eine Frau mit Lebenserfahrung und modernen Ansichten, die das Leben und die Liebe genießt.«

Wir schwiegen eine Weile. Ich fragte Dalia, wann genau Dieter verschwunden sei.

Sie überlegte. »Hm. Das muss 1986 gewesen sein. Kurz bevor ich meinen späteren Mann kennenlernte.«

»Und man hat nie wieder etwas von ihm gehört?«

Dalia nickte. »Die Polizei hat eine Suchaktion gestartet, und Schiedlichs haben überall in der Gegend Plakate mit einem Foto von Dieter aufgehängt. Sogar Anzeigen in den Stuttgarter Zeitungen und im Wochenblatt haben sie aufgegeben. Ich glaube, diese Suchsendung mit Eduard Zimmermann hat über den Vermisstenfall berichtet.«

»Aktenzeichen XY … ungelöst. Das durfte ich früher bei Fanny auch sehen. Meiner Mutter hätte das nicht gefallen, wenn sie es gewusst hätte.« Plötzlich kribbelte es auf meinem Rücken, als würde dort eine Ameisenstraße verlaufen. Jeannette hatte diese Sendung kürzlich erwähnt. An dem Tag, an dem wir den großen Knochen gefunden hatten.

Ein Nachbarsjunge, der meine Tante verehrte und spurlos verschwand, die Knochen im Vorgarten … Meine Gedanken überschlugen sich.

Dalia schien meine Verwirrung nicht zu bemerken und redete weiter. Als ich wieder zuhörte, sagte sie: »Soweit ich weiß, hat keiner dieser Hinweise etwas gebracht. Dieter war wie vom Erdboden verschluckt. Er hat nicht mal seine Plattensammlung mitgenommen, und die liebte er heiß und innig.«

»Was für eine schreckliche Geschichte.« Ich stand auf und stellte mein Geschirr zusammen. »Danke für das Frühstück. Ich muss los. Morgen früh habe ich einen wichtigen Termin, den ich noch vorbereiten muss.«

»Das wird deinem Kater nicht gefallen. Stiefel ist wieder eingeschlafen.« Dalia deutete in ihren Schoß.

»Wenn er dich nicht stört …«

»Nein, überhaupt nicht. Ich freue mich, wenn es ihm bei mir gefällt.«

Wir verabschiedeten uns. Ich war an der Terrassentür, als Dalia sich erkundigte, ob ich einen Gärtner eingestellt hätte.

Mein erstes eigenes Personal, dachte ich stolz. »Eingestellt ist zu viel gesagt. Herr Gerber hilft mir, den Garten in Ordnung zu bringen.«

»Das wird Herrn Schiedlich freuen.« Dalia zwinkerte mir zu.

»Ja, das hoffe ich.«

»Weißt du, ob dein Gärtner noch Kapazitäten frei hat? Wenn er nicht zu teuer ist, könnte er mir vielleicht zur Hand gehen. Unser Hausmeister hilft mir ab und zu, aber das ist mir unangenehm, weil er kein Geld dafür nehmen möchte.«

»Ich kann Herrn Gerber gerne fragen. Oder ruf ihn selbst an. Du hast sicher seinen Wurfzettel bekommen.«

Dalia runzelte die Stirn. »Wurfzettel?«

»Der steckte vor ein paar Tagen im Briefkasten. Es war ein gelber Zettel.«

»Wahrscheinlich ist der im Altpapier gelandet.«

10

Die Ameisenstraße auf meinem Rücken war inzwischen verkehrsberuhigt. Dafür arbeitete es umso mehr in meinem Kopf. Konnte es sein, dass der Schiedlich-Sohn gar nicht spurlos verschwunden war, sondern im Gegenteil sehr markante Spuren hinterlassen hatte – und zwar in Form von Knochen im Garten meiner Tante? Hatte sein ungeklärtes Schicksal vielleicht sogar mit dem abgekühlten Verhältnis zwischen meiner Mutter und Fanny zu tun? Irgendetwas musste vorgefallen sein, das die beiden voneinander entfernt hatte.

Anhand von Fannys Fotos wollte ich meiner Erinnerung auf die Sprünge helfen, und zwar im Wohnzimmer. Denn es gab gute Gründe, den Garten zu meiden. Dorthin hatte sich Teddy mit seiner Staffelei, dem Gettoblaster und einer Kiste voller Farbtuben und Pinsel verzogen.

Ich blätterte in den Fotoalben. Dieter Schiedlich war laut Dalia Mitte der achtziger Jahre verschwunden. Onkel Klaus hatte damals schon nicht mehr gelebt. Wann genau er gestorben war, wusste ich nicht mehr. Ich entdeckte einige Fotos von seiner Beerdigung, leider undatiert. Auf einem Bild standen meine Mutter und Fanny Arm in Arm am offenen Grab. Meine Mutter trug einen eleganten schwarzen Hut mit Schleier, der ihr Gesicht verbarg. Im Gegensatz dazu war Fannys wächsernes Gesicht für alle sichtbar. Ihre Augen waren geschwollen, aber sie weinte nicht. Ihr Blick war leer, als wäre mit dem Tod ihres Mannes alles Lebendige aus ihr verschwunden. Auf diesem Bild kam Fanny mir fremd vor; sie hatte darauf so gar nichts von der lebenslustigen, neugierigen Frau, die so aus der Art der Pelzers schlug.

Zwei Seiten weiter entzifferte ich auf einem Foto von Onkel Klaus' blumengeschmücktem Grab auf einem hochformatigen Granitstein das Todesjahr: 1983. Dalia hatte erzählt, Fanny hätte etwa zwei Jahre um ihren Mann getrauert, bis sie ihren unbeschwerten Lebensstil wieder aufnahm. Ob es das war, was sie und meine Mutter entzweit hatte?

Vor dem Fenster jaulte eine Elektrogitarre auf und schraubte sich in ein ohrenbetäubendes Solo. Als das Schlagzeug mit voller Wucht einsetzte, klirrten die Fensterscheiben. Schon früher hatte Teddy beim Malen laute Musik gehört. Bei mir würde so viel Lärm die Inspiration in die Flucht schlagen.

Meine Bilderreise in die Vergangenheit hätte ich lieber im Liegestuhl unter einem Fliederbusch unternommen. Aber die Begegnung mit dem nackten Teddy hatte mich aus der Bahn geworfen. Unfassbar, wie knapp ich einem emotionalen Supergau entgangen war. Sicherheitshalber wollte ich Teddys Nähe meiden, bis Jeannette nach Hause kam. Ihre Anwesenheit würde mich davon abhalten, mich derart pubertär aufzuführen.

Eine halbe Stunde später hatte ich alle Alben durchgeblättert, aber leider keinen Hinweis darauf gefunden, ob die Knochen im Garten möglicherweise von dem Nachbarssohn stammten und ob das distanzierte Verhältnis zwischen Mutter und Fanny etwas mit Dieters Verschwinden zu tun haben könnte. Vielleicht erfuhr ich auf dem Dachboden mehr.

Oben tastete ich Fannys Sachen ab. Sie schienen trocken zu sein.

Zunächst wollte ich einen Blick in den verschnürten Schuhkarton werfen. Für Schuhe war er zu leicht. Es kostete mich einige Mühe und einen Teil meines Fingernagels, den doppelten Knoten der Schnur zu lösen. Ich hob den Deckel ab und schaute in den Karton. Keine Schuhe, dafür Briefe. Genauer gesagt farblich geordnete Stapel von Umschlägen, die mit Geschenkband oder Haushaltsgummis umwickelt waren. Einige Umschläge waren cremefarbig, andere aus Elefantenpapier. Zwischen den Stapeln steckten einzelne Briefe verschiedener Papierqualitäten und Farben.

Auf dem Boden lag ein Bündel fliederfarbener Umschläge, die mit einer Schleife zusammengebunden waren. Flieder war nicht nur die Lieblingspflanze meiner Tante, sondern auch ihre Lieblingsfarbe. Die Briefe trugen keinen Absender. Auf der Vorderseite stand nur der Name »Fanny«. Sie waren nicht mit der Post geschickt worden. Anders die cremefarbenen. Die waren an Fannys Mädchennamen adressiert, korrekt frankiert und abgestempelt. Sie stammten aus der Zeit vor ihrer Heirat mit Klaus. Von ihm waren die Briefe aus Elefantenpapier. Keine Briefmarken, keine Stempel. »Meiner liebsten Fanny« stand auf der Vorderseite jedes Briefes, daneben waren mit Füller Herzen gemalt, aus denen ein Pfeil ragte. Mein korrekter und bodenständiger Onkel hatte also eine romantische Ader besessen. Wahrscheinlich war es Fannys Verdienst gewesen, dass die zum Vorschein kam. Vor den anderen Verwandten hatte er sie gut verborgen.

Nur langsam drang das Läuten des Telefons in mein Bewusstsein. Ich legte die Briefe in den Karton zurück und sortierte meine vom Sitzen steif gewordenen Beine. Im Erdgeschoss angekommen, lief ich zum Telefon. Teddy stand neben der Kommode. Auf seinen nackten Oberschenkeln waren Kleckse im selben orangen Farbton wie am Pinsel.

Teddys Hand lag besitzergreifend auf dem Hörer. »Ist bestimmt für mich. Wie du weißt, warte ich auf den Anruf wegen des Ateliers in Bad Cannstatt.«

Bad Cannstatt, das klang gut. Je weiter weg von Degerloch, desto besser. Lieber heute als morgen wollte ich Teddy hier verschwinden sehen.

Angriffslustig nahm ich ihm den Hörer aus der Hand. »Pelzer.«

Am anderen Ende meldete sich niemand.

»Pelzer, hallo?«, sagte ich nachdrücklich und lauschte. Da waren Atemgeräusche zu hören. War das etwa wieder der Perversling, der uns seit Wochen belästigte und eventuell mit dem Spanner identisch war?

»Wenn Sie sich nicht melden, lege ich auf!«

Ich wollte die Verbindung beenden, als sich jemand räusperte.

Eine Männerstimme fragte: »Ist Fanny Wieland da?«

»Nein, tut mir leid.« Dies war nach wie vor der Anschluss meiner Tante. Viele Anrufer reagierten irritiert, wenn ich mich meldete.

»Wie kann ich sie erreichen?«

»Das ist schwierig. Sie ist unterwegs.« Solange sich der Anrufer nicht als ein Bekannter von Fanny zu erkennen gab, wollte ich mit Informationen sparsam sein. Außerdem war ich misstrauisch, nachdem sich die merkwürdigen Anrufe in letzter Zeit so häuften.

Der Mann legte auf.

Teddy lehnte mit verschränkten Armen an der Wand. »Lass mich raten: Er hat keinen Namen gesagt.«

Als ich nickte, hob er den Pinsel und fuchtelte damit im Rhythmus seiner Worte herum.

»Gestern hat auch ein Typ angerufen und sich nicht gemeldet. Ist doch seltsam, zwei solche Anrufe hintereinander.«

»Sieben Anrufe«, rutschte es mir heraus.

Teddy musterte mich eindringlich. »Sieben, sagst du? Tuschelst du deswegen so viel mit Jeannette?«

Meinem Ex war also nicht entgangen, dass Jeannette und ich ein paar Geheimnisse hatten.

»Sind alles Verehrer«, sagte ich von oben herab. »So ist das eben in einem Frauenhaushalt.«

Damit ließ ich ihn stehen und ging ins Arbeitszimmer, um mein morgiges Meeting mit Juwelier Weininger vorzubereiten.

Obwohl ich nur Spaghettiträgertop und Slip trug, war es im Zimmer viel zu heiß zum Einschlafen. Die Luft, die durchs offene Fenster hereinkam, fühlte sich kein Grad kühler an als tagsüber. Ich wälzte mich herum und blickte zum Radiowecker. Eine rote zwei und eine rote drei. Kurz nach elf Uhr. Jeannette war noch nicht aus der Agentur zurück. Morgen fand eine wichtige Präsentation bei einem Automobilhersteller statt. Deshalb mussten die Mitarbeiter auf ihr Wochenende verzichten. Ich konnte es kaum erwarten, ihr von dem verschwundenen Nachbarssohn zu erzählen.

Über eine Stunde lag ich nun schon wach. Wieso war ich überhaupt so früh zu Bett gegangen? Gleich nach dem »Tatort« war ich ins Bad gestürmt und hatte die Zähne geschrubbt, obwohl ich noch hellwach war. Aber ich wollte fit sein für den Termin bei meinem neuen Kunden und außerdem eine erneute Begegnung mit einem halb oder komplett nackten Teddy vermeiden.

Durch die Decke dröhnte Rockmusik aus dem Wohnzimmer hoch. Ob ich es wagen konnte, mir einen Schlummertrunk zu holen, solange sich mein Ex noch unten herumtrieb? Der Durst siegte. Ein Glas Bier würde zudem meine Nerven beruhigen. Ich zog ein T-Shirt über und schlich auf Zehenspitzen die Treppe hinunter, wobei ich es schaffte, den knarrenden Stellen erfolgreich auszuweichen. Durch die geschlossene Wohnzimmertür drang das Gitarrensolo von heute Mittag. Ich nahm ein Bier aus dem Kühlschrank und schlich zurück. Oben angekommen, nahm ich einen großen Schluck. Dabei landete mein Blick an der Decke. Die Briefe auf dem Dachboden! Wegen des mysteriösen Anrufs und Weininger hatte ich sie völlig vergessen.

Bald saß ich im Licht der nackten Glühbirne vor der Schuhkiste. Um in der aufgeheizten Luft unter dem Dachstuhl nicht zu schmelzen, öffnete ich die kleinen Fenster an den Giebelseiten und hoffte auf Durchzug. Ich nahm den Deckel von der Kiste. Die cremefarbenen Briefe an Fannys Mädchennamen konnten warten. Einige andere stammten von Verwandten. Ein hellblauer Brief war von einem Clemens Wagner. Der Name kam mir vage bekannt vor. Ich bat Fanny in Gedanken um Verzeihung und zog den weißen Bogen heraus. »Meine geliebte Franziska«, schrieb er mit verschnörkelten Buchstaben. Das war Fannys eigentlicher Name.

Ich erinnerte mich dunkel an einen langhaarigen Cellisten namens Clemens, mit dem Fanny befreundet gewesen war. Dem Poststempel nach stammte der Brief von 1991. Darin würde ich wohl kaum einen Hinweis auf den Nachbarssohn finden. Als Nächstes nahm ich das Bündel fliederfarbener Briefe heraus. Sicher hatte der unbekannte Absender nicht ohne Grund Fannys Lieblingsfarbe gewählt. Ich löste das Geschenkband um das Bündel und sah in den obersten Umschlag. Fliederduft stieg daraus auf. Neben dem beschrifteten Papierbogen lag ein getrockneter Blütenzweig. Ob der aus Fannys Garten stammte?

Plötzlich schreckte mich das Quietschen des Gartentors auf. Wer konnte das sein, so spät in der Nacht?

Ich stand auf und huschte zum Fenster. Wieder das rostige Quietschen. Im Licht der Straßenlaterne sah ich, dass das Gartentor offen stand. Da – ein metallisches Schaben. Kurze Zeit war es still, dann erneut das Schaben. Was konnte das nur sein? Das einzig Metallische im Garten, das mir einfiel, waren die Gitter über den Lichtschächten der Kellerfenster. Mein Puls raste. Kam der Einbrecher zurück und suchte nach einem offenen Kellerfenster, weil die Terrassentür zu war?

Wie aufs Stichwort glaubte ich, eine dunkel gekleidete Gestalt über den Plattenweg aufs Haus zuhuschen und im Windfang verschwinden zu sehen. Auf Zehenspitzen schlich ich die Treppen hinunter in den ersten Stock und lauschte. Etwas schepperte laut vor der Haustür. Das musste Stiefels Blechschüssel sein. Ich meinte, jemanden leise fluchen zu hören. Einen Mann.

Einige Stufen vor dem Erdgeschoss blieb ich stehen. Der Flur lag im Dunkeln. Im Streulicht der Straßenlaterne bewegte sich ein Schatten vor dem Milchglaseinsatz der Haustür. Es sah aus, als würde er sich bücken. Etwas kratzte über das Türschloss. Vor Schreck setzte mein Herz einen Schlag lang aus. Versuchte da wirklich jemand einzubrechen? Was konnte ich tun? Das Telefon! Es stand nur wenige Meter entfernt. Doch statt loszurennen, war ich wie eingefroren vor Angst. Mir ging auf, dass ich hier auf der Treppe ein lebensgroßer Blickfang war und mich geradezu als Opfer aufdrängte, wenn der Einbrecher ins Haus gelangte. Endlich bewegten sich meine Beine.

Als ich am Absatz der Kellertreppe vorbeikam, hörte ich Schritte von unten. Daraufhin ein Schaben, wie wenn jemand etwas über den Boden ziehen würde. Das mussten gleich mehrere sein! Eine ganze Bande, davon las man ständig in der Zeitung. Erneut klapperte etwas. Es dauerte eine Schrecksekunde, bis ich merkte, dass das Geräusch von meinen vor Angst aufeinander hackenden Kiefern kam. Ich zischte los wie ein Hundertmeterläufer beim Startschuss – und prallte im Dunkeln auf ein weiches Hindernis. Oh Gott, noch einer!

Voller Panik schrie ich auf und trommelte mit den Fäusten auf den Eindringling ein. Mein Schrei steigerte sich zu einem schrillen Dauerton, als der Einbrecher die Arme um mich legte. Er war viel größer als ich. Seine Arme umschlossen mich enger und enger, bis ich wie in einer Schraubzwinge gefangen war. Ich ruderte wild mit den Armen.

»Hab keine Angst«, raunte eine Männerstimme. »Dir passiert nichts.«

Waren das die letzten Worte, die ich in meinem Leben zu hören bekam? Das sah ich anders. Trotzig holte ich aus und trat dem Einbrecher gegen den Knöchel. Obwohl es dunkel war, hatte ich gut gezielt.

»Autsch, lass das!«, rief er und lockerte seinen Griff. Er roch nach Schweiß und irgendwie chemisch. »Hör mit dem Gekeife auf!«, befahl er mir.

Der Chemikaliengeruch wurde intensiver. Wollte der Mann mich betäuben, um das Haus ungestört auszuräumen zu können? Ich ballte die Hände und boxte ihm ins Gesicht. Er schrie auf und schnappte sich meine Handgelenke.

»Beruhig dich. Alles ist gut.« Die Stimme kam mir bekannt vor. Ich schnupperte noch einmal. Schweiß. Lösungsmittel. Zigarettenrauch. Das erinnerte mich an …

»Mein Gott, Bea, hör auf! Ich bin's, Teddy!«

»Da ist ein Einbrecher im Keller«, wimmerte ich.

»Nein, Bea, da ist niemand.« Teddy strich mir übers Gesicht. »Das war ich. Ich hab die Staffelei weggeräumt und komische Geräusche gehört, da wollte ich nach dir sehen.«

»Kein Einbrecher?«

»Nein, ich glaube nicht. Und wenn einer da wäre, hättest du ihn mit deinem Geschrei längst vertrieben.«

Erschöpft sank ich in Teddys Arme. »Bin ich froh, dass ein Mann im Haus ist«, hauchte ich und legte den Kopf an seine Brust. Meine Muskeln entspannten sich, und ich schloss die Augen.

»Und ich erst, Süße. Gleich morgen kaufe ich ein Sicherheitsschloss für dich, versprochen.«

Warme, weiche Lippen umkosten meinen Mund. Ich ließ es geschehen.

Nach einer kleinen Ewigkeit flammte jähes Grellgelb vor meinen geschlossenen Lidern auf und lenkte meine Aufmerksamkeit von dem Pochen in meinem Unterleib ab. Ich öffnete die Augen einen Spalt weit, schirmte den Blick vor dem Deckenstrahler ab und wusste nicht, wo ich war. Bis mich ein wütendes Schnauben in die Realität zurückholte. Es kam aus Richtung der Haustür und erinnerte an einen kampflustigen Stier, der in der Arena mit den Hufen scharrte.

In der offenen Haustür stand Jeannette, die Hände in die Taille gestemmt. Ihr vorwurfsvoller Blick spießte mich auf wie eine Nadel einen toten Schmetterling.

»Hab ich vor lauter Hitze 'ne Fata Morgana oder knutschst du mit deinem Ex rum?« Sie warf die Tür hinter sich ins Schloss.

Ich löste mich aus Teddys Armen und wich zurück. Er sah ebenso verdattert aus wie ich, auch wenn die Situation ihm deutlich weniger peinlich schien.

»Mensch, Bea«, schimpfte Jeannette und warf ihre Tasche unter den Garderobenständer. »Kaum lass ich dich aus den Augen, verhext dich dieser Macho wieder.«

Weil ich mich schämte, machte ich mich so klein wie möglich. Etwas klemmte in meinen Achselhöhlen. Mein Top und das T-Shirt. Möglichst beiläufig zog ich den Stoff herunter.

Teddy ging zur Treppe. »Du entschuldigst mich«, sagte er scheinbar ungerührt zu Jeannette, nahm aber auf dem Weg nach oben immer zwei Stufen auf einmal.

Jeannette starrte ihm hinterher, als hätte sie ihn am liebsten mit einem Flammenwerfer weggepustet. »Ich glaube, wir müssen dringend ein Wörtchen unter Frauen wechseln«, zischte sie und schob mich vor sich her in die Küche.

»Ähm, das ist nicht so, wie du vielleicht glaubst«, stotterte ich. »Ich dachte, da sei ein Einbrecher an der Tür und ein anderer im Keller, und Teddy wollte mir –«

»Oh, sag bloß, er wollte deine Jungfräulichkeit retten«, spottete Jeannette. Sie drückte mich auf einen Küchenstuhl. »Wenn du meinst, du kannst dich so aus dieser peinlichen Situation herauswinden …«

»Ich dachte wirklich, jemand versucht einzubrechen!«

»Und was hattest du so dringend in Teddys Armen zu erledigen?«

Verlegen hob ich die Schultern. »Na, es war dunkel, und ich wollte die Polizei rufen. Dabei sind Teddy und ich zusammengestoßen.« Meine Füße fühlten sich an wie Eisklumpen. Das musste von den Küchenfliesen kommen. Oder vom Schock. Ich nahm die Beine auf die Sitzfläche hoch und zog das T-Shirt über die Knie. »Ich war auf dem Dachboden und habe …«

Ich stockte. Was sollte ich sagen? Dass ich Fannys Liebesbriefe gelesen und nach einer Verbindung zu dem verschwundenen Nachbarssohn gesucht hatte?

»Jeannette, ich weiß, von wem die Knochen aus dem Garten stammen könnten«, platzte ich heraus. »Der Sohn von Schiedlichs ist Mitte der Achtziger spurlos verschwunden. Und Dalia Bern, die Nachbarin von gegenüber im Rollstuhl, hat mir erzählt, Dieter sei damals in Fanny verliebt gewesen.«

»Wer ist verschwunden? Und wer sitzt im Rollstuhl?« Jeannette sah verwirrt aus. Trotzdem war das aufkeimende Funkeln in ihren Augen kaum zu übersehen.

Nachdem ich ihr von meinem Gespräch mit Dalia und von Dieters Verschwinden erzählte hatte, intensivierte sich ihr Blick.

»Das heißt, wir haben endlich eine Spur«, sagte sie aufgeregt. »Aber du glaubst doch nicht etwa, dass deine Tante den Jungen umgebracht hat? Warum sollte sie das tun?«

»Woher soll ich das wissen?«

»Hm.« Jeannette überlegte. »Nehmen wir an, dieser Dieter hatte eine Affäre mit deiner Tante. Was meinst du, wie dein Onkel darauf reagiert hat?«

Es dauerte einen Augenblick, bis ich kapierte, worauf sie hinauswollte. »Willst du damit sagen, Onkel Klaus hätte ihn aus Eifersucht aus dem Weg geschafft? Er war ein angesehener Anwalt und, soweit ich weiß, eher das Gegenteil von impulsiv.«

»Ein Motiv hätte er jedenfalls gehabt.«

»Das schon. Aber keine Gelegenheit. Onkel Klaus war damals nämlich schon tot.«

Jeannette spitzte die Lippen. »Hm. Als Tatverdächtiger fällt er also flach. Aber was ist mit seinem Nachfolger? Deine Tante hat die Zeit als Witwe wohl kaum im Trockendock verbracht.«

»Nach der Trauerzeit hatte sie Beziehungen mit anderen Männern. In den Fotoalben ist sie mit einigen zu sehen.«

»Kanntest du die?«

»Den einen oder anderen schon.«

»Wenn du mich fragst, sollten wir uns die Männerbekanntschaften deiner Tante genauer ansehen. Vielleicht hat einer ihrer Liebhaber den Nachbarsjungen aus Eifersucht verschwinden lassen. Aber ich finde, wir sollten uns nicht nur auf diese Spur konzentrieren. Es ist gut möglich, dass die Knochen von jemand anderem stammen.« Jeannette gähnte ausgiebig und stand auf. »Aber jetzt brauche ich unbedingt ein paar Stunden Schönheitsschlaf, bevor ich zurück in die Agentur muss.«

Ich hielt Jeannette am Ärmel fest. »Da ist noch etwas, was du wissen solltest.«

»Bist du etwa schwanger von Teddy?« Sie lächelte breit.

»Quatsch. Heute hat ein Mann angerufen und nach Fanny gefragt.«

»Na und? Immerhin ist das ihr Anschluss.«

»Das dachte ich zuerst auch. Aber das heisere Atmen und wie er dann abrupt aufgelegt hat …«

Plötzlich wieder hellwach, richtete sich Jeannette auf. »Du glaubst, das war unser anonymer Anrufer?«

Ich nickte gleich mehrmals.

11

Schon die Außenansicht des Juweliergeschäftes in der Calwer Straße übermittelte eine klare Botschaft: Reichtum, Luxus, Understatement. Die Fassade war mit matt gebürstetem Aluminium verkleidet. Schmuckstücke und Uhren in den Schaufenstern wurden auf durchsichtigen Podesten aus Plexiglas präsentiert, jede Preziose von einem Punktstrahler inszeniert. Die Auslagen wirkten sehr clean und edel, da jegliche Dekoration fehlte.

Deprimiert betrachtete ich mein Spiegelbild in der Scheibe. Auch mit einer riesigen Portion Fönlotion und Haarspray war es mir nicht gelungen, meine Kräusellocken zu bändigen oder ihnen etwas Glanz zu verleihen. Wenigstens war mein schwarzer Blazer aus Viskose und die einreihige Perlenkette, die ich von Großmutter geerbt hatte, echt. Trotzdem fühlte ich mich weit davon entfernt, den Premiumanspruch zu verkörpern, der das tägliche Brot des Juweliers war. Mein Shirt klebte am Rücken, und es war nur eine Frage von Minuten, bis der Blazer peinliche Schwitzflecken zeigen würde. Nach Art von Agenturchef Hohlberg reckte ich mich und betrat das Geschäft.

Zwei von seidig glänzenden Bleistiftkleidern umhüllte Frauen in Stilettos ordnete ich anhand der blondierten Pagenköpfe der Stuttgarter Upperclass zu. Die beiden standen vor einer hüfthohen Glasvitrine, in der es blitzte und funkelte. Sie begutachteten Colliers auf einem samtenen Tablett, das ihnen eine karottig gebräunte Verkäuferin präsentierte.

»Kann ich Ihnen helfen?«, erkundigte sich ein hochgewachsener Mann in anthrazitfarbenem Anzug mit Einstecktuch.

Beinah körperlich spürte ich, wie ihn mein Stangenware-Blazer verstörte.

»Beatrix Pelzer von der Werbeagentur Hohlbergs Reich. Ich habe einen Termin mit Herrn Weininger.« Durch das Heben meiner Ledermappe unterstrich ich die Wichtigkeit meiner Mission.

Der Anzugträger führte mich durch einen Flur mit vielen Türen. Der graue Teppichflor verschluckte jedes Absatzgeräusch und fühlte sich an wie mit Tannennadeln bedeckter Waldboden.

In einem mit dunklem Holz getäfelten Kontor begrüßte mich der Inhaber und deutete auf einen Ledersessel. Sein Schubladenschreibtisch schien noch aus der Gründerzeit zu stammen. Auch wenn Bartresen und aufgereihte Flaschen fehlten, kam ich mir vor wie in einer klassischen Whiskybar, wozu der Zigarrengeruch beitrug.

Kaum saß ich, blickte Herr Weininger in schwarzem Dreiteiler mit ebenfalls cremefarbenem Einstecktuch auf seine protzige Armbanduhr, deren Gegenwert für die Renovierung von Fannys Haus gereicht hätte.

Ich richtete herzliche Grüße von meinem Chef aus und weihräucherte von der großen Ehre, mit dieser Aufgabe betraut worden zu sein. Das altmodische Wort »betraut« fand ich angemessen in einer so honorigen Umgebung.

Der Juwelier neigte den Kopf und steckte sich eine Zigarre an, wobei eine kahle Fläche inmitten des grauen Haares sichtbar wurde. Er zog und stieß wie eine Dampflok Rauch aus.

»Schön, junge Dame. Aber eines will ich gleich klarstellen: Wir feiern nicht fünfzigjähriges, sondern hundertjähriges Jubiläum.«

Unschuldig blinzelnd verfluchte ich Hohlberg im Stillen.

»Zudem habe ich Ihre Agentur schon vor Monaten beauftragt und bin, gelinde gesagt, erstaunt, dass Sie erst jetzt den Weg zu mir finden.« Er sah zur Decke und ließ den Rauch zur Holzvertäfelung aufsteigen.

Als mich die saphirblauen Augen des Juweliers mit einem herablassenden, aber auch neugierigen Blick fokussierten, lächelte ich und verströmte Zuversicht. Außerdem hatte ich eine Schwäche für tiefblaue Augen.

Meine Taktik wirkte. Weininger schilderte mir die Firmengeschichte des Geschäfts, das sein Großvater 1910 eröffnet hatte. Nach einer Frage-Antwort-Runde sah er erneut auf seinen Luxuschronometer.

»Wäre es möglich, das Material Ihres Firmenarchivs zu sichten?«

Weininger verwies mich an eine Mitarbeiterin namens Sander. »Ich erwarte wichtige Kundschaft«, verabschiedete er mich und öffnete mir die mit Leder beschlagene Tür.

Wie sich herausstellte, handelte es sich bei Frau Sander um den karottigen Solariumfan.

Die Verkäuferin führte mich in ein Kabuff am Ende des Flurs, in dem es nach altem Papier, Staub und Sauerstoffmangel roch. In deckenhohen Regalen stapelten sich Kataloge, Broschüren und kistenweise alte Fotos. Stichprobenartig sichtete ich eine davon, auf die jemand von Hand »Achtziger Jahre« geschrieben hatte. Sie enthielt Aufnahmen von Schaufenstern, Schmuckstücken und einer feierlichen Veranstaltung, bei der ein sichtlich jüngerer Weininger am Rednerpult stand.

»Das war unser Festakt zum fünfundsiebzigjährigen Firmenjubiläum«, erläuterte Frau Sander, die der Duft teuren Parfüms umgab. Aus der Nähe bemerkte ich, dass ihre Grillhähnchenhaut von winzigen Knitterfalten durchzogen war.

»Das war mein erstes Jahr bei Weininger, gleich nach meiner Ausbildung.«

Demnach war sie seit sechsundzwanzig Jahren hier tätig. Mir wurde eng im Hals, was auch an der Vielzahl der aufgestapelten Kisten liegen mochte. Bis zur Jubiläumsfeier waren nur noch wenige Wochen Zeit. Wie es aussah, würde ich die nächsten Tage nur mit Materialsichten beschäftigt sein.

»Hat einer meiner Kollegen bereits Bildmaterial für die Broschüre ausgewählt?«

»Nein, soweit ich weiß, nicht.«

Mit Hilfe der Verkäuferin suchte ich drei ältere Imagebroschüren zur Information heraus und kündigte meinen nächsten Besuch für morgen an.

Als ich das Geschäft verließ, stand die Sonne steil über mir. Hitze ballte sich zwischen den Häuserwänden. Kaum war ich außer Sichtweite, zog ich den Blazer aus und wischte die staubigen Finger am durchgeschwitzten Shirt ab.

Von Dutzenden Tischen unter Sonnenschirmen stiegen verlockende Essensdüfte auf. Scharen hungriger Werktätiger verbrachten ihre Mittagspause in den Bars und Restaurants dieser historischen Gasse. Besteckklirren, Gläserklingen und Gesprächsfetzen brachen sich an den denkmalgeschützten Fassaden. Mit ihren exklusiven Fachgeschäften galt die Calwer Straße als nobles Einkaufsmekka. Nichts für arme Schlucker wie mich.

Bis auf einige Architekturverbrechen prägten hübsche Häuserensembles aus dem Mittelalter, der Gründerzeit, aus dem Barock und dem Biedermeier die Straße im Herzen der City. Sie hatten die Kriegszerstörungen Stuttgarts überlebt und galten unter Touristen deshalb als Sehenswürdigkeit. Nach einigen schwierigen Geschäftsjahren hatte sich die Straße im Gegensatz zur Konsum-Rennbahn der Königstraße mit ihren Drogeriemärkten und Ketten wieder aufgerappelt. Dazu hatte auch die protzige Calwer Passage nach dem Vorbild der berühmten Mailänder Passage Vittorio Emanuele beigetragen, von deren übertriebenem Glas- und Marmorglanz ich Kopfschmerzen bekam.

Mit der Bahn fuhr ich den Berg hoch nach Degerloch. Dort trat ich von der Rolltreppe in die geschäftige Epplestraße und atmete nach meinem Ausflug in die Glitzerwelt durch. In den fünf Monaten, die ich nun hier lebte, war mir das kleinstädtische Flair Degerlochs ans Herz gewachsen. Allerdings war die Epplestraße keine Fußgängerzone, sondern zweispurig von Autos befahren. Trotzdem konnte man es hier gut aushalten, wenn nicht gerade Rushhour war. Die alltagstaugliche Mischung aus Bäckereien, Apotheke, Schuhladen, Biosupermarkt, Discounter, Reinigung, Bankfilialen und Boutiquen bot alles Lebenswichtige auf ergonomisch übersichtlichem Raum. Hier lief man sich keine Wasserblasen wie in der Stadt unten.

Beim Einbiegen in Fannys Straße bemerkte ich schon von Weitem den hellen Strohhut von Herrn Gerber, der im Vorgarten auf- und abhüpfte. Als ich an Schiedlichs Garageneinfahrt vorbeikam, beugte sich der Gärtner gerade über den Birkenstumpf, an dem Jeannette und ich uns versucht hatten. Trotz der Hitze fröstelte es mich kurz. Gerber stützte sich mit einer Hand am Gartentorpfosten ab und strich mit der anderen über die wieder aufgeschüttete Erdfläche zwischen Stamm und Grasnarbe.

»Gut, dass Sie da sind, Herr Gerber«, versuchte ich ihn abzulenken und legte einen Zahn zu. »Ich habe eine Aufgabe für Sie, die Ihnen als Rosenliebhaber Freude machen wird.«

Mühsam zog Gerber sich hoch, nickte knapp und deutete auf die Erdfläche. »Sieht aus, als hätten Sie versucht, diesen Stumpf auszugraben.« Die dunklen Gläser der Sonnenbrille verbargen seine Augen.

Ich trat durchs irritierend geräuschlose Gartentor. »Äh, ja. Das ist richtig. Meine Freundin Jeannette und ich wollten hier den Rosenstock pflanzen. Leider hat uns ein Gewitter überrascht.« Und eine Leiche, ergänzte ich in Gedanken.

»Soll ich das erledigen? In der Garage sind eine Axt und ein stabiles Seil, mit dem ich den Stumpf herauswuchten kann. Dazu müsste ich nur zwei Kerben in den Stamm schlagen.«

Rasch deutete ich auf die gegenüberliegende Seite des Gartentors. »Ich habe mich entschieden, die Rosen lieber dort drüben zu setzen. Könnten Sie das übernehmen?«

Gerber sah auf den Birkenstumpf, dann zu mir. Sein Blick schwenkte zum Rosenbusch vor der Haustür und begutachtete schließlich den fraglichen Pfosten des Gartentors.

Ein paar Meter weiter gerieten die Löwenmäulchen in Bewegung. Die Zweige teilten sich, und Kater Stiefel stolzierte aus dem Beet. Er formte einen Katzenbuckel und trottete auf uns zu.

»Hallo, mein Süßer«, sagte ich, setzte mich auf den Rasen und machte ein Lockgeräusch, aber es dauerte eine Weile, bis der stolze Kater zu mir kam. Ich zog ihn auf den Schoß und verpasste ihm eine beidhändige Streichelmassage.

Plötzlich fauchte Stiefel und schlüpfte mir aus den Händen. Vielleicht hatten meine Streicheleinheiten sein Fell elektrisch aufgeladen. Der Kater lief zu Gerber und strich ihm um die Beine. Mich ignorierte er jetzt völlig.

»Der mag Sie gern«, sagte ich. »Schätze, Sie sind ein Katzenfreund. So was spüren Tiere.«

Gerber schob sich den Hut aus der Stirn. »Tiere mag ich schon. Solange sie keine Arbeit machen.« Er beugte sich mühsam herunter und strich dem Kater über den Rücken. Der hielt einen Augenblick inne, dann lief er in den Windfang, um seine Schüsseln zu inspizieren.

Ohne ein weiteres Wort stapfte Gerber zur Garage, deren Tor offen stand. Das war gerade noch mal gut gegangen. Auf keinen Fall wollte ich riskieren, dass mein neuer Gärtner auf weitere menschliche Knochen stieß.

Ich legte die Juwelierbroschüren ins Arbeitszimmer und machte mir einen Kaffee. Plötzlich dröhnte Rockmusik durch die offenen Fenster ins Haus. Das konnte nur Teddy sein, der im Vorgarten seinem künstlerischen Schaffensdrang nachging. Ein Wunder, dass Schiedlich sich noch nicht beschwert hatte.

Ich hatte keine Lust, drinnen zu bleiben, nur weil Teddy sich im Garten aufhielt. In meinem Garten, wohlgemerkt. Außerdem war das eine gute Gelegenheit, ihn nach seinen Entwürfen zu fragen.

Entschlossen tauschte ich mein Business-Outfit gegen Shorts und ein bauchfreies Top. Die Broschüren, einen Notizblock und Stifte legte ich vom Arbeitszimmer aus auf die äußere Fensterbank. Dabei sah ich, wie Teddy von der Straßenseite aus zu dem Gartentorpfosten trat, neben dem der Gärtner eine Mulde für die Rosen aushob.

Heroisch zügelte ich meine Neugier, statt auf der Stelle rauszustürmen. Durch die Verbindungstür trat ich vom Flur aus in die Garage und klemmte mir den Campingklapptisch unter den Arm. Während ich den Tisch im Schatten eines Fliederbuschs aufstellte und meine Arbeitsmaterialien von der Fensterbank nahm, behielt ich Teddy aus dem Augenwinkel im Blick. Er kniete vor dem Pfosten. Blöderweise konnte ich von hier aus nicht erkennen, was dort vorging. Schließlich hielt ich es nicht mehr aus. Ich schlenderte zum Zaun, stützte mich lässig darauf und sah mit unbewegter Miene zu ihm hinüber.

»Was wird das, wenn's fertig ist?«

»Klingelschild«, murmelte Teddy, ohne aufzublicken. Beiläufig registrierte ich seinen athletischen Oberkörper und die wohlproportionierten Armmuskeln unter dem engen weißen Shirt. Ich lobte mich innerlich, weil mich dieser Anblick nur minimal aus der Fassung brachte.

Teddy schob einen kleinen Zettel in die Halterung und schraubte sie an. Zufrieden begutachtete er das Ergebnis.

Wenn er darauf wartete, dass ich neben ihn trat, um das Schild zu lesen, hatte er sich geschnitten. So zielstrebig, wie das barfuß möglich war, ging ich über den Rasen zum Tisch, wo ich scheinbar hochkonzentriert in den Juweliersunterlagen blätterte. Es dauerte ein paar Minuten, bis ich mich konzentrieren konnte.

Ein Wortwechsel an Schiedlichs Zaun weckte meine Aufmerksamkeit. Mit einer Farbpalette in der einen und einem Pinsel in der anderen Hand gestikulierte Teddy ausgreifend, wobei die schon deutlich manierlicher aussehende Ligusterhecke ein paar blaue und gelbe Farbtupfer abbekam.

»Was für eine Unverschämtheit, in der Mittagszeit einen derartigen Krawall zu veranstalten!«, erboste sich Schiedlich und spießte mit dem ausgestreckten Zeigefinger den Hocker neben Teddys Staffelei auf, wo der Gettoblaster rockte.

Teddy verdrehte die Augen. »Kreative Menschen brauchen Inspirationen!«

»Reden Sie nicht so dumm daher. Wenn Sie Ihre Hottentottenmusik nicht sofort ausmachen, rufe ich die Polizei.«

»Wegen Ruhestörung, nehme ich an.« Teddy grinste. »Das passt gut, denn mit Ihrem Gebrüll haben Sie meine künstlerische Ruhe gestört. Glauben Sie ja nicht, ich lade Sie zu meiner Vernissage ein.«

Schiedlich ballte unter bösem Blick die Faust und eilte in sein Haus.

Als Teddy zur Staffelei zurückging, verfingen sich unsere Blicke. Schnell sah ich weg, doch er änderte sofort die Richtung und kam zu mir an den Tisch. Ich griff nach der erstbesten Broschüre und schlug sie auf.

»Bea, leihst du mir deinen Corsa? Ich muss die letzten Kisten aus der Wohnung holen. Die passen nicht alle in den Alfa.«

Scheinbar beschäftigt, blätterte ich um und tat, als hätte ich nichts gehört.

Teddy tippte auf die aufgeschlagene Seite und hinterließ dort einen gelben Fingerabdruck. »Wusste nicht, dass du Chinesisch kannst.«

Erst jetzt merkte ich, dass ich die Broschüre falsch herum hielt. »Hab mir nur den Schmuck angesehen.«

Mit dem Pinsel zeigte Teddy auf den Corsa. »Ich brauche dein Auto, okay?«

»An sich schon. Leider gibt es ein Problem.«

»Probleme gibt es nicht, es gibt nur Lösungen«, zitierte Teddy Agenturchef Hohlberg in einem zum Verwechseln ähnlichen Tonfall.

»Der Corsa springt nicht an. Ist vielleicht was an der Zündung.«

»Zündung«, wiederholte Teddy und strich über die blauschwarz glänzenden Stoppeln seines Dreitagebartes. »Glaub ich nicht. Am besten, ich sehe mir das kurz an.« Er lief über den Rasen und sprang mit einem Satz über den Zaun.

Angeber, dachte ich und holte den Autoschlüssel. Drei Minuten später verkündete Teddy, der Anlasser sei völlig okay, aber die Batterie sei leer. »Ich schätze, du hast das Licht angelassen.«

»So blöd bin ich nicht.« Oder doch? Vielleicht hatte ich im Schockzustand nach der Verfolgungsjagd vergessen, das Licht auszuschalten, als ich mit Jeannette mein Auto von der Agentur abgeholt hatte.

Teddy schaute vielsagend. »Ich lade sie für dich auf.«

Am Nachmittag sprang der Corsa wieder an. Teddy machte den Gettoblaster aus, stieg in mein Auto und brauste davon. Erst als er weg war, fiel mir ein, dass ich vergessen hatte, ihn nach seinen Entwürfen für die Juwelierbroschüre zu fragen.

12

Inzwischen war die Sonne ums Haus herumgewandert und der Schatten im Vorgarten rar. Ich stellte den Sonnenschirm neben dem Campingtisch auf und wollte mich eben in das Infomaterial des Juweliers vertiefen, als der Gärtner mich bat, den frisch gepflanzten Rosenstock in Augenschein zu nehmen. Das tat ich, dankte Herrn Gerber und gab ihm hitzefrei, um ein paar Stunden Ruhe zu haben.

Endlich kam ich zum Nachdenken. Über welche Themen sollte die Broschüre informieren? Wie würden die Seiten aufgebaut sein? Das war Sache des Grafikers. Sobald Teddy zurück war, musste ich das mit ihm besprechen. Erst dann konnte ich abschätzen, wie viel Platz ich zur Verfügung hatte beziehungsweise ob er genug Raum für Text eingeplant hatte. Was unwahrscheinlich war, da Texte für die meisten Grafiker ein Störfall waren, der sie beim Gestalten behinderte.

»Entschuldigung. Darf ich Sie kurz stören?«, hörte ich jemanden fragen.

Ich sah auf. Am Gartenzaun stand ein junger Mann mit braunen Locken, der die Hände in den Taschen seiner knielangen Cargohose versenkte.

Innerlich seufzend ließ ich die Broschüre sinken. »Worum geht's?«

»Wohnt hier vielleicht eine Frau namens Fanny?«

In meinem Kopf schrillte ein ganzes Orchester von Alarmglocken. Jemand war in Fannys Zimmer eingebrochen. Gestern hatte der anonyme Anrufer nach meiner Tante gefragt. Und nun erkundigte sich schon der Nächste nach ihr, als wäre sie der meist gesuchte Mensch der Welt.

Unauffällig schaute ich mich nach etwas um, mit dem ich mich verteidigen konnte, falls der Mann sich auf mich stürzte. Drüben am Gartentor lehnte eine Schaufel. Die musste der Gärtner vergessen haben. Vier, fünf Schritte würde es brauchen, bis ich dort wäre.

Der Fremde war meinem Blick gefolgt und schien zu ahnen,

was in mir vorging. Sofort nahm er die Hände aus den Hosentaschen und hob sie hoch, als hätte ihn ein Polizist dazu aufgefordert.

»Tut mir leid, ich wollte Sie nicht erschrecken. Mein Name ist Alexander, und ich bin auf der Suche nach jemandem.« Er griff in die Tasche seines orangen Freizeithemds und zog etwas Helles, Rechteckiges heraus. Mit der anderen Hand zeigte er hinter mich. »Auf dem Foto ist Ihr Haus zu sehen. Einige Details sind anders, aber es ist eindeutig dieses Haus.«

In mein Misstrauen mischte sich Neugierde. Der Mann sah nicht gerade wie ein Massenmörder aus, auch wenn ich keine Erfahrung mit dieser Spezies hatte. Ich ging über den Rasen auf ihn zu.

»Bitte, überzeugen Sie sich selbst.« Er beugte sich über den Zaun und reichte mir das Bild.

Die verblichene Farbaufnahme zeigte zu meinem Erstaunen tatsächlich Fannys Haus. Allerdings musste das Foto schon älter sein. Rechts vom Haus, wo der Garagenanbau stand, war auf dem Foto noch der alte Holzschuppen zu sehen, in dem ich als Kind Verstecken gespielt hatte. Onkel Klaus hatte mir dort zum Entsetzen meiner Mutter gezeigt, wie man mit einer Axt Holz spaltete, ohne sich die Finger abzuhacken. Neben dem Gartentor wuchs die Birke, von der heute nur noch der Stumpf übrig war.

»Schauen Sie sich die Rückseite an«, sagte der Mann.

Als ich das Bild umdrehte, erstarrte ich. Mit schwarzem Kugelschreiber waren zwei Worte darauf geschrieben, beide in Anführungszeichen. Das eine lautete »Degerloch«, das andere war der Vorname meiner Tante: »Fanny«. Irritiert sah ich zu Alexander auf, der fast einen Kopf größer war als ich.

»Sie wollen sicher wissen, wer das hier drauf geschrieben hat. Das weiß ich nicht. Aber ich muss unbedingt herausfinden, was es mit diesem Foto auf sich hat.«

»Von wann stammt die Aufnahme?«

Alexander wiegte den Kopf hin und her. »Ich schätze, sie dürfte gut über zwanzig Jahre alt sein.« Er zeigte auf eine Ecke. »Sehen Sie, da vor dem Zaun erkennt man die Front eines Audis. Dieses Modell wurde nur bis Mitte der Achtziger Jahre gebaut.«

Auch wenn ich in Deutschlands Automobil-Hauptstadt lebte, kannte ich mich mit Autos kaum aus. Ob das nun ein Audi oder ein Opel oder sonst was war, hätte ich nicht einmal gewusst, wenn es um eine Million Euro bei Günther Jauch gegangen wäre.

»Woher haben Sie dieses Foto?«

Der Mann ließ den Kopf sinken. Seine braunen Locken schlossen sich wie ein Vorhang vor dem Gesicht. Als er wieder aufsah, bemerkte ich, dass seine Augen dieselbe Farbe hatten wie sein Haar. Kastanienbraun.

»Dieses Bild … Es gehörte meiner Mutter. Sie ist vor Kurzem gestorben«, sagte er mit leiser Stimme. »Ich habe es in ihren persönlichen Sachen gefunden.« Seine Augen glänzten, als kämpfte er mit den Tränen.

Eine Weile wusste ich nicht, was ich sagen sollte. Ich überlegte, ob ich ihm von meiner Tante erzählen sollte, entschied mich aber dagegen.

»Wissen Sie, wer diese Fanny ist, deren Name auf der Rückseite steht?«, fragte ich stattdessen.

»Nein, leider nicht.« Er hob die Schultern. »Diesen Namen habe ich noch nie gehört. Vielleicht eine frühere Freundin meiner Mutter.«

Wie er da vor dem Zaun stand und mit der Spitze seiner Sneakers ein Loch in den Gehweg bohrte, berührte er etwas in mir. Ich sah den Namenszug auf der Rückseite des Bildes an und versuchte mir vorzustellen, wie es sein musste, die Mutter zu verlieren. Meine Mutter und ich hatten alles andere als ein enges Verhältnis. Jedes Mal wenn wir miteinander redeten, nervte sie mich. Auch wenn ich ihre Gegenwart nur stundenweise ertragen konnte, weil sie sich penetrant in mein Leben einmischte, wurde mir klar, dass auch sie nicht ewig leben würde. Und wenn sie eines Tages starb, würde ich mit ihr den Ort verlieren, wo ich entstanden und gewachsen war. Die Höhle, in der ich die ersten neun Monate meines Lebens verbracht hatte. Gut beschützt, gewärmt, genährt und geliebt. Ja, geliebt, auch wenn Mutter sich das über die Jahre abgewöhnt zu haben schien. Ich schluckte, um den Kloß im Hals loszuwerden.

Mit energischen Schritten ging ich zum Gartentor und öffnete es. Erneut wunderte ich mich kurz, warum es nicht mehr quietschte. Alexander kam zögernd auf mich zu, als traute er dem unerwarteten Frieden nicht.

»Kommen Sie rein. Ich kann Ihnen sagen, wer Fanny ist.«

Sofort hellte sich seine Miene auf. Doch bevor ich ihm von meiner Tante erzählte, wollte ich mehr über ihn erfahren. Nachdem ich eine Flasche Wasser und Gläser aus der Küche geholt und meine Arbeitsutensilien vom Tisch geräumt hatte, fragte ich ihn aus.

»Woher wissen Sie, wo das Haus steht? Haben Sie noch weitere Informationen über das Bild?«

Alexander legte die Hände um das Wasserglas und schüttelte den Kopf. »Nur dieses Foto, sonst nichts. Alles, was ich weiß, ist das, was auf der Rückseite zu lesen ist. Daraus schloss ich, dass dieses Haus in Degerloch steht. Ein paar Tage lang habe ich mit dem Mountainbike alle Straßen abgesucht. Der Ort ist nicht groß, und ich bin gut trainiert. Trotzdem hat es eine Weile gedauert, bis ich fündig wurde.«

»Wohnen Sie hier in der Gegend?«

»Nein. In Korntal-Münchingen.«

Ich trank einige Schlucke und genoss, wie das Wasser meine Kehle kühlte. »Wusste niemand in Ihrer Familie, was es mit diesem Foto auf sich hat?«

Alexander lehnte sich zurück. »Meine Mutter war meine Familie. Sonst habe ich keine Verwandten. Außer einem entfernten Onkel in Berlin, den ich nur alle paar Jahre sehe. Per Fax habe ich ihm das Bild geschickt, aber er konnte mir nicht weiterhelfen.«

»Und Ihr Vater? Er könnte über die Freundinnen Ihrer Mutter Bescheid wissen.«

»Mein Vater ist tot. Ich kenne ihn nicht. Er und meine Mutter haben sich getrennt, bevor ich zur Welt kam.«

Schweigend musterte ich das Gesicht des jungen Mannes, das unter der Sonnenbräune nun ziemlich blass wirkte. Wie schrecklich musste es sich anfühlen, völlig allein auf der Welt zu sein. Als ich die Sommersprossen auf seiner Nase sah, musste ich lächeln.

Alexander bemerkte das und runzelte die Stirn.

»Entschuldigung, ich lache nicht über Sie«, sagte ich. Auch mein Nasenrücken war mit Sommersprossen übersät. Ob er sie als Kind genauso gehasst hatte wie ich? Jeden Sommer hatte ich versucht, sie mit Gurkenschalen zu bleichen. Heute benutzte ich Make-up, was aber wenig half.

»Was wollen Sie tun, wenn Sie wissen, wer Fanny ist?«

Alexander seufzte. »Dann erfahre ich hoffentlich, woher sie meine Mutter kannte. Vielleicht waren die beiden befreundet, und sie kann mir etwas über Mutter erzählen, was ich noch nicht weiß.« Er senkte den Blick. »Seit sie tot ist, vergesse ich jeden Tag mehr von ihr. Ihre Stimme zum Beispiel. Vor ein paar Tagen wusste ich auf einmal nicht mehr, wie ihre Stimme klang. Zum Glück sind einige Nachrichten von ihr auf meiner Mailbox gespeichert.«

Ich versuchte mich an die Stimme meiner Mutter zu erinnern. Sofort hörte ich sie sagen: »Bea, warum suchst du dir keine anständige Arbeit?« – »Bea, du musst dringend zum Friseur.« – »Bea, es wird Zeit, dass du unter die Haube kommst.« Ich wandte mich wieder meinem Gast zu. »Haben Sie sich gut mit ihr verstanden?«

»Ja, ich glaube schon«, sagte er nachdenklich. Nach einer Weile meinte er: »Wenn Sie nun genug von mir wissen, könnten Sie mir von Fanny erzählen? Vorhin haben Sie gesagt, Sie kennen diese Frau.«

»Vermutlich ist damit meine Tante gemeint. Ihr gehört das Haus. Ich wohne nur für einige Zeit hier.«

Alexander atmete hörbar aus. »Danke, das tut gut. Ich habe schon geglaubt, ich forsche einem Hirngespinst hinterher. Wie ist Ihre Tante so?«

»Tante Fanny ist … eine bemerkenswerte Person.« Unwillkürlich musste ich lachen. »Sie ist sechzig, aber eigentlich hat sie kein Alter. Innerlich meine ich, einige Falten hat sie schon. Sie probiert oft Neues aus und kann gut mit Menschen umgehen. Außer vielleicht mit ihrem Nachbarn, der nicht viel vom Stil ihres Gartens hält.«

Alexander sah zu der wuchernden Ligusterhecke, die Gerber teilweise zurückgeschnitten hatte, und auf das kniehohe Gras um uns herum. »Es ist ein, nun, ein besonders kreativer Garten.«

»So kann man es auch sehen. Dummerweise steht unser Nachbar mit Kreativität auf Kriegsfuß. Er ist eine seltsame Mischung aus Preuße und Schwabe. Hier wurde schon so mancher Kleinkrieg ausgefochten, das können Sie mir glauben.«

»Stellen Sie mir Ihre Tante vor?«

»Das ist schwierig. Sie ist viel unterwegs.«

Deutlich war die Enttäuschung in Alexanders Gesicht zu sehen.

»Wie alt war Ihre Mutter?«

»Sie war achtundfünfzig, als sie starb.«

»Also nur zwei Jahre jünger als Fanny. Wo hat sie gelebt?«

»Im Stuttgarter Norden, in der Mietwohnung, in der ich aufgewachsen bin. Sie hat in einem Restaurant in der Innenstadt bedient, damit aber aufgehört, als ich auf die Welt kam. Übrigens, wir können uns gerne duzen. Ich bin Alex.«

»Ist mir recht. Ich heiße Bea. Deine Mutter hat also nicht studiert, das heißt, von der Uni kannte sie Fanny kaum. Hatte sie denn privat mit Studenten zu tun?«

Alexander sah einer alten Dame in Gesundheitsschuhen hinterher, die den Gehweg auf einen Trolly gestützt entlanglief. »Nein, studiert hat meine Mutter nicht, dafür hatten meine Großeltern zu wenig Geld. Ob sie viele Studenten kannte, weiß ich nicht. Das Lokal, in dem sie bedient hat, liegt in der Nähe der Liederhalle, also unweit von der Universität.«

»Es kann durchaus sein, dass sie dort Studenten kennengelernt hat«, stellte ich fest. »Zum Beispiel meine Tante Fanny oder Freunde von ihr, die sie bekannt gemacht haben. Wie hieß sie eigentlich?«

»Maria. Meine Mutter hieß Maria.«

Aus der Nähe bemerkte ich, dass seine Augen heller als Kastanienbraun waren, sie hatten dieselbe Farbe wie Vollmilchschokolade.

Ein roter Corsa fuhr die Straße entlang und bog schwungvoll in die Garageneinfahrt. Teddy stellte den Motor ab und holte einige Tüten und eine Umzugskiste aus dem Kofferraum. Er wollte auf die offene Garage zugehen, als er mich und Alexander im Vorgarten entdeckte. Ohne Umschweife kam er über den Plattenweg auf uns zu. Seine Miene wirkte verschlossen, trotzdem war mir klar, dass er den Umweg durch den Garten nicht grundlos machte.

»Ich sehe, du hast Besuch, Bea.« Teddys Blick fixierte Alexander, dann sah er zu mir und hob die Einkaufstüten hoch. »In der Stadt macht wieder ein Laden für Künstlerbedarf zu. Die Farben und die Leinwand bringe ich in den Keller, dort ist es kühler.«

Und wer ist dieser verdammt coole Typ, mit dem du so vertraut zusammensitzt?, hörte ich Teddys unausgesprochene Frage. Ich lächelte in mich hinein, machte aber keine Anstalten, meinen Gast vorzustellen. Unnötig laut knallte die Haustür zu.

Als wäre nichts vorgefallen, setzte ich mein Gespräch mit Alexander fort.

Ich erzählte ihm von der Weltreise meiner Tante und dass ich mit Jeannette vor ein paar Monaten hier eingezogen war und gewissermaßen das Haus hütete. Teddy erwähnte ich nicht. Alexander schien die Botschaft zu verstehen und fragte nicht nach.

Auf meine Frage nach seinem Beruf erzählte er, er wolle sich mit einem Fahrradladen selbstständig machen.

»Aber kein Nullachtfünfzehn-Laden, sondern ein Spezialgeschäft für Mountainbikes und Downhill-Freaks.« Als er das Fragezeichen in meinem Gesicht bemerkte, beschrieb er seine Kundschaft. Menschen, bezeichnenderweise meist Männer, die es liebten, steile Berge hinunterzurasen, und dabei kein Hindernis scheuten.

Mir fiel die lehmige Spur ein, die sich seit einiger Zeit quer durch die Bopseranlagen erstreckte. Ein paar Wochen lang hatte die Stadt versucht, dem Treiben mit einer quer über die eingegrabene Rinne aufgestellten Schranke ein Ende zu bereiten. Die Radler hatten die Absperrung einfach als zusätzliche Schikane in ihre Strecke eingebaut. Ein paar Tage später war das Hindernis wieder verschwunden. Das mussten solche Extremradler sein.

Ich erzählte Alexander davon. »Manchmal steigen sie am Bopser in die Stadtbahn ein. Mit ihren Knie- und Ellbogenschützern, den martialisch bemalten Helmen und den dreckverspritzten Rädern und Klamotten wirken sie wie live auf Eurosport.«

»Ja, genau solche Freaks meine ich.«

Als Alexander sich verabschiedete, fragte er, ob er irgendwann noch mal vorbeischauen könnte. »Vielleicht fällt dir bis dahin etwas ein, das mir weiterhelfen könnte.«

»Gern«, sagte ich und lächelte. Premiumvollmilch, dachte ich und spürte ein leichtes Kribbeln im Bauch.

13

Eine Zeit lang schlenderte ich durch den Garten. Hörte den Vögeln zu und genoss das Kitzeln der Grashalme unter den Fußsohlen. Meine Laune war so gut wie lange nicht mehr. Der anonyme Anrufer, der Polo, die Leiche neben dem Gartentor, der verschwundene Nachbarssohn, das alles schien weit weg.

Schließlich sammelte ich meine Unterlagen ein und ging ins Haus.

Aus dem Keller brüllte jemand herauf: »Bea, komm runter. Ich muss dir was zeigen.«

Das war Teddy, und er klang aufgebracht.

Doch es gelang ihm nicht, mich von meiner Wolke zu holen. Ich tänzelte die ausgetretenen Stufen im schummrigen Licht der Wandlampe hinunter. Die Kellerluft war angenehm kühl.

Teddy stand vor der offenen Tür des Heizungskellers und sah aus, als hätte er einen Geist gesehen.

»Weißt du, was ich gerade gefunden habe?«, fragte er.

»Nö. Aber du sagst es mir bestimmt gleich.«

Meine Hochstimmung platzte wie eine Seifenblase, als er mir einen Wust aus zerknülltem Zeitungspapier entgegenstreckte. Das war die alte Ausgabe des Stuttgarter Wochenblatts, in die Jeannette und ich die Knochen aus dem Erdloch verpackt hatten.

»Hast du eine Ahnung, was das sein könnte?«

Schuldbewusst wich ich seinem Blick aus.

Teddy stutzte. »Das glaub ich nicht. Sag sofort, dass du nicht weißt, was das für Knochen sind!«

»Ich kann dir das erklären«, versuchte ich ihn zu beruhigen. Vergeblich.

»Spinnst du? Treibst du hier mit Jeannette finstere Rituale?«, schrie Teddy mich an. »Dass die auf Kaffeesatzlesen und dieses Esoterikzeug steht, weiß ich. Aber das hier ist eindeutig pervers. Habt ihr die Knochen vom Friedhof geklaut?«

Was sollte ich sagen? Wo ich selbst am wenigsten wusste, was es mit den Knochen auf sich hatte.

Mit unübersehbarer Abscheu stierte Teddy auf seinen Fund. »Diese Knochen stammen von einem Menschen!«

»Da hast du wohl recht.«

»Da hab ich wohl recht?«, imitierte Teddy meinen kraftlosen Tonfall. »Mehr fällt dir dazu nicht ein?«

Inzwischen bereute ich es, barfuß zu sein. Die Kälte kroch meine Füße herauf. »Erstens ist Jeannette nicht pervers. Zweitens treiben wir uns nachts nicht auf dem Friedhof herum. Die Knochen stammen aus dem Garten. Wir haben sie entdeckt, als wir den Baumstumpf ausgraben wollten.«

»Wo ist der Rest des Skeletts?«

»Es gibt kein Skelett. Das heißt, wahrscheinlich gibt es keins. Wir mussten mit dem Graben aufhören, weil ein Gewitter losbrach. Am nächsten Tag hatte keine von uns den Mumm, noch tiefer zu graben.«

Teddys Kiefer malmten aufeinander. Mit loderndem Blick forderte er mich auf weiterzureden.

»Der Anhänger schien uns wichtiger. Vor allem, weil er Fanny gehört.«

»Welcher Anhänger? Was hat das mit diesen Knochen zu tun?«

»Das wissen wir nicht. Die Knochen haben wir unter der Niveadose gefunden.« Ich bückte mich, griff nach der blauen Dose und zeigte sie Teddy, der ihr wohl keine Bedeutung zugemessen hatte.

Teddy schloss die Augen, als ringe er um Fassung. »Bitte fang von vorne an. Also: Ihr wolltet den Baumstumpf ausgraben. Was passierte dann?«

Ich erzählte ihm alles, was Jeannette und ich wussten. Genau genommen also ziemlich wenig. Den Einbruch in Fannys Zimmer behielt ich für mich.

Jeannette war sauer, weil ich Teddy eingeweiht hatte.

»Was hätte ich denn tun sollen?«, verteidigte ich mein Vorgehen. »So schnell ist mir keine plausible Notlüge eingefallen. Von dem Einbruch und dem Polo weiß er nichts.«

Wir saßen an unserem Lieblingsplatz, dem Absatz des Windfangs vor der Haustür. Teddy grillte im Vorgarten das Abendessen und zog es vor, uns bis dahin zu meiden wie Gemeingefährliche. Sein Gettoblaster dröhnte durch den Garten.

»Was wollte dein Ex überhaupt im Heizungskeller?«, fragte Jeannette.

»Er hat nach Gummistiefeln gesucht für ein Experiment mit Action-Painting.«

»Action-Painting, pfff. Als Nächstes lässt er uns Aktmodell stehen.« Sie seufzte. »Ob wenigstens deine Tante weiß, was es mit den Knochen auf sich hat?«

»Leider kann ich sie auf ihrer Dschungeltour nicht erreichen. Ich habe beim Reiseveranstalter eine Notfallnachricht für sie hinterlassen.«

Gedankenverloren schaute Jeannette ins Leere. »Ich arbeite gerade an einer Anzeigenserie für Studentenfutter. Dabei hatte ich eine Idee für eine Art Bio-Alarmanlage gegen Einbrecher. Unten im Vorratskeller stehen zwei Eimer Haselnüsse.«

»Die sind von Fannys letzter Ernte übrig.«

»Was hältst du davon, wenn wir die Schalen über den Gartenweg streuen?«

Es dauerte eine Weile, bis ich kapierte. »Du meinst, damit uns das Geräusch warnt, wenn sich jemand anschleicht? An sich eine gute Idee«, sagte ich. »Aber was ist, wenn die Einbrecher übers Gras kommen?«

»Stimmt. Blöde Idee. Übrigens, das Gartentor quietscht nicht mehr. Ich wette, dein arbeitswütiger Gärtner hat die Scharniere geölt.«

»Ja, ist mir auch schon aufgefallen.«

Ein verlockender Duft nach gegrilltem Fleisch zog um die Hausecke. Wir verließen unser lauschiges Plätzchen und gesellten uns zu Teddy.

Mein Ex goss drei Sektgläser ein. Ob das ein Angebot zum Waffenstillstand war?

Als wir die Gläser zum Anstoßen hoben, enthüllte er, welchem Umstand wir seine Einladung zu verdanken hatten.

»Ab sofort habe ich ein eigenes Atelier«, verkündete Teddy stolz. »Es gehört zu einer Künstlergemeinschaft in Bad Cannstatt auf dem Gelände der Sektkellerei Rilling. »Ihr seid jederzeit zur Besichtigung willkommen. Prost!«

Genüsslich verspeisten wir die Steaks. Kurz wunderte ich mich, wo Stiefel steckte. Weder Maus noch Spatz konnten ihn normalerweise davon abhalten, sich ein Stück rohes Rindfleisch zu sichern.

Jeannette und ich unterhielten uns mit Teddy so entspannt, als wären wir die normalste Wohngemeinschaft der Welt. Doch dieser friedliche Zustand hielt nicht lange an.

Kaum waren der Grill aus und die Teller leer, wollte Teddy noch einmal alles erzählt bekommen, was geschehen war. Jeannette fasste die Ereignisse zusammen. Ihre Darstellung war deutlich strukturierter als meine.

Teddy ließ ihre Worte auf sich wirken. »Hat dieser Typ von heute Mittag auch was mit den Knochen und dem Anhänger zu tun?«

»Was für ein Typ?« Überrascht wandte sich Jeannette zu mir.

Teddy verzog den Mund zu einem schiefen Lächeln. »Bea hat mit einem Wildfremden beschaulich im Garten geplaudert. Ein Kaffeekränzchen unterm Sonnenschirm, etwa fünf Meter Luftlinie von eurem rätselhaften Grab entfernt. Meinem Eindruck nach sah der Typ wenig vertrauenswürdig aus.«

»Der Typ heißt Alexander und war auf der Suche nach meiner Tante«, erklärte ich Jeannette und ignorierte Teddy, der lässig eine Zigarette zwischen den Fingern kreisen ließ. »Er hat von seiner Mutter ein Foto geerbt, auf dem Fannys Haus abgebildet ist.«

»Woher kennt er deine Tante?«, wollte Jeannette wissen.

»Er kennt sie gar nicht.« Ich erzählte alles, was ich über Alexander wusste. Na ja, fast alles. Die Farbe seiner Augen zum Beispiel erwähnte ich nicht.

Teddy und Jeannette wechselten einen bedeutungsvollen Blick, als wären sie ausnahmsweise einmal einer Meinung.

»Sag mal, Bea, dieser Alexander fährt nicht zufällig einen Polo?«, fragte Jeannette.

»Alexander fährt Mountainbike«, antwortete ich, obwohl ich genau genommen nicht wusste, ob das heute der Fall gewesen war.

»Das beruhigt mich. Heute Morgen ist nämlich unser Spanner wieder aufgetaucht. Der blaue Polo hat mich bis vor die Agentur verfolgt und wäre dabei fast in meinen Kofferraum gefahren.«

Bei der Erinnerung an mein Erlebnis auf der Weinsteige schnürte es mir die Kehle zu. »Bist du sicher, dass es derselbe war?«, fragte ich nach.

Jeannette nickte. »Getönte Scheiben, unleserliches Kennzeichen.«

»Moment«, schaltete sich Teddy ein. »Von welchem Spanner redet ihr?«

»Ups«, machte Jeannette und presste die Lippen zusammen.

Zu spät. Mit einem Seufzer wandte ich mich an Teddy. »Das haben wir vergessen zu erwähnen«, sagte ich. »Seit ein paar Wochen fährt ein blauer Polo auffällig oft und langsam die Straße entlang. Wir hatten auch mal den Eindruck, der Fahrer beobachtet uns und Fannys Haus.«

»Diesmal war ich sein Zielobjekt«, warf Jeannette ein. »Das war so was von gefährlich. Ich hätte fast einen Unfall gebaut, weil ich völlig auf den Polo hinter mir fixiert war.«

»Ob das was mit diesen Knochen zu tun hat?«, sagte ich und sah hinüber zu dem Baumstumpf neben dem Gartentor.

Jeannette atmete tief durch. »Also, ich weiß nicht, wie es euch geht. Aber ich finde es gruselig, dass gleich neben uns jemand begraben liegt und wir immer noch nicht wissen, wer es ist und warum er starb.«

»Ich glaube nach wie vor, es könnte dieser Dieter sein, du weißt schon, der Sohn von ...« Ich wies mit dem Kinn zu unserem Lieblingsnachbarn hinüber.

Mein Gesicht fror ein, als ich Schiedlich in Rippenunterhemd und karierten Bermudas am Zaun stehen sah. Hoffentlich hatte er unser Gespräch nicht belauscht.

»Gleich zehn Uhr«, schimpfte er und streckte zur Veranschaulichung das Handgelenk mit der Armbanduhr über den Zaun. »Anständige Menschen halten sich an die Ruhezeiten, statt andere mit dieser Negermusik zu belästigen. Eine Unverschämtheit ist das!«

Teddy erhob sich und pumpte seine Brust auf. »Um das ein für alle Mal klarzustellen: Sie sind hier der Unverschämte. Ihr Fernseher dröhnt abends so laut, dass die ganze Straße unter Ihrem schlechten Geschmack leidet.«

Ich zog den Kopf ein und fragte mich, ob Teddys Fleisch besonders viel Testosteron enthalten hatte. Jeannette griff nach einem Steakmesser, falls der Streit eskalieren sollte.

Schiedlich krallte die Finger um den Zaun. »Ich zeige Sie an wegen Ruhestörung und übler Nachrede!« Er drehte sich um und stapfte breitbeinig auf sein Haus zu. An der Tür wandte er sich noch mal zu uns um und hob entschlossenen Blickes die Faust.

»Der ist aber schlecht gelaunt.« Jeannette begann das Geschirr aufeinanderzustapeln. »Ich glaube, wir treten lieber den geordneten Rückzug an.«

Teddy schaltete den Gettoblaster aus und räumte Farbtuben und Pinsel in eine Holzkiste. Dabei hielt er alle paar Sekunden inne, um fasziniert sein halb fertiges Bild zu betrachten. Jeannette und ich räumten gerade den Tisch in die Garage zurück, als ein Streifenwagen die Straße entlangfuhr und am Grenzzaun zu Schiedlich stoppte.

Vor Schreck ließ ich meine Seite des Tisches plumpsen. Glücklicherweise landete er nicht auf meinen Füßen. Schiedlich hatte unser Gespräch über die Knochen also doch belauscht und uns bei der Polizei verpfiffen. Kurz huschte mein Blick hinüber zum Birkenstumpf, bis ich mich wieder im Griff hatte. Vor Aufregung krampfte sich mein Magen zusammen. Jeannette schien die Ruhe in Person zu sein. Entspannt wischte sie ein paar Brotkrümel vom Tisch.

Auf der Beifahrerseite stieg ein uniformierter Beamter aus, zog den Hosenbund über seinen Bauch hoch und kam über die Garageneinfahrt auf uns zu. Das war Herr Schäfer, den ich bereits vom Einbruch in Fannys Zimmer kannte. An seinen Dienstgrad konnte ich mich nicht mehr erinnern. Es sah nicht so aus, als hätte er es besonders eilig. Ob er tatsächlich wegen der Leiche gekommen war? Nun ja, die war schon eine ganze Weile tot, da kam es auf eine Minute mehr oder weniger nicht mehr an.

»Guten Abend, Frau Pelzer«, begrüßte er mich und schaute in die Runde. »Polizeihauptmeister Schäfer, wir kennen uns ja bereits.«

Sein Kollege stieg ebenfalls aus. Als er das farbenfrohe Gemetzel auf Teddys Leinwand sah, blieb er stehen.

Schäfer sah zwischen Jeannette und mir hin und her. Von den dunklen Flecken unter seinen Armen verbreitete sich Schweißgeruch.

»Meinen Kollegen kennen Sie auch schon, Polizeiobermeister Kessler. Ist Frau Wieland immer noch auf Reisen?«

Mein Magen hatte sich entkrampft, auch wenn das Gartentor meinen Blick magisch anzog. »Ja, es wird noch länger dauern, bis sie wieder nach Hause kommt. Das ist meine Freundin Jeannette Wagenbach, und dort drüben, das ist Teddy Ternes.«

»Abend allerseits«, sagte Schäfer in die Runde. »Nun, wir sind wegen Ihrem Nachbarn hier. Wieder einmal. Unser Wagen findet den Weg inzwischen fast von selbst.« In seiner Stimme schwang leichte Erheiterung mit.

Innerlich atmete ich auf. Es ging also nicht um die Leiche. »Gab es eine Anzeige gegen uns?«

»Ihr Nachbar hat auf dem Revier angerufen und sich beschwert. Wegen nächtlicher Ruhestörung und ... Augenblick ...« Schäfer nahm einen kleinen Notizblock aus der Jackentasche und blätterte. »Ach ja, hier. Wegen Erregung öffentlichen Ärgernisses.« Er warf einen Blick zu Teddy, der seinen Kollegen gerade fragte, ob er sich für Kunst interessiere.

Polizeiobermeister Kessler antwortete: »Letztes Jahr haben meine Frau und ich die Adolf-Hölzel-Ausstellung im Museum gesehen. Daran erinnert mich das.« Er deutete auf die Leinwand, wo bunte Kreise und Quadrate sich überlagerten.

»Wow«, entfuhr es Teddy beeindruckt. »Mann, Sie haben echt Ahnung.«

Polizeihauptmeister Schäfer räusperte sich und wandte sich zu mir. »Frau Pelzer, Sie wissen sicher, dass es gesetzliche Ruhezeiten gibt. Von zwanzig Uhr an gilt Zimmerlautstärke. Ab zweiundzwanzig Uhr sind alle Betätigungen verboten, die zur Störung der Nachtruhe führen.«

Sein Blick lag fragend auf mir.

»Ja, klar«, beeilte ich mich zu versichern. »Wir werden in Zukunft darauf achten.« Ich sah hinüber zu Teddy, der mit dem anderen Beamten diskutierte und von unserem Gespräch nichts mitbekam. »Wie läuft Ihre Suche nach dem Einbrecher? Haben Sie schon einen Verdacht?«

Schäfer schüttelte den Kopf. »Bisher haben wir noch keine konkreten Anhaltspunkte, Frau Pelzer. Aber wir ermitteln weiter in der Sache. Konnten Sie inzwischen feststellen, was gestohlen wurde?«

»Nein, ich sagte ja bereits, dass ich nicht weiß, was meine Tante in diesem Zimmer aufbewahrt.«

Jeannette trat einen Schritt vor und fragte: »Haben Sie wenigstens herausgefunden, wem der blaue Polo gehören könnte? Der ist heute nämlich zur Abwechslung mir auf die Pelle gerückt. Auf der Weinsteige ist er dicht zu mir aufgefahren und hat mich bedrängt. Genau wie bei Bea.«

Schäfer nahm seinen Notizblock wieder zur Hand. »Konnten Sie diesmal das Kennzeichen erkennen?«

Jeannette zuckte mit den Schultern. »Nein, das Schild war total verdreckt. Ich konnte weder die Buchstaben noch eine Zahl entziffern.«

»Tja.« Schäfer ließ den Block enttäuscht sinken. »Ich fürchte, so kommen wir nicht weiter.«

Er ermahnte uns, in Zukunft etwas rücksichtsvoller zu sein, weil Herr Schiedlich besonders – hier hüstelte er – korrekt sei.

Jeannette blinzelte nun in Kleinmädchenmanier. »Schon verstanden, Herr Kommissar. Unser Nachbar hat eben eine kurze Zündschnur. Verlassen Sie sich auf uns.«

Schäfer hob die Augenbrauen. »Junge Frau, Sie haben wohl zu viele Fernsehkrimis gesehen? Nicht alle Polizisten sind von der Kripo. Ich bin Polizeihauptmeister.«

»Ich mag Männer in Uniform«, flötete Jeannette und schaute bewundernd zu Schäfer auf, den das sichtlich verunsicherte.

»Nun«, er räusperte sich. »Ich wünsche Ihnen noch einen schönen, ruhigen Abend.«

Das Adjektiv »ruhig« betonte er.

Er tippte sich an die Mütze und gesellte sich zu seinem Kollegen. Die beiden rätselten, was die Formen auf Teddys Leinwand darstellten.

Ich neigte den Kopf zu Jeannette und raunte: »Ob wir der Polizei nicht doch von den Knochen erzählen sollten?«

Meine Freundin fixierte mich eindringlich. »Ich dachte, du wolltest zuerst klären, was deine Tante damit zu tun hat?«

Vor meinem geistigen Auge sah ich Absperrbänder, Menschen in weißen Schutzanzügen, die in Fannys Garten buddelten, und Reporter mit Mikros und Kameras, die das Haus belagerten. Tante Fanny in Handschellen, ich vor Gericht und Jeannette, wie sie mir einen Kuchen mit eingebackener Feile in die U-Haft mitbrachte.

Danach schaffte ich es mühelos, den Blick vom Gartentor fernzuhalten, während die beiden Gesetzeshüter mit Teddy fachsimpelten.

14

Als die Polizisten gegangen waren, stieg Teddy in seinen Alfa und brauste davon. Ob er in sein neues Atelier nach Cannstatt fuhr? Jeannette vermutete eher, mein Ex suche nach einem formschönen Betthupferl.

Wir verbrachten den Abend gemeinsam vor dem Fernseher. Es lief ein Krimi, der beklemmend realitätsnah war. Der Held wanderte ins Gefängnis, weil er der Polizei einen Leichenfund verschwiegen hatte. Als das herauskam, wurde er selbst des Mordes angeklagt. Bald hatten wir genug Wein intus, um bis zum überraschenden Freispruch mitfiebern zu können. Außerdem hatte der Held schokoladenbraune Augen.

Jeannette schaltete den Fernseher aus. »Ich hätte nie gedacht, dass er sich aus dieser Verkettung unglücklicher Umstände wieder herauswinden könnte.«

Ich hörte nur mit einem Ohr zu, weil ich mit den Gedanken bei Alexander war und überlegte, woher seine Mutter Tante Fanny gekannt haben könnte.

»Wenn du mich fragst, gibt es keine Zufälle«, sagte Jeannette. »Unsere Leiche im Garten ist so etwas wie ein Wink des Universums an uns.«

Sofort hatte sie meine ganze Aufmerksamkeit.

»Es muss eine tiefere Bedeutung haben, dass Schiedlich in dem Augenblick am Zaun auftauchte, als du seinen verschwundenen Sohn erwähnt hast«, fuhr sie fort. »Zufälle, das ist wie durch die Kanäle zu zappen«, stellte sie einen eigenwilligen Zusammenhang her. »Du lebst gemütlich vor dich hin, vertilgst ein Steak und zack – schaltet eine höhere Macht auf ein anderes Programm. Plötzlich passiert etwas Unvorhergesehenes, oder du triffst jemanden, der dein Leben verändert. Oder die Vergangenheit ergibt einen Sinn, wie wenn jemand das Video deines Lebens zurückgespult hätte.«

»Was willst du damit sagen? Dass die Leiche im Garten dieser Dieter ist? Das sag ich doch die ganze Zeit.«

Jeannette nickte. »Die Botschaft des Universums hat mich überzeugt.« Sie streckte die Arme von sich und gähnte so ausgiebig, dass ich die Kronen ihrer Backenzähne sehen konnte.

Plötzlich drang ein Geräusch aus dem Flur in mein Bewusstsein. Es klang, als klirrte jemand mit etwas. Zum Beispiel mit einem Bund Dietriche.

»Hörst du das auch? Da ist jemand an der Haustür«, flüsterte ich. Mein Körper wurde starr, während ich angespannt lauschte. »Meinst du, der Einbrecher versucht es schon wieder?«

Jeannette winkte ab, senkte aber die Stimme. »Wir haben in allen Zimmern Licht eingeschaltet. Selbst ein Blinder würde mitbekommen, dass wir daheim sind. Die meisten Einbrecher warten, bis alle schlafen. Oder sie steigen tagsüber ein, wenn die Bewohner bei der Arbeit sind. Das weiß ich aus Aktenzei…«

Sie brach ab, als etwas ins Schloss gesteckt wurde. Stimmen waren zu hören.

»Da kichert jemand«, raunte Jeannette und sprach in normaler Lautstärke weiter. »Das klingt weiblich. Ich tippe auf Teddy plus Anhang.«

Sekunden später lief mein Ex an der Wohnzimmertür vorbei mit etwas sehr Blondem im Arm.

»Hallo, Mister Unwiderstehlich«, rief Jeannette ihm hinterher. »Es wäre nett, wenn du uns deine Begleitung vorstellst. Damit wir wissen, wer hier ein und aus geht.«

Ein verwuschelter dunkler Haarschopf schob sich in den Türrahmen. »Aber gern, die Damen. Das ist Mandy.«

Neben ihm erschien ein mageres Girl in einem roten Kleidchen. Das blonde Haar war zu einer Löwenmähne auftoupiert. Ihr anderes Körperende war mit schwindelerregend hohen Lacksandalen ähnlich ausgebaut. Die Kleine passte in Teddys Beuteschema. Jung, blond, zur Sünde bereit.

»Ich bin Bea. Mir gehört das Haus«, sagte ich nach Großgrundbesitzerart.

Mandy nickte mir desinteressiert zu. Teddy und sie verschwanden von der Bildfläche. Das blonde Kichern kam mir bekannt vor. Hatte Mandy meinem Ex auch neulich Nacht Gesellschaft geleistet?

»Männergehirne sind enttäuschend einfach strukturiert«, kommentierte Jeannette. »Kaum sieht Teddy dich mit einem anderen

Mann zusammensitzen, angelt er sich ein Lustobjekt, um dich eifersüchtig zu machen.«

Ich spürte, wie sie mein Gesicht musterte.

»Einen Euro für deine Gedanken«, sagte sie. »Du lächelst wie die Sphinx. Raus mit der Sprache, woran denkst du?«

»An Vollmilchschokolade.«

»Mmm. Das sind wohl deine Hormone.« Jeannette erhob sich vom Sofa. »Schätze, wir brauchen heute Nacht Ohropax. Das Beste wäre, wir schlafen ein, bevor die beiden loslegen.«

Wir putzten uns die Zähne und gingen in unsere Zimmer. Als ich mein Schlaftop überstreifte, hörte ich Schritte auf dem Flur. Jemand polterte die Holztreppe hinunter. Etwas krachte laut. Eine Frau fluchte wie ein Bauarbeiter.

Sofort eilte ich zum Treppenabsatz. In Slip und bauchfreiem Shirt lehnte Jeannette seltsam verrenkt an der Wand und krallte sich am Treppengeländer fest. Ihr rechter Fuß war eingebrochen und steckte ab dem Knöchel in einer Stufe.

»Steh nicht so blöd rum«, zischte sie. »Hilf mir lieber.«

Mit einem großen Schritt quetschte ich mich an ihr vorbei und kniete eine Stufe tiefer. Behutsam versuchte ich ihren nackten Fuß herauszuziehen.

»Aua«, beschwerte sie sich. »Pass auf die Splitter auf.«

Als der Fuß frei war, konnte ich außer einer Kratzwunde am Knöchel keine Verletzungen entdecken. Jeannette ließ sich neben mir nieder und betrachtete die zerstörte Stufe. »Da ist bestimmt Hausschwamm drunter. Bei meiner Oma musste das komplette Treppenhaus erneuert werden.«

»Oh nein, bitte nicht noch mehr Sanierungsbedarf«, stöhnte ich und tastete über die Bruchstelle. Einen der Splitter riss ich ab und schnupperte daran. »Riecht modrig.«

Jeannette griff in das Loch und zog kleine, würfelähnliche Stückchen heraus. »Das könnte ein Schwamm sein. Frag auf jeden Fall einen Fachmann. Wenn der Hausschwamm auch im Mauerwerk sitzt, kann das teuer werden.« Sie schob die Hand in die Öffnung und tastete das Innere der Stufe ab. »Da drin lässt sich das Holz eindrücken wie Styropor. War nur eine Frage der Zeit, bis die Oberfläche nachgibt.«

Plötzlich stockte sie. Ihre Augen weiteten sich in einer Mischung aus Verwunderung und Erschrecken. »Da liegt etwas. Fühlt sich kalt und glatt an.« Sie manövrierte die Hand hin und her, um ihren Fund an den zerbrochenen Rändern vorbei herauszubugsieren. Als ich sah, was es war, zuckte ich zurück.

»Alle Achtung«, entfuhr es Jeannette, während sie auf die Pistole in ihrer Hand starrte. Das Metall schimmerte blauschwarz im Licht der Flurlampe. »Dieses Haus steckt voller Geheimnisse.«

Die Hand mit der Schusswaffe von sich gestreckt, humpelte sie auf mich gestützt in die Küche. Ich tupfte die Wunde mit einem feuchten Geschirrtuch ab und ging nach oben ins Bad, um Mullbinde und Pflaster zu holen. Dabei hörte ich Mandy in Teddys Zimmer quieken und kichern, als würde sie gekitzelt. Bei dem Tumult war es kein Wunder, dass die beiden von dem Geschehen im Treppenhaus nichts mitbekommen hatten.

Wieder in der Küche, versorgte ich Jeannettes Knöchel.

Die Miene meiner Freundin war düster. Vor ihr auf dem Küchentisch lag die Pistole. »Erinnerst du dich noch, was ich dir vorhin im Wohnzimmer erzählt habe?«

»Über Zufälle und so?«

Sie nickte. »Diesmal meine ich vor allem das ›Und so‹. Ich schätze, wir haben gerade die Waffe gefunden, mit der die arme Seele im Garten ausgelöscht wurde.«

»Woher willst du das wissen? Die Pistole könnte meinem Onkel gehört haben. Oder seinem Vater. Die beiden waren vermögend. Durchaus denkbar, dass sie eine Waffe besaßen, um sich im Notfall verteidigen zu können.«

»Super Theorie. Aber erklär mir bitte, wieso sie das gute Stück dann ausgerechnet in einer ollen Treppenstufe aufbewahren sollten?«

»Meinst du, jemand hat sie dort versteckt?«

»Genauer gesagt verschwinden lassen. Nachdem er oder sie damit jemanden erschossen hat«, spekulierte sie.

Bevor wir zu Bett gingen, wickelten wir die Pistole in ein Küchenhandtuch und deponierten sie im Wischeimer im Putzschrank. Das schien mir der einzige Ort, wo sie vor Teddy sicher war.

15

In einem dadaistischen Alptraum jagten mich riesige Oberschenkelknochen, Pistolen und Frauen in Togen über einen nicht enden wollenden Vorgarten.

Keuchend schreckte ich auf. Der Wecker zeigte Viertel vor sieben. Ich schlüpfte in Bademantel und Hausschuhe und schlurfte die Treppe hinunter. Dabei wäre ich beinahe an der eingebrochenen Stufe hängen geblieben. Wir mussten diese Todesfalle schleunigst entschärfen, bevor Schlimmeres passierte. Vielleicht mit einem der losen Bretter aus dem Vorratskeller.

Im Flur bemerkte ich, dass die Wohnzimmertür ein Stück weit offen stand. Gähnend stieß ich sie auf und blickte auf einen struppigen blonden Wuschelkopf über einem zu weiten blauen T-Shirt. Mandy kniete vor Fannys Schrankwand und wühlte in einer Schublade. Der untere Bereich war als Sitzgelegenheit gestaltet; die Schubladen waren mit rostfarbenen Schaumstoffkissen bedeckt.

Mich räuspernd betrat ich den Raum. Sofort schoss Mandys Kopf in die Höhe. Als sie mich sah, knallte sie die Schublade zu und trat einen Schritt zurück.

»Oh, hallo, Bea. Teddy und ich, wir haben … äh, wir … saßen gestern Abend hier, und da … da muss ich meinen Ohrring verloren haben.« Ihre Hand fuhr hoch und zupfte an einem nackten Ohrläppchen. Am anderen Ohr baumelte ein großer goldener Ring.

Knutschen vor der Schrankwand? Was für ein seltsamer Ort dafür, dachte ich und fixierte Mandy.

»Auf dem Polster habe ich schon nachgesehen«, fuhr sie fort. »Da liegt er nicht. Ich dachte, vielleicht ist er in eine Schublade reingerutscht.«

Dünn wie Vogelstelzen ragten Mandys Beine unter dem Shirt hervor. Das Vamp-Make-up war zu einer Vampiroptik mit grauen Schlieren um die Augen mutiert. Das konnte der natürlichen Frische der vielleicht Zwanzigjährigen kaum etwas anhaben. Für einen Moment beneidete ich sie um ihre Jugend. Aber obwohl sie die Nacht mit Teddy verbracht hatte, spürte ich keine Eifersucht. Im Gegenteil. Irgendwie tat mir das Mädchen leid. Sie war für

Teddy nicht mehr als eine Fußnote. Ich nahm immerhin ein ganzes Kapitel in seinem Leben ein.

Ich nickte Mandy zu. »Lass dich nicht stören. Hoffentlich findest du deinen Ohrring.«

Der Vorgarten lag noch im Schatten des Hauses, als ich zu Juwelier Weininger aufbrach. Herr Gerber war dabei, die Verbundsteine der buckelpistenähnlichen Garageneinfahrt zu lösen und auf dem Rasen übereinanderzustapeln. Er trug den üblichen blauen Anton und eine Schildmütze mit dem roten Großbuchstabenlogo eines der schwäbischen Herzeige-Unternehmen, das sich von einer kleinen Werkstatt zu einem Weltkonzern entwickelt hatte. Seit der Wirtschaftskrise machte es allerdings eher durch Personalabbau und Arbeitszeitverkürzungen von sich reden als durch Erfolgszahlen.

Als Gerber mich sah, richtete er sich auf und schob die Schildmütze aus der Stirn. Mit einer unbestimmten Geste deutete er hinters Haus. »Die ersten Erdbeeren neben der Terrasse sind reif. Man müsste sie ernten.«

»Bitte machen Sie das. Ich lasse die Haustür angelehnt. In der Küche finden Sie Schüsseln. Sie können gern ein paar Erdbeeren mitnehmen.«

Als ich schon am Gartentor war, drehte ich mich noch einmal um. »Ach, Herr Gerber, haben Sie den Kater irgendwo gesehen?«

Ohne aufzusehen schüttelte Gerber den Kopf.

Eine Rolltreppe brachte mich aus den Katakomben hinauf zum Schlossplatz. Mit jedem Höhenmeter senkte sich die Hitzeglocke weiter herab. Die Sonne bestrahlte den großzügigen Platz zwischen Neuem und Altem Schloss, Kunstgebäude, Königsbau und Museums-Glaswürfel mit geballter Energie. Auf den Grasflächen und auf den Stufen zum Kleinen Schlossplatz saßen überall Menschen, aßen Eis, nippten an Styroporbechern und genossen das südliche Flair. Über dem Schloss ragten grüne Hügel auf, gespickt mit Villen und repräsentativen Angeberbauten. Das prächtigste Gebäude auf dem Platz war das Neue Schloss, in dessen Flügelanlage gelegentlich Open-Air-Konzerte stattfanden.

Als ich das Ladengeschäft des Juweliers betrat, wirkte der von

Glas, Chrom und Glitzern erfüllte Verkaufsraum locker zehn Grad kühler als die sonnendurchflutete Fußgängerzone, deren Asphalt und Fassaden zu glühen schienen. Frau Sander, die karottige Verkäuferin, begleitete mich in den Archivraum.

Stickige Luft hing zwischen den Regalen. Der Form halber behielt ich den Blazer an und ließ den Blick über die mit Kartons, Ordnern, aufgestapelten Katalogen und Zeitschriften gefüllten Regale gleiten. Frau Sander stellte mir eine Flasche Wasser auf eine Ablage und verschwand. Ich fing mit dem obersten Regal an. In den Kartons türmten sich Ringbücher mit Sichthüllen, die Fotos von Schmuckstücken enthielten.

Im mittleren Regal standen Ordner mit Zeitungsartikeln, die über Geschäftserweiterungen, Ausstellungen und Designerkollektionen berichteten. Ich sichtete die Unterlagen und entnahm Material, das mir für die Jubiläumsbroschüre passend schien. Wo ich etwas auswählte, klebte ich farbige Haftzettel mit kurzen Beschreibungen ein. Gegen zwölf schrubbte ich mir auf der Toilette den Staub von den Händen und gönnte mir eine Pause. Zur Entspannung blätterte ich in einem Ordner mit Fotos von Schmuckstücken und Entwurfsskizzen.

In einer Sichthülle entdeckte ich eine Kohleskizze, bei deren Anblick ich beinahe das Wasserglas umgekippt hätte. Ich deponierte das Getränk in sicherer Entfernung und sah mir die Skizze genauer an. Sie zeigte eine sitzende Frau im Profil. In den Händen hielt sie ein rundes Objekt. Das Kleid war wie eine antike Toga um ihren Körper geschlungen und endete in einer Borte. Worauf die Frau saß, das verdeckte ihr Kleid.

Diese Figur ähnelte auffallend der Frau in dem Anhänger, den Jeannette und ich im Garten gefunden hatten. Ich nahm mein Handy aus der Tasche und fotografierte die Zeichnung.

Als Frau Sander erschien, zeigte ich ihr die Skizze. Sie konnte mir nichts darüber sagen und verwies mich an Weininger. Glücklicherweise hatte der Inhaber Zeit und hörte sich meine Illustrationsideen für die Broschüre an.

»Herr Weininger, ich hätte noch eine persönliche Frage«, sagte ich am Ende unseres Gesprächs und zog die Kohleskizze aus meinem Stapel. »Können Sie mir etwas über diese Zeichnung sagen? Ist das ein Entwurf für einen Anhänger?«

Der Juwelier nahm mir das Blatt aus der Hand. »Ein schönes Stück. Ornamental angelegt nach Art des Jugendstil. Leider kann ich mich an Details nicht erinnern, diese Arbeit muss länger zurückliegen.«

»Wissen Sie vielleicht, wer die Zeichnung angefertigt hat? Unten rechts ist eine Signatur zu sehen. Ein W. und ein R. oder ein P.«

Weininger erhob sich, trat an sein Regal und nahm ein in braunes Leder gebundenes Notizbuch heraus. »Hier habe ich eine Liste aller Schmuckdesigner und Künstler, die für uns Entwürfe angefertigt haben.« Er blätterte eine Weile. »Es gibt zwei Namen, die zu der Signatur passen. Der eine ist Walter Rössle, ein Goldschmied, der sich auf figürlichen Schmuck spezialisiert hat. Der andere Name lautet Wolfgang Porchert. Porchert ist Bildhauer. Er hat Einzelstücke für einige Kollektionen entworfen.«

Ich schrieb mir die Namen auf und erkundigte mich, wie ich die Designer erreichen konnte.

»Nun, Frau Pelzer, da wenden Sie sich am besten an Frau Sander. Warum interessieren Sie sich dafür?« Weininger tippte auf die Klarsichthülle.

Wie beiläufig hob ich die Schultern. »Es geht um ein Familienerbstück. Nicht in meiner Familie«, fügte ich hinzu. »Meine Freundin hat einen Anhänger geerbt, an den mich die Skizze erinnert.«

Von Frau Sander erhielt ich die Adressen der beiden in Frage kommenden Designer. Gleich heute Nachmittag wollte ich sie anrufen. Doch zuvor musste ich die Handyaufnahmen mit dem Anhänger vergleichen.

Daheim hängte ich den durchgeschwitzten Blazer zum Trocknen auf die Terrasse, zog mich um und ging in den Keller, um die Niveadose mit dem Anhänger aus ihrem Versteck im Heizungskeller zu holen. Vor dem Vorratskeller überkam mich die Lust auf eine kalte Cola. Als ich die Tür öffnete, stutzte ich. Die Neonröhre an der Decke brannte. Die Tür prallte auf ein Hindernis. Etwas fiel zu Boden und zerbrach. Hatte Kater Stiefel sich hier versteckt und war versehentlich eingesperrt worden? Ich warf einen Blick hinter die Tür und staunte über das, was sich meinen Augen bot.

Mit dem Rücken an ein mit Konservendosen und Gartenutensilien vollgestopftes Regal gepresst, blickte mich der Gärtner aus großen Augen an.

»Herr Gerber! Was machen Sie denn hier?« Wie war er ins Haus gekommen? Ach ja, die Erdbeeren. Ich hatte die Haustür für ihn offen gelassen. »Habe ich Sie mit der Tür erwischt?«

Gerber schüttelte den Kopf, schob sich aber gleichzeitig außerhalb ihrer Reichweite. Unbeholfen bückte er sich und griff nach den Scherben eines rot lackierten Übertopfes, der aus dem Regal gefallen war.

»Warten Sie, ich helfe Ihnen.« Ich ging in die Knie und nahm ihm die Scherben aus der Hand.

Gerber hangelte sich mit den Händen am Regal hoch und richtete den Oberkörper wie in Zeitlupe auf.

»Arthritis«, erklärte er auf meinen besorgten Blick hin. »Meine Gelenke sind eingerostet. Tut mir leid um den Übertopf.«

»Was wollten Sie denn hinter der Tür?«

Gerber sah sich im Raum um. »Ich war auf der Suche nach etwas, womit ich die kaputte Treppenstufe provisorisch abdecken kann.«

»Das sollten wir unbedingt tun, ich bin heute Nacht fast gestürzt.« Ich sah mich nach den Brettern um, die ich dafür im Auge gehabt hatte. »Da drüben an der Kartoffelhurde lehnen ein paar Holzbretter. Damit müsste es gehen.«

Gerber durchquerte den Raum und prüfte die Bretter.

Mit einer Flasche Cola in der Hand ging ich nach oben. Solange der Gärtner im Keller war und nachher an der Treppe arbeitete, schien es mir ratsam, den Heizungskeller zu meiden. Die Zeit nutzte ich, um Tante Fannys Zimmer aufzuräumen. Das hatte ich tagelang vor mir hergeschoben. Während ich alles wieder in die Schränke und Schubladen zurücksortierte, achtete ich aufmerksam auf jedes Detail. Aber wie vermutet, hatte ich keine Ahnung, ob und gegebenenfalls was der Einbrecher gestohlen haben könnte.

Unter dem Dachstuhl wäre Hefeteig in Rekordzeit aufgegangen. Trotz ärmellosem Top und Shorts dampfte ich wie nach einem Vollbad. Trotzdem wollte ich, während der Gärtner unten die Stufe provisorisch abdeckte, herausfinden, wann Alexanders Foto von

Fannys Haus aufgenommen worden war. Denn das wäre ein Hinweis darauf, wann Tante Fanny und Alexanders Mutter sich gekannt hatten. Wenn die beiden befreundet gewesen waren, gab es möglicherweise eine gemeinsame Aufnahme. Am besten blätterte ich Fannys Alben mit ihm durch, wenn er das nächste Mal vorbeikam, worauf ich hoffte.

In den Fotoalben aus dem Wohnzimmerschrank hatte ich einige Außenaufnahmen des Hauses entdeckt. Leider zeigten sie nur die Rückseite und die Terrasse. Vielleicht hatte ich hier oben mehr Glück.

Bald entdeckte ich eine Ansicht der Hausfront. Links vom Gartentor war die Birke zu sehen. Ihre saftig grüne Baumkrone war fast so hoch wie auf Alexanders Bild. Das Foto zeigte Onkel Klaus beim Holzhacken vor dem alten Schuppen, der später der Garage hatte weichen müssen. Auch dieser Schuppen war auf Alexanders Bild zu sehen gewesen. Darunter hatte jemand »1982« geschrieben. Ein Jahr vor Onkels Tod. Auf einem anderen Foto stand der Baum zwar noch, aber der Schuppen war bereits abgerissen. Datiert war es auf 1985. Demnach musste das Foto von Alex älter sein.

Auf der Suche nach einem Lesezeichen kramte ich in Fannys Kiste. Zuunterst stieß ich auf einen rosa Briefumschlag mit ihrem verschnörkelten Vornamen. Die Rückseite war mit aufgemalten Herzen übersät. Kein Absender. Sicher stammte der Brief von einem ihrer zahlreichen Verehrer. Aber der Umschlag war leer. Systematisch sah ich die Briefstapel in der Schuhschachtel nach dem dazugehörenden Bogen durch. Fehlanzeige. Möglicherweise steckte er zwischen den Fotoalben. Ich nahm eines nach dem anderen aus dem Pappkarton und stapelte sie aufeinander. Das letzte war eine Art Notizbuch, aus dem vergilbte Ecken von Zeitungsartikeln herausragten. Ich nahm es auf den Schoß und schlug es auf.

Bis etwa zur Hälfte waren die Seiten mit ausgeschnittenen Zeitungsartikeln beklebt. Die Sammlung ergab auf den ersten Blick keinen Sinn, die meisten Ausschnitte schienen willkürlich. Einmal war lediglich die Hälfte einer Spalte ausgeschnitten, bei einem anderen Artikel fehlte der Schluss. Thematisch konnte ich keinen Zusammenhang erkennen. Ein Artikel berichtete über die Eröffnung eines Supermarktes, als Nächstes folgte der Polizeibericht vom Wochenende mit Meldungen über einen Handtaschenraub, einen Verkehrsunfall und die mutwillige Zerstörung einer Gartenlaube im Schimmelhüttenweg, der von Degerloch durch die Weinberge bis zum Marienhospital führte. Kuchenrezepte, Einkaufstipps und ein Bericht über einen Sportverein folgten. Bei manchen Artikeln war die Kopfleiste mit ausgeschnitten. Daraus war die Quelle zu ersehen: das Wochenblatt, das Amtsblatt und die beiden Stuttgarter Tageszeitungen. Ein Artikel ohne Kopfleiste gehörte der Schriftgröße und Optik nach in die Bildzeitung. Es gab nur einen Zusammenhang: Alle Artikel stammten aus dem Jahr 1986.

Erneut blätterte ich das Buch durch, diesmal verfolgte ich die Themen genauer, aber noch immer fielen mir keine Gemeinsamkeiten auf. Als ich auf den Bericht über einen Sportverein stieß, funkte eine meiner Gehirnzellen Alarm. Der Reporter berichtete über die Stuttgarter Kickers, die auf der Waldau unter dem Fernsehturm trainierten. Im Artikel wurde das Kickers-Stadion genannt, das ich unter seinem späteren Namen Waldau-Stadion kannte. Heute hieß es ironischerweise nach einem Käsehersteller, der den Verein sponserte. Fußball … Hatte Dalia nicht erzählt, der verschwundene Nachbarssohn sei ein begnadeter Fußballspieler gewesen?

Aufmerksam überflog ich die Zeilen. Dieter Schiedlich – da stand sein Name! In diesem Absatz ging es um die vorbildliche Nachwuchsarbeit des Vereins. Als herausragendes Beispiel wurde der Schiedlich-Sohn genannt. »Eine unserer großen Nachwuchshoffnungen«, äußerte sich der Trainer der Jugendmannschaft über ihn. »Der Junge hat enorm viel Ballgefühl und ist heiß auf Tore. Er wird ein herausragender Stürmer.«

Dieser Artikel war einer der wenigen, die vollständig ausgeschnitten waren. Auch er stammte von 1986. Links waren die letzten Zeilen eines Berichtes über Radsport zu erkennen. Ich blätterte weiter bis zum letzten eingeklebten Artikel.

»Degerlocher Fußballer seit zwei Wochen vermisst«, lautete die Überschrift. Der Artikel fasste zusammen, was über Dieters Verschwinden bekannt war. Er war eines Abends weggegangen, ohne seinen Eltern Bescheid zu geben, und danach nie mehr aufgetaucht.

Die Eltern hatten die Polizei alarmiert, aber da Dieter fast zwanzig Jahre alt war und die meisten ausgebüxten Jugendlichen nach ein paar Tagen oder Wochen wieder auftauchten, riet man ihnen abzuwarten.

Auch ein Bild von Dieter war abgedruckt. Der junge Mann hatte mittellanges dunkles Haar, eine hohe Stirn und trug ein Fußballtrikot. Einige Leberflecke auf Wange und Kinn sowie die langen Koteletten wurden als besondere Merkmale genannt. Der Reporter erwähnte, dieses Foto sei auch auf den Plakaten abgebildet, die Eltern und Freunde in der Gegend ausgehängt hatten. Der Artikel endete mit der Bitte, sich umgehend bei der Zeitung zu melden, falls jemand etwas über Dieters Verbleib wusste.

Ich vergewisserte mich, dass die restlichen Seiten des Notizbuchs leer waren. Beim Blättern rutschte ein rosa Papierbogen heraus. Er war eng beschrieben, und der Farbe nach zu schließen gehörte er zu dem leeren Umschlag.

Die Anrede lautete »Heißgeliebte Fanny«. Der Brief war mit »Dieter« unterschrieben. Die Zeilen waren ziemlich schwülstig und enthielten Sätze wie: »Du bist die Liebe meines Lebens«, »Seit es dich gibt, duften alle Blüten nach dir«, »Mein Herz schlägt eine Melodie, die deinen Namen singt« und »Mädchen in meinem Alter sind Luft für mich, seit wir uns auf deiner Party unterhalten haben«.

Mit gemischten Gefühlen ließ ich den Briefbogen sinken. Dalia hatte also recht gehabt. Dieter Schiedlich war in Tante Fanny verliebt gewesen.

Noch einmal überflog ich den Brief. »Du sagtest, ich sei zu jung für dich und hätte noch das ganze Leben vor mir. Du hast gescherzt, du seist eine teure Frau und ich könne mir dich nicht leisten. Glaube mir, genau das bist du für mich: lieb und teuer. Nun im Ernst: Ich habe Pläne, wie ich genug Geld auftreiben kann, damit wir uns irgendwo ein gemeinsames Leben aufbauen können. Fanny, vertrau mir! Es dauert nicht mehr lange.« Der Brief endete mit den Worten: »Ohne dich hat mein Leben keinen Sinn mehr.«

Ziemlich dramatisch. Ich hätte gerne gewusst, wie diese Liebesgeschichte weitergegangen war. Hatte meine Tante Dieter abgewiesen? Hatte sie seine jugendliche Schwärmerei ernst genommen oder gar seine Gefühle erwidert und war seine Geliebte geworden? Wenn sie ihn abgewiesen hatte, könnte ihn das genug verletzt haben, um unterzutauchen? War er tot oder lebte er noch?

Und die wichtigste aller Fragen: Stammten die Knochen in Fannys Garten tatsächlich von ihm?

16

»Die große Nachwuchshoffnung der Kickers« – mit diesem Statement über Dieter wurde der Trainer der Jugendmannschaft in dem Artikel zitiert. Was das bedeutete, war sogar mir als sportlichem Faultier klar. Immerhin hatte die Nachwuchsförderung der Stuttgarter Kickers bekannte Sportler wie Guido Buchwald und Jürgen Klinsmann hervorgebracht, die lange für die Mannschaft in der Zweiten Liga spielten und später Karriere in der Nationalmannschaft machten. Der Artikel war alt, aber vielleicht lebte der Trainer noch und wohnte hier im Stuttgarter Raum.

Im Telefonbuch fand ich den Namen des Trainers. Kurz entschlossen griff ich zum Hörer und wählte. Erst als es am anderen Ende der Leitung klingelte, überlegte ich, was ich sagen wollte. Dazu hatte ich neun Klingeltöne lang Zeit.

Nach dem zehnten meldete sich eine Frauenstimme. »Ja bitte?«

»Guten Tag. Ich bin auf der Suche nach Arthur Städle.«

»Das ist mein Mann. Der ist nicht da.«

»Wann kann ich ihn am besten erreichen?«

Frau Stäudle vertröstete mich auf morgen. Heute sei ihr Mann bis in den späten Abend unterwegs. »Sie müssten es aber vor vierzehn Uhr versuchen. Dann beginnt das Training auf der Waldau.«

»Ihr Mann arbeitet noch immer als Trainer?«

»Nun ja. Eigentlich ist er längst im Ruhestand. Aber er kann es einfach nicht lassen und geht oft auf den Platz zu den jungen Spielern.«

»Danke. Ich versuche es morgen noch einmal.«

Wo ich schon wusste, wann ich den Trainer auf der Waldau antreffen konnte, wäre es das Beste, ihn persönlich aufzusuchen. Er wusste sicher Genaueres über Dieter Schiedlichs plötzliches Verschwinden.

Der Gärtner verabschiedete sich mit einer Tupperdose Erdbeeren unter dem Arm, nachdem er ein Brett provisorisch über die eingebrochene Stufe genagelt hatte. Jeannette war in der Agentur, Teddy mit einer leeren Umzugskiste in seine Wohnung am Markusplatz gefahren. Endlich Ruhe, um Fannys Anhänger mit der Kohleskizze aus dem Archiv des Juweliers zu vergleichen. Als ich in die Küche ging, um mir ein Glas Wasser zu holen, musste ich an den gemütlichen großen Raum früherer Jahre denken, den ich in einem von Fannys Alben gesehen hatte. Vielleicht konnte ich die Wand zwischen Küche und Arbeitszimmer niederreißen und den früheren Zustand wiederherstellen. Eine richtige Wohnküche, das war schon immer mein Traum. Und Tante Fanny hatte ausdrücklich gesagt, ich könnte das Haus nach meinen Wünschen umgestalten.

Es klingelte an der Haustür.

Vor der Tür stand Alex. Er trug ein ärmelloses weißes Shirt und über dem Knie abgeschnittene Jeans. »Das Rad habe ich im Vorgarten abgestellt. Ist das okay?« Er folgte mir auf die Terrasse.

»Kein Problem.«

Kaum saßen wir im Schatten und Duft eines Fliederbusches, zog Alex etwas aus der Gesäßtasche seiner Jeans und reichte es mir. Es war das Porträt einer Frau Mitte bis Ende fünfzig, die dem Hintergrund nach zu schließen in einem Gartenlokal saß. Ihre hellbraunen Haare waren stufig geschnitten und rahmten ein ovales Gesicht. Die Stirn war von Falten zerfurcht, und Linien verbanden Nasenflügel und Mundwinkel. Die Frau sah müde und abwesend aus, als sei sie mit wenig erfreulichen Gedanken beschäftigt.

»Deine Mutter?«, vermutete ich.

Alex nickte. »Das war an ihrem Geburtstag im vergangenen Jahr. Nach einem Schaufensterbummel über die Königstraße habe ich sie zum Italiener im Stadtgarten eingeladen. Da kann man unter riesigen Kastanien sitzen, das mochte sie. Es war das letzte Mal, dass wir zu zweit etwas unternommen haben. Ein paar Monate später ist sie gestorben.«

Ich betrachtete das Foto. »Du siehst ihr ähnlich. Ihr habt dasselbe Kinn, und auch die Augenfarbe hast du von ihr geerbt.«

Vollmilchschokolade, dachte ich und sah Alexander etwas zu lange an. Als ich spürte, wie mir das Blut in die Wangen stieg, stand ich auf. »Warte hier, ich hole ein Fotoalbum meiner Tante.«

Während ich das Album mit der Hausansicht vom Dachboden

holte, redete ich mir ins Gewissen. Er ist viel jünger als du, und du weißt nichts über ihn. Vielleicht ist er verheiratet oder hat eine feste Beziehung. Vielleicht hat er sogar Kinder. Als ich mich wieder zu Alex setzte, vermied ich den direkten Blickkontakt. Ich schlug das Album auf, in dem ich das Foto mit der Birke und dem Schuppen entdeckt hatte.

Alex schob seinen Stuhl dicht neben meinen und legte die Aufnahme seiner Mutter vor uns auf den Tisch. Er beugte sich über das Album. Aus seinen braunen Locken stieg der Geruch von Kokosshampoo auf. Normalerweise mochte ich kein Kokos, aber dieser Duft ging mir durch und durch.

Hastig blätterte ich einige Seiten um, bis ich darauf stieß. »Das hier ist eine Aufnahme des Hauses, die ungefähr aus derselben Zeit stammen muss wie das Foto, das du bei deiner Mutter gefunden hast. Siehst du, die Birke hier reicht bis zur Regenrinne. Da drüben ist der Schuppen zu sehen. Der da Holz hackt, ist Klaus, der Mann meiner Tante.« Eigentlich hatte ich noch sagen wollen, dass mein Onkel wenig später gestorben war. Rechtzeitig machte ich den Mund zu, um ihn nicht an den Tod seiner Mutter zu erinnern.

In einträchtigem Schweigen sichteten wir die restlichen Seiten und blätterten in einem Album aus dem Wohnzimmer. Bis Alexander nach Luft schnappte und sich tiefer über das Album beugte. Er schien auf das Bild fixiert, das meine Tante vor der offenen Terrassentür zeigte.

»Dieser Schmuck um ihren Hals …«, begann er aufgeregt.

»Ja?« Mir brach der Schweiß aus, was nicht an den sommerlichen Temperaturen lag.

»So einen Anhänger besaß auch meine Mutter.«

Seine Worte machten mich sprachlos. Es war das Bild, aufgrund dessen Jeannette und ich einen Zusammenhang zwischen dem Anhänger aus dem Vorgarten und dem meiner Tante hergestellt hatten.

»Genau den gleichen?«, vergewisserte ich mich.

Alexander kniff die Augen zusammen und starrte konzentriert auf das Bild. »Leider kann man wegen des reflektierenden Sonnenlichts nicht alles erkennen. Aber ja, ich glaube schon.«

In meinem Kopf arbeitete es. Sollte ich Alexander den Anhänger zeigen, den Jeannette und ich im Garten gefunden hatten? Das hätte uns vielleicht Klarheit darüber verschafft, ob der Schmuck von Alexanders Mutter damit identisch war. Ich entschied mich dagegen.

»Wir sollten weiterblättern«, schlug ich vor. »Es könnte gut sein, dass deine Mutter auf einem der Fotos zu sehen ist.«

Wir sahen dieses Album durch und zwei weitere, ohne dass wir fündig wurden.

Mir fiel auf, wie schweigsam Alexander seit ein paar Minuten war.

»Soll ich noch weitere Alben zum Durchblättern holen?«

Er schüttelte den Kopf. »Nein, danke. Nett von dir. Aber ich muss los. Wenn es dir recht ist, könnte ich am Abend wieder vorbeischauen und den Anhänger mitbringen?«

Ich spürte, wie meine Augen groß wurden. »Du weißt, wo er ist?«

»Ja. Ich habe ihn geerbt.« Alexander verabschiedete sich und ging.

Wie betäubt sah ich ihm hinterher. Sollte es tatsächlich zwei dieser Anhänger geben? Ich dachte an die Kohleskizze, die ich beim Juwelier entdeckt und mit dem Handy fotografiert hatte. Ich ließ alles stehen und liegen. Aus meiner Tasche nahm ich das Handy, holte die Niveadose aus ihrem Versteck und lief damit in die Küche, als käme es auf jede Sekunde an. Ich befreite den Anhänger aus dem Taschentuch und legte ihn vor mir auf den Küchentisch. In meinen Ohren rauschte das Blut, als ich im Handymenü das Foto aus dem Archiv aufrief. Ich verglich die beiden Motive. Die Skizze zeigte eine Frau in einem antiken Gewand, die etwas Rundes in Händen hielt. Auf dem Anhänger saß diese Frau in einem runden Rahmen wie in einer Schaukel. Ihre lange Toga hing weit über die darunter verborgenen Füße herunter. Trotz dieser Unterschiede ähnelten sich die Skizze und der Anhänger sehr. Es war gut möglich, dass die Zeichnung als Entwurf für den Anhänger gedient hatte. Und es gab vermutlich nur einen Menschen, der mir mehr darüber erzählen konnte: einer der beiden Designer, deren Namen mir der Juwelier genannt hatte.

Unter der ersten Nummer, die Weininger mir aufgeschrieben hatte, meldete sich lange niemand. Als ich schon auflegen wollte, nahm jemand ab. Es war eine Frau namens Verena Porchert. Als ich nach dem Bildhauer Wolfgang Porchert fragte, war es eine Zeit lang still in der Leitung.

»Hallo? Sind Sie noch da?«

»Ja, entschuldigen Sie. Das ist mein Vater, nein, das war mein Vater. Er ist am zweiten Weihnachtsfeiertag gestorben.«

Ich schluckte hart. »Oh, das tut mir leid«, sagte ich nach kurzem Zögern. »Mein herzliches Beileid. Könnten Sie mir eine Auskunft über einen seiner Entwürfe geben?«

Die Frau am anderen Ende der Leitung schnäuzte sich. »Nein, leider nicht. Mein Vater hat all seine Entwürfe und Kunstwerke dem Kleinhues-Museum vermacht. Sie müssten sich dort erkundigen.«

Ich bedankte mich und legte auf. Dann wählte ich die Nummer des Goldschmieds Walter Rössle. Hier hatte ich mehr Glück. Rössle nahm persönlich ab. Ich erzählte ihm eine herzergreifende Geschichte über ein Familienerbstück, das die Erben zu entzweien drohte. Rössle zauderte zuerst, doch dann bot er mir ein Treffen für den kommenden Freitag an, früher könne er nicht. Ich sagte zu und notierte die Adresse seines Ateliers in der Birkenwaldstraße.

Wie angekündigt kam Alexander am Abend vorbei. Wir setzten uns an den Küchentisch. Er zog ein dunkelblaues Schmuckkästchen aus seiner Hosentasche, während ich das bereitgelegte Fotoalbum aufschlug. Alexander öffnete das Kästchen und legte den Anhänger seiner Mutter neben die Abbildung meiner Tante. Unter dem Licht der Deckenlampe blitzte der weiße Edelstein auf, den die Jugendstilfigur in Händen hielt. Genau wie auf dem Foto meiner Tante, wo ein Sonnenstrahl durch die Glastür hereinfiel und den Anhänger zum Funkeln brachte. Es gab keinen Zweifel mehr. Die Anhänger schienen identisch zu sein.

Durch den dünnen Stoff meines Oberteils spürte ich die Wärme von Alex' Körper. Der Kokosduft seiner Haare lähmte meinen Verstand. Als er mir den Arm um die Schulter legte und mich aus seinen schokoladenbraunen Augen anschaute, flatterte mein

Magen. Sein Blick war so intensiv und direkt, als gäbe es niemanden außer mir. Wir spürten beide, dass uns nun etwas Besonderes verband. Ein Geheimnis, dem wir nur zu zweit auf den Grund gehen konnten.

Sanft küssten wir uns, und ich versank in einer Kokoswolke. Es war herrlich romantisch und auch etwas altmodisch. Bald gab es nur noch Lippen, Hände, Körper.

Bis die Haustür ins Schloss fiel und sich Schritte über den Flur näherten. Das Geräusch der Absätze hörte sich nach Cowboystiefeln an. Jemand pfiff eine Melodie, die mir bekannt vorkam.

Genau in dem Moment, als Teddy die Küche betrat, wich ich von Alexander zurück. Teddy sah zu mir, dann zu Alexander und anschließend wieder zu mir. Seinem Gesichtsausdruck entnahm ich, dass er sich vollkommen klar darüber war, wobei er uns gestört hatte. Aufreizend langsam nahm er ein Bier aus dem Kühlschrank, suchte in der Besteckschublade nach einem Flaschenöffner, machte die Flasche auf und hob sie an, wie um uns zuzuprosten. Danach verschwand er. Später hörte ich, wie das Garagentor aufschwang und Teddy seine Staffelei in den Vorgarten schleppte.

Bald schallte Rockmusik durchs Haus, und ich erkannte die Melodie wieder, die Teddy vorhin gepfiffen hatte. Soweit man bei dem Lärm überhaupt von Melodie reden konnte. Die Bässe ließen die Fensterscheiben vibrieren.

»Soll ich gehen?«, fragte Alexander. »Mir scheint, ich störe hier.«

»Mich störst du nicht.«

»Das ist schön.«

Aus einem Impuls heraus griff ich nach seiner Hand und zog ihn hinter mir her die Treppe hoch in mein Zimmer. Auch hier war Teddys Musik nicht zu überhören. Dagegen gab es ein einfaches Mittel. Ich schloss die Fensterflügel und verriegelte den Griff. Sofort war die Rockmusik gedämpft. Aus dem Augenwinkel sah ich noch, wie Teddy zu mir hochblickte, bevor ich mich wieder zu Alexander umdrehte. Das Geräusch von Teddys davonfahrendem Wagen drang nur noch beiläufig an mein Ohr.

Als ich aufwachte, war mein Kopf auf Alexanders Brust gebettet. Seine Arme hielten mich fest. Draußen im Flur erkannte ich die Schritte von Jeannette. Hoffentlich stürmte sie nicht herein, um mir den neuesten Tratsch aus der Agentur zu erzählen. Nein, unsere auf der Treppe und im Flur verstreuten Schuhe vermittelten eine eindeutige Botschaft.

Alexanders Brust hob sich, und er gähnte herzhaft.

»Bist du wach?« Er küsste meine Stirn.

Wohlig räkelte ich mich. »Nein, nicht wirklich. Fühlt sich eher an wie betäubt.« Ich rollte mich von seiner Brust und schmiegte mich in seine Armkuhle. »Von mir aus kann dieses Gefühl ewig anhalten.«

»Nichts dagegen.«

»Meinst du, wir finden heraus, wieso deine Mutter ein Foto vom Haus meiner Tante hatte?«

»Das hoffe ich. Später. Viel später.« Finger streichelten über meinen Bauch.

Ich sah zum Fenster. Draußen war es bereits dunkel. In einer Ecke des Fensterrahmens war der weiße Schein der Straßenlampe zu sehen.

Die Finger wanderten tiefer. Ein wohliger Schauer durchrieselte mich.

Nachts schreckte ich auf, weil mir kalt war. Die Decke war vom Bett gerutscht. Alexander lag neben mir und schlief. Seine braunen Locken breiteten sich auf meinem Kopfkissen aus. Die nächsten Tage würde es nach Kokos duften. Darauf freute ich mich schon.

Das angenehme Gefühl wich Unruhe. Die Anhänger! Ich wollte endlich Gewissheit haben. Behutsam rutschte ich von Alex weg und stand auf. Ich zog Slip und Oberteil über, die vor dem Bett verstreut waren.

Auf Zehenspitzen schlich ich hinüber zum Schrank, vor dem Alexanders Jeans lagen. Als ich die glatte Fläche des Schmuckkästchens in der Tasche spürte, schloss ich die Finger darum. Ich trat auf den Flur. Nach ein paar Schritten zuckte ich wegen eines Geräusches aus Teddys Zimmer zusammen. Klang, als tapste jemand barfuß über den Boden. Ein Kichern. Mandy? Ich hatte nicht mitbekommen, ob Teddy in Begleitung heimgekommen war.

Es gelang mir, allen knarrenden Stellen der Treppe auszuweichen, doch dann stolperte ich und konnte mich gerade noch am Geländer festkrallen, bevor ich den Halt verlor. Eine der Stufen war höher als gewohnt, das hatte mich aus dem Tritt gebracht. Es war die gesplitterte Stufe, die der Gärtner behelfsmäßig abgedeckt hatte.

In der Küche nahm ich Fannys Anhänger aus einer wenig benutzten Schublade voller Rühraufsätze, Kuchengabeln und Tortenheber, wo ich ihn am Abend deponiert hatte. Das Kästchen aus Alexanders Tasche ging problemlos auf. Ich legte die beiden Anhänger nebeneinander und verglich jedes Detail. Kein Zweifel. Es gab zwei dieser Schmuckstücke.

Ich legte Fannys Anhänger zurück in die Schublade und Alexanders Anhänger wieder in sein Kästchen. Diesmal dachte ich an die erhöhte Stufe und gelangte wohlbehalten in mein Zimmer. Ich steckte das Kästchen in Alexanders Hose zurück. Er hatte die Decke ins Bett geholt, ein Arm kam darunter hervor und zog mich ins Warme.

17

Am Morgen war die andere Bettseite leer. War Alexander gegangen, ohne sich von mir zu verabschieden? Durchs Fenster sah ich, wie der Morgen dämmerte. Draußen zirpten und jubilierten die Vögel, als ginge es um ihr Leben. Über den Dächern hing die Kanzel des Fernsehturms am Himmel wie ein überdimensionierter Bienenkorb aus Beton. Obwohl ich kaum Schlaf bekommen hatte, hüllte ich die Bettdecke um mich und ging nach unten.

Kein Zettel in der Küche und im Wohnzimmer. Merkwürdig. War Alexander wirklich einer, der sich einfach so davonschlich? Kaffeeduft schnörkelte sich in meine Nase. Er kam aus dem Arbeitszimmer. Alexander saß an meinem Schreibtisch und war in eines von Fannys Fotoalben vertieft. Er sah auf und lächelte. Trotzdem entging mir der traurige Ausdruck seiner Augen nicht.

»Du hast so süß geschlafen, da wollte ich dich nicht wecken.« Er deutete auf die Alben. »Ich musste mich vergewissern, ob meine Mutter nicht doch auf einem der Fotos zu sehen ist. Bisher hatte ich leider kein Glück.«

Als ich zu ihm trat, legte er den Arm um mich und küsste meine Hand, mit der ich die Bettdecke vor dem Bauch zusammenhielt. »Wie praktisch, dass du die Decke mitgebracht hast. Wir können genau da weitermachen, wo wir aufgehört haben.«

Albern quiekend versuchte ich auszuweichen, als er mir in den Nabel pustete.

»Dagegen hätte ich nichts. Aber ich hab heute volles Programm.«

»Sex am frühen Morgen gehört nicht dazu?« Das klang halb enttäuscht, halb hoffnungsvoll.

Auf mein Kopfschütteln hin stand Alexander auf. »Okay. Ich muss auch los. Sehen wir uns später?«

An der Haustür verfolgte ich, wie er über den Plattenweg lief. Von der morgendlichen Kühle fröstelnd, zog ich die Tür zu und ging nach oben, um mich anzuziehen.

Meine Tagesordnung sah ein raffiniertes Verhör meiner Mutter und eine investigative Mission auf der Waldau vor.

Gedankenverloren stocherte ich in meinem Körnermüsli, als Jeannette hereinkam. Sie schenkte sich den Rest aus der Kaffeekanne ein und beäugte mich amüsiert.

»Teddy hat mich in deine Romanze eingeweiht. Leider wart ihr schon in deinem Zimmer zugange, und da wollte ich das junge Glück nicht stören.«

Wie von selbst hoben sich meine Mundwinkel.

»Du siehst aus wie eine Katze, die gerade ein ganzes Fünfgängemenü aus Mäusen vernascht hat. Apropos Katze, hast du Stiefel gesehen?«

»Ich wette, der hockt irgendwo in der Nachbarschaft und findet nicht mehr nach Hause. Ich fülle gleich seine Schüsseln auf und suche nach ihm, sobald ich aus Leinfelden zurück bin.«

»Wieso bist du so früh auf?« Jeannette warf einen Blick auf die Küchenuhr. »Lass mich raten – Adrenalinalarm und Hormonturbulenzen?«

Das Grinsen erreichte meine Ohren. »Ich habe eine Überdosis Vollmilchschokolade intus.«

»Schokolade? Diese Technik kenne ich noch nicht. Ist die aus dem Kamasutra?«

»Das ist die Farbe von Alexanders Augen. Extrem hoher Milchanteil«, seufzte ich und schob die Schüssel weg. Nun machten mich die Körner endgültig nicht mehr an.

»Lecker. Wann stellst du mir deinen neuen Lover vor?«

»Bald. Übrigens gibt es Neuigkeiten wegen des Anhängers.«

»Tut mir leid, aber ich muss in die Agentur, dort brennt es lichterloh. Hohlberg lässt fragen, wann er deine Texte für den Juwelier endlich bekommt.«

»Sind in Arbeit.« Ich löffelte die Körnerreste in den Biomüll und ließ Wasser in die Schale laufen. »Aber zuerst muss ich das Material im Archiv sichten. Genau genommen ist das Aufgabe des Grafikers.«

»Das richte ich Hohlberg gleich aus. Lass uns am Abend über …«, sie stockte, warf einen Blick über die Schulter, sah wieder zu mir und rollte die Augen, »… über das Dings reden, du weißt schon.«

Das sollte wohl bedeuten, Teddy war im Anmarsch und Jeannette wollte Wörter wie »Anhänger« und »Knochen« lieber meiden.

»Okay. Bis dahin habe ich vielleicht noch mehr Neuigkeiten.«

Teddy schlappte herein, sah, dass die Kaffeekanne leer war, und füllte den Wasserkocher. Er trug ein verwaschenes schwarzes Shirt mit Metallica-Schriftzug und hellblaue Boxershorts. Seine Haare standen in alle Richtungen ab. Dunkle Ringe unter den Augen ließen auf wenig Schlaf schließen.

»Hast wohl eine wilde Nacht hinter dir?«, stichelte Jeannette. »Ist dein Fohlen schon auf der Weide?«

Ohne Jeannette anzusehen, knurrte Teddy: »Falls du Mandy meinst, ja, sie ist weg. Musste früh an die Uni.«

»Für mich sah die eher nach Grundschule aus.« Jeannette winkte mir zu und ging.

Kurz sah ich zu Teddy, der mir den Rücken zuwandte und dem Wasserkocher bei der Arbeit zusah. Waffenstillstand, entschied ich in versöhnlicher Stimmung. Solange mein Ex sich nicht über Alexander ausließ, würde ich Mandy ignorieren. Das schien mir nur gerecht.

In möglichst neutralem Ton erkundigte ich mich, ob er Zeit hätte, um mir seine Entwürfe für die Juwelierbroschüre zu zeigen.

Teddy brummte unwillig, holte aber ein paar Ausdrucke aus seinem Zimmer.

»Hier habe ich ein paar Ideen ausprobiert. Schwarz, Silber, dazu als Kontrast vielleicht ein intensives Blau oder ein gebrochenes Orange. Auf jeden Fall muss das Ganze hochwertig und edel wirken.«

»Sollen die Texte später hier drinstehen?«, fragte ich und deutete auf kleine weiße Kästen.

»Die Headlines kommen auch da rein.«

Entgeistert sah ich Teddy an. »Kleiner ging's wohl nicht? Ich brauche viel mehr Platz. Außerdem kannst du die Heads nicht in Kästchen einsperren, wo soll da die Großzügigkeit sein? Zwei Zeilen brauche ich dafür jeweils. Und die Texte werden garantiert länger, vor allem wenn es um die Firmengeschichte geht.«

»Das macht mir die ganze Balance kaputt«, protestierte Teddy.

»Ist mir egal. Hohlberg will ausführliche Texte.« Der Chef hatte das zwar nicht gesagt, aber mein Job war es, auch für den Kunden mitzudenken. Und was Weininger anging, war ich mir sicher.

Der wollte sein Unternehmen ausführlich gewürdigt wissen. Dafür bezahlte er schließlich.

Eine halbe Stunde später saß ich in meinem Corsa und reihte mich auf die B 27 stadtauswärts ein. In Richtung Fildern lief der Verkehr um diese Uhrzeit flüssig, während sich auf der anderen Spur eine Blechlawine staute. In den meisten Autos war nur eine Person. Keine davon sah auch nur annähernd zufrieden aus, was ich gut nachvollziehen konnte. Morgens zur Arbeit nach Stuttgart hinunter, abends wieder aus dem Kessel raus nach Hause. Und das circa zweihundertdreißigmal im Jahr. In zehn Jahren waren das etwa viertausendsechshundert Fahrten. In vierzig Jahren Berufstätigkeit fast zwanzigtausendmal. Eine erschreckende Zahl. Mein Freiberuflerdasein hatte viele Nachteile, aber zumindest blieb mir diese Hamsterradnummer erspart.

Freilich hätte genau diese Art von stupider Pflichterfüllung mir die Anerkennung meiner Mutter eingetragen. Als eingeschworene Anhängerin der »Leistung muss sich wieder lohnen«-Philosophie war sie vermutlich zu der Erkenntnis gelangt, dass ich nach der Geburt im Krankenhaus mit einem Baby mit Versager-Genen vertauscht worden war. Seit ich mein Studium abgebrochen und mit einem unbezahlten Praktikum bei einer Modezeitschrift im badischen Offenburg meine Antikarriere gestartet hatte, bekam ich zum Geburtstag und zu Weihnachten von ihr fast nur noch Berufs- und Lebensratgeber. Inzwischen hatte ich einen ganzen Stapel davon, der in Fannys Keller vor sich hin moderte. Bald würde ich einen neuen Stapel beginnen können, denn mein Geburtstag stand bevor. Vielleicht würde es dieses Jahr zur Abwechslung sogar ein Heiratsratgeber sein. Mit einem Gutschein für einen Wedding-Planner.

Schluss mit den negativen Gedanken. Ich musste mich darauf konzentrieren, Mutter auszufragen. Vielleicht erfuhr ich von ihr mehr über den verschwundenen Nachbarssohn und seine Schwärmerei für Fanny.

Ich stellte den Corsa vor dem Bungalow ab, in dem ich die ersten achtzehn Jahre meines Lebens verbracht hatte, und nahm die Anatomiebücher vom Beifahrersitz. Meine Armbanduhr zeigte halb neun. Mittwochs begann die Sprechstunde meiner Mutter erst mittags, daher war die Wahrscheinlichkeit groß, sie zu Hause anzutreffen. Im Flur hing der schwache Duft nach Earl-Grey-Tee, der mich seit Kindertagen begleitete. Unnötig zu sagen, warum ich nie besonderen Gefallen an dieser Teesorte gefunden hatte.

»Mutter? Bist du da?« Keine Antwort. Durch die Küche ging ich ins anschließende Esszimmer. Sicher saß sie bei diesem schönen Wetter draußen auf der Terrasse und studierte Fachzeitschriften, legte einen Einkaufszettel an oder schnitt die Rosen.

Mit den Büchern unter dem Arm durchquerte ich das Wohnzimmer. Die Terrassentür stand offen. Laut brummend drehte eine orientierungslose Hummel ihre Runden vor dem knietiefen Blumenfenster mit Orchideen. Ich sah Mutter neben den Rosen stehen, die ihre Terrasse rahmten. Da sie nie so etwas Prosaisches wie T-Shirts oder gar ärmellose Tops trug, überraschte es mich nicht, sie in langer schwarzer Bundfaltenhose und cremefarbener Bluse mit Schleife am Hals zu sehen. Verblüffend war freilich ihre Gesellschaft. Den braunen Halbschuhen und den Hosenbeinen nach zu schließen, handelte es sich um einen Mann. Der Rest von ihm wurde vom Sonnenschirm verdeckt.

Die beiden standen eng beieinander. Ob Mutter in dieser Situation lieber ungestört blieb? Meine Verhöraktion konnte ich ebenso gut auf später verschieben. Andererseits machte mich der männliche Gast neugierig. Nach der Scheidung von meinem Vater hatte es nur zwei Männer in Mutters Leben gegeben. Ihre letzte Beziehung lag ein paar Jahre zurück. Genau genommen war sie für mich fast eine geschlechtslose Person, obwohl sie nach wie vor sehr gepflegt und attraktiv war. Ihr damenhaftes Benehmen war beim männlichen Teil ihrer Generation gefragt. Warum also sollte sie nicht einen neuen Verehrer haben?

Schrittweise schob ich mich nach rechts, bis ich den Gast besser sehen konnte, und hätte beinahe die Bücher fallen lassen. Diesen Mann kannte ich nur im blauen Anton und mit Strohhut oder Kappe auf dem Kopf. Nun trug er eine braune Anzughose und ein anthrazitfarbenes Halbärmelhemd, das zu seinen grauen Schläfen passte.

Der Besucher war Herr Gerber, mein Gärtner. Mutter und er

schienen etwas Privates zu besprechen. Mutters Gesicht wirkte betroffen, aber gefasst, während sie auf ihn einredete. Gerber ließ die Schultern hängen und hielt den Kopf gesenkt, als würde ihn das Gehörte traurig machen. Als Mutter ihn umarmte, blieb mir die Spucke weg. Sie gehörte nicht zu den Menschen, die andere spontan anfassten. Mir strich sie manchmal flüchtig übers Haar, das war alles. Und jetzt umarmte sie meinen Gärtner!

Ich bekam große Lust, auf die Terrasse zu treten und sie quasi in flagranti zu erwischen. Aber das schien mir dann doch zu melodramatisch, auch wenn ich gern die Weltpremiere erlebt hätte, meine Mutter mit einem schuldbewussten oder peinlich berührten Gesichtsausdruck zu sehen. Auf Zehenspitzen kehrte ich zum Auto zurück.

Eine Viertelstunde später verließ Gerber den Bungalow. Ich duckte mich in den Sitz, weil es mir unpassend erschien, meinem Gärtner hier zu begegnen. Sein Gespräch mit Mutter hatte sehr vertraut gewirkt. Die Erklärung dafür wollte ich lieber von ihr hören. Gedankenversunken folgte Gerber der Straße in die andere Richtung. Als er zwei Häuser weiter in ein Auto stieg, huschte ich zurück zum Bungalow.

Meine Mutter war noch draußen auf der Terrasse. Sie saß in einem der vier elfenbeinfarbenen Korbsessel, die denselben Ton hatten wie die Markise und der Sonnenschirm. Abwesend schaute sie auf ihre im Schoß gefalteten Hände. Auf dem Tisch standen das Geschirr vom Frühstück und eine Glaskanne mit Orangensaft. Nur ein Gedeck, registrierte ich.

Sie bemerkte nicht, wie ich zu ihr trat. »Hallo, Mutter«, sagte ich und legte die Anatomiebücher auf den Tisch.

Überrascht fuhr sie zusammen und blinzelte ein paarmal, wie um in die Gegenwart zurückzufinden.

»Kind, wie nett, dich zu sehen! Komm, setz dich zu mir.« Sie klopfte auf die Lehne des Korbsessels neben ihr.

Nun war es an mir, überrascht zu sein. Das hörte sich fast so an, als freute sie sich über meinen Besuch. Normalerweise bekam ich eher Sätze zu hören wie: »Müsstest du nicht bei der Arbeit sein?« oder »Gerade passt es mir gar nicht.«

Mit Blick auf die Bücher sagte ich: »Die wollte ich dir zurückbringen.«

»Ach, danke, die habe ich völlig vergessen. Wie kommst du mit den Bestattungsunternehmen voran?«

»Bestattungsunternehmen?« Ich schluckte bestürzt. Spielte sie auf die Knochen aus dem Garten an? Aber wie konnte sie davon erfahren haben? Etwa von Gerber? Der Gärtner wusste nichts davon. Oder hatte er etwas mitbekommen? Ich erinnerte mich daran, wie ich ihn im Vorratskeller überrascht hatte. Angeblich auf der Suche nach einer Abdeckung für die Treppenstufe, aber das konnte genauso gut eine Ausrede fürs Rumschnüffeln gewesen sein.

Mutter strich mir liebevoll über den Arm, was mich noch mehr verwirrte. »Was ist mir dir? Du wirkst so nervös. Bei deinem letzten Besuch hast du erzählt, du würdest an einem Auftrag über Tierbestattung arbeiten.«

»Tierbestattung, genau«, antwortete ich erleichtert. Es wäre auch zu unwahrscheinlich gewesen, dass Gerber die Knochen entdeckt hatte. Teddy als Mitwisser zu haben genügte vollauf.

»Der Auftrag läuft gut, die Informationen aus deinen Büchern waren sehr hilfreich.« Ich legte eine Pause ein und machte mich auf Mutters übliche »Wo bist du da nur hingeraten?«-Tirade gefasst. Zu meinem Erstaunen gab es die berühmte Ausnahme von der Regel. Mutter sah an einem samtrot blühenden Rosenbusch vorbei auf die Thujahecke, als wäre sie mit den Gedanken weit weg.

»Woher kennst du eigentlich Herrn Gerber? Er kam aus dem Bungalow, als ich einparkte.«

Wie mit Lichtgeschwindigkeit flog Mutters Blick zu mir. »Woher weißt du, wer er ist?«

Ich lehnte mich zurück. Der Korbsessel knarzte unwillig. »Er ist mein Gärtner. Der Mann, der Fannys Dschungel in ein gepflegtes Paradies verwandelt.«

Mutter fasste sich mit der Hand an die Stirn. »Richtig. Entschuldige, ich fühle mich unpässlich. Das muss an der Hitze liegen.«

»Sag, woher kennst du ihn?«, hakte ich nach.

»Aus Fannys Garten. Weißt du, ich brauche jemand Neues für das Grundstück.« Sie deutete vage Richtung Rasenfläche. »Meine Aushilfe hat gekündigt, und die Thujahecke muss dringend in Form gebracht werden. Als ich sah, wie Herr Gerber so tüchtig bei Fanny aufräumte und die Sträucher ausputzte, habe ich ihn gefragt, ob er meinen Garten ebenfalls pflegen könnte.«

Das klang plausibel. Andererseits hatte Gerber nichts Derartiges erwähnt. »Wann warst du bei mir? War ich nicht zu Hause?«

»Ach, erst kürzlich. Du warst unterwegs.«

»Warum warst du da?«

»Nun, ich wollte sehen, wie weit du mit der Sanierung des Hauses vorangekommen bist.«

Keinen Millimeter, dachte ich, ging jedoch nicht auf dieses heikle Thema ein. Mutter wirkte für ihre Verhältnisse vergleichsweise friedfertig, dennoch wollte ich ihr keinen Ansatzpunkt für Kritik bieten.

Ein anderer Gedanke beschäftigte mich. Warum hatten sie und Gerber sich umarmt, wenn sie sich gar nicht kannten? Danach fragen konnte ich schlecht, wo ich behauptet hatte, ich hätte ihn erst gesehen, als er ging. Aber nach jemand anderem konnte ich mich erkundigen.

»Was ich dich fragen wollte, Mutter. Kennst du eine Frau namens Maria?«

»Was für eine Maria?« Mutter wischte mit einer Serviette Brotbrösel weg.

»Das weiß ich nicht, deshalb frage ich dich. Sie könnte eine frühere Freundin von Fanny sein. Jedenfalls hat sie etwas mit ihr oder dem Haus zu tun.«

Mutters Gesicht versteinerte. »Wieso erkundigst du dich danach?« Ihr Ton war deutlich kühler.

Großzügig zusammengefasst und unter Auslassung intimer Details schilderte ich, wie Alexander mir das Foto von Fannys Haus gezeigt hatte. »Er hat es im Erbe seiner Mutter gefunden und mich um Hilfe gebeten. Die meisten von Fannys Fotos haben wir gesichtet, aber leider hat er seine Mutter nicht entdeckt.«

Mutter legte den Kopf zur Seite. Ihr Blick verlor sich erneut in der Ferne. »Nein, ich kenne keine Maria. Wahrscheinlich ist sie eine von Fannys vielen Bekanntschaften. Die gehen bei ihr ein und aus. Das war schon früher so, nach dem Tod von Klaus.«

»Damals warst du auch oft bei ihr. Es gibt viele Aufnahmen von Familientreffen und Partys in ihrem Haus, auf denen du zu sehen bist.«

»Ja, das war früher«, erwiderte Mutter unwillig.

»Alexanders Foto ist um die fünfundzwanzig Jahre alt. Darauf ist noch die Birke am Gartentor zu sehen und der Holzschuppen, an dessen Stelle nun die Garage steht. Anhand von anderen Bildern vermute ich, dass es Mitte der Achtziger aufgenommen worden sein muss.«

Mutter rutschte im Korbsessel hin und her, der ihre Bewegungen knarzend untermalte. »Die Garage wurde erst nach Klaus' Tod gebaut. Was den Baum angeht, kann ich dir nicht weiterhelfen.«

Nach dieser Abfuhr beschloss ich, das Thema zu wechseln. »In dieser Zeit ist der Schiedlich-Sohn verschwunden. Eine Nachbarin hat mir davon erzählt. Weißt du etwas darüber? Der Junge hieß Dieter.«

»Na, du stellst vielleicht Fragen! Ja, ich kannte ihn. Als er noch ein Kind war, hat Klaus mit ihm oft Fußball gespielt. Ganz Degerloch war in Aufruhr, als er verschwand. Klaus und dein Vater haben damals mitgeholfen, die Umgebung nach ihm abzusuchen.« Sie schüttelte den Kopf. »Wie furchtbar muss das für die Eltern sein.«

»Frau Schiedlich ist seitdem schwer depressiv, hat Fanny erzählt.«

»Früher war das eine nette, gepflegte Frau. Ich habe nie verstanden, warum sie einen wie Schiedlich geheiratet hat.«

»Weißt du noch mehr über Dieter?«

»Er spielte begeistert Fußball, das erwähnte ich bereits. Als er älter wurde, hat er seinen Eltern viele Probleme bereitet. Hat die Schule geschwänzt und sich rumgetrieben. Es gab oft Streit.«

»Mit Tante Fanny hat er sich aber gut verstanden?«

»Ja, er war öfter bei ihr. Fanny mochte ihn. Vielleicht weil sie keine eigenen Kinder hatte. Die beiden haben zusammen die neuesten Platten gehört, und Fanny hat ihn mit Lesestoff über Politik und Kunst eingedeckt. Dieters Eltern hatten mit Kultur nicht viel im Sinn. Fanny hat ihn darin bestärkt, eigene Wege zu gehen und Neues auszuprobieren. Schiedlichs waren darüber wenig erfreut, wie du dir denken kannst. Ja, da ist Fanny wie so oft angeeckt.«

»War Dieter in sie verliebt?«

Verblüfft sah Mutter mich an. »Wie kommst du auf diese absurde Idee? Fanny war fast doppelt so alt wie er.«

Ich überlegte kurz. Dass ich Tante Fannys private Post durchstöbert hatte, konnte ich schlecht anführen. »Das weiß ich von der Nachbarin. Sie meinte, Dieter habe Fanny Liebesbriefe geschrieben.«

»Nun ja. Fanny hatte schon in der Trauerzeit eine Menge Verehrer.« Mutter spitzte die Lippen. »Sie ist nicht gerade zimperlich, was Moral angeht. Es mag sein, dass Dieter auch dazugehörte.«

»Wo du ihre Verehrer erwähnst, gab es jemand Besonderen? Einen, mit dem es ihr ernst war?«

»Du meinst, nach dem Tod von Klaus?« Mutter überlegte. »Ich erinnere mich an einen Musiker, einen Cellisten. Die Beziehung ging über ein Jahr. Als der Mann, auf seinen Namen komme ich nicht, ihr einen Heiratsantrag machte, hat Fanny die Sache beendet.«

»Er hieß Clemens«, rutschte mir heraus.

»Woher weißt du das?«, fragte Mutter erstaunt. »Du kannst ihm höchstens ein- oder zweimal begegnet sein.«

»Ich habe ein Foto von ihm in Fannys Alben gesehen. Da fiel es mir wieder ein.« Diese Kurve hatte ich gerade noch gekriegt. »Warum hat sie seinen Antrag abgelehnt, wenn sie ihn liebte?«

»Sie wollte sich nicht mehr fest binden. Jedenfalls nicht amtlich. Was damals ein ziemlicher Skandal war, so wie die Männer bei ihr ein und aus gingen.«

Da war er wieder, dieser bissige und herablassende Tonfall, den Marlene oft anschlug, wenn es um ihre Schwester ging.

»Gab es noch einen anderen Mann?«

Erneut wischte Mutter mit der Serviette über den Tisch. »Wieso interessierst du dich für Fannys Männer? Kümmere dich lieber um deinen Georg. Schade, dass ihr am vergangenen Sonntag nicht kommen konntet. Das müssen wir unbedingt nachholen.« Sie stand auf und griff nach der Orangensaftkaraffe. »Entschuldige, Beatrix, ich habe vergessen zu fragen, ob du etwas trinken möchtest.«

»Nein, danke. Noch was anderes. Auf einem Foto trägt Fanny einen auffallenden Anhänger. Eine Frau in einer Toga, die in einem Kreis sitzt und einen Edelstein hält. Weißt du, woher sie diesen Anhänger hat?«

Mutter drehte mir den Rücken zu und räumte das Geschirr zusammen. »An den kann ich mich gar nicht erinnern.«

»Hast du sie in letzter Zeit damit gesehen?«

»Nein«, antwortete sie sofort, ohne nachzudenken. Als sie sich umdrehte, sah ich, dass ihr Gesicht ganz rot war.

»Mutter, geht es dir gut?«, fragte ich besorgt.

Sie fächelte sich mit einer Serviette Luft zu. »Ja, ja. Das ist nur die Hitze. Hoffentlich kühlt es bald ab.«

18

Nach ein paar Stunden Arbeit an der Juwelierbroschüre war es Zeit, zur Waldau aufzubrechen. Dort hoffte ich Herrn Stäudle zu treffen, Dieters früheren Jugendtrainer.

Als ich meinen Kleiderschrank öffnete, um mich umzuziehen, schwang die rechte Seite problemlos auf, die andere streikte. Das lag an dem kleinen Schieber, der die Tür festklemmte. Seltsam. Diesen Schieber hatte ich noch nie benutzt, weil ich dafür schlicht zu bequem war. Außerdem war es eine spätpubertäre Trotzreaktion, weil Mutter auf solche Dinge übergroßen Wert gelegt hatte.

Ob sich Jeannette etwas herausgenommen hatte? Das tat sie manchmal, wenn sie mit dem Waschen nicht nachkam. Schnell sichtete ich meine Kleider. Auf den ersten Blick schien nichts zu fehlen. Bevor ich eine zweite, gründlichere Runde beginnen konnte, klingelte der Küchenwecker. Den hatte ich gestellt, damit ich rechtzeitig loskam. Viertel vor zwei. Höchste Zeit.

Da ich nur selten auf der Waldau unterwegs war, brauchte ich eine Weile, bis ich in diesem Gewirr von Vereinshäusern, Sportanlagen und Fußballplätzen Herrn Stäudle ausfindig machte. Der Mann im blauen Trainingsanzug, den mir der Kellner in der Vereinsgaststätte gezeigt hatte, lief am Seitenrand des Fußballfeldes auf und ab und feuerte die jungen Spieler an.

Als er seine Jacke ablegte, trat ich zu ihm. »Herr Stäudle?«

Der pensionierte Trainer warf mir einen abweisenden Blick zu und sah wieder aufs Spielfeld.

»Mein Name ist Bea Pelzer. Ich bin Journalistin und recherchiere für ein Buch über Talentförderung im Fußball.«

Stäudle warf die Stirn in Falten. »Wofür soll das gut sein? Bücher nutzen da nichts.« Er rieb Daumen und Zeigefinger seiner Rechten aneinander. »Im Fußball geht's nur noch ums Geld.«

»Genau, da haben Sie recht«, improvisierte ich. »Mich interessiert, wie sich das auf junge Talente auswirkt.«

Skeptisch ruhte Stäudles Blick auf mir.

»Diese Millionengagen und riesigen Ablösesummen auf der

einen Seite, andererseits weniger Unterstützung für junge Menschen …«

Stäudle nickte zustimmend. »Genau das ist die Krux! Kaum ist einer mit Talent fünfzehn oder sechzehn, wimmeln geldgierige Manager wie Haie um ihn herum. Die armen Jungs unterschreiben Verträge, wechseln zu großen Vereinen und werden da allein gelassen. Ihre Manager setzen ihnen Flausen in den Kopf, aber keiner kümmert sich um sie.«

Stäudle feuerte einen Stürmer an, der einen Alleingang auf das gegnerische Tor unternahm, aber am reaktionsschnellen Torwart scheiterte. »Gut, Daniel, weiter so. Einsatz, ich will Einsatz sehen!«

Er wandte sich wieder mir zu. »Worum ging's in Ihrem Buch gleich? Ach ja, die Talentförderung.«

Ohne das Spiel aus den Augen zu lassen, schilderte er, worauf es ihm ankam. Ich machte mir einige Notizen und landete nach ein paar Rückfragen beim eigentlichen Thema.

»Herr Stäudle, bei meiner Recherche bin ich auf ein Ausnahmetalent gestoßen namens, Moment …« In meinen Notizen blätternd tat ich so, als müsste ich den Namen nachlesen. »… namens Dieter Schiedlich. Der Junge kam hier aus Degerloch.«

Der Trainer schaute abwartend.

»Wenn ich richtig informiert bin, ist er eines Tages verschwunden.«

Stäudle seufzte. »Ja, der Dieter. An den erinnere ich mich gut. Der Junge hatte ein enormes Ballgefühl, so was ist mir selten begegnet.«

»Kennen Sie seine Eltern?«

»Die Schiedlichs? Freilich«, sagte er. »Sein Vater war an der Bande, wenn der Dieter gespielt hat. Und die Mutter hat für die ganze Mannschaft die Hemden gewaschen. Haben sich für ihren Sohn eingesetzt, die beiden. Anständige Leute. Als der Dieter verschwand, haben sie jeden Tag hier nach ihm gesucht, weil er doch so fußballverrückt war.«

Stäudle verfolgte wieder das Geschehen auf dem Platz. »Furchtbare Geschichte. Alle haben nach ihm gesucht, auch seine Mannschaftskameraden. Unten in der Stadt, in Kneipen und Diskotheken, wo die jungen Leute sich vergnügen.«

»Soweit ich weiß, gab es keine Hinweise oder verwertbaren Spuren.«

»Nein. Der Junge war wie vom Erdboden verschluckt.« Städle presste die Lippen aufeinander.

»Hatte er damals eine Freundin?«

»Eine? Pah, die waren zu Dutzenden hinter ihm her. Beim Training waren hier ständig Mädchen. Die haben Dieter angehimmelt und sich Autogramme von ihm geholt.«

Stäudle wischte sich Schweiß von der Stirn. »Irgendwann hat er angefangen, die eine oder andere Trainingseinheit zu schwänzen. Bevor er verschwand, hatte ich den Eindruck, Fußball sei nicht mehr das Wichtigste in seinem Leben.«

»Und was nahm diese Stelle ein?«

»Frauen.«

»Gab es eine Bestimmte?«

»Kann sein. Seine Trainingskameraden haben ihn damit aufgezogen.«

Mein Mund wurde trocken. »Fiel ein Name?«

Stäudle schüttelte den Kopf. »Manchmal zogen ihn die Jungs auf und riefen ›Mami‹ hinter ihm her. Vielleicht war die aktuelle Dame seines Herzens älter als er.« Im Gesicht des Trainers machte sich Misstrauen breit. »Wieso fragen Sie nach so was? Ich dachte, Sie schreiben ein Buch über Fußball?«

»Stimmt. Aber Sie wissen ja, junge, gut aussehende Sportler, da sind die Mädchen nicht weit.«

Ich plauderte mit Stäudle eine Weile über die Zukunft der Kickers und verabschiedete mich.

Viel hatte ich nicht herausgefunden. Aber mehr und mehr sprach dafür, dass Fanny der Grund für Dieters Verschwinden gewesen war.

In Gedanken versunken parkte ich aus und fuhr zurück auf die Jahnstraße. Dieter war neunzehn gewesen. Ein Alter, in dem man die Welt für sich entdeckte und auf Liebesabenteuer aus war. War es ihm ernst mit Fanny gewesen? Was genau hatte er mit der Andeutung in seinem Brief gemeint, er habe Pläne, wie er genug Geld auftreiben könne?

Als ich den Rückspiegel kontrollierte, lief mir ein kalter Schauder über den Rücken. Etwa zehn Meter hinter mir fuhr ein blauer Wagen mit getönten Scheiben. Beim zweiten Blick war ich mir sicher. Es war ein Polo. Vielleicht ein Zufall. Aber genauso gut konnte es der Mann sein, der mich und dann Jeannette auf der Weinsteige in Lebensgefahr gebracht hatte. Hier war die Straße frei. Ich drückte das Gaspedal durch. Die Tachonadel bewegte sich auf über sechzig verkehrswidrige Stundenkilometer. Der Polo blieb dicht an mir dran.

Bleib ruhig, dir kann nichts passieren, sagte ich mir und bereute, nicht längst einen neueren Wagen mit einer automatischen Türverriegelung gekauft zu haben. Mir kam das Polizeirevier in der Karl-Pfaff-Straße in den Sinn. Als Kind der Mediengeneration sah ich mich bereits fernsehkrimimäßig mit quietschenden Reifen vor dem Eingang bremsen und hineinstürmen. Aber was sollte ich den Beamten sagen? Dass ein blauer Polo hinter mir fuhr, war keine Straftat. Erst der Zusammenhang mit dem Spanner und seiner gefährlichen Aktion auf der Weinsteige machten daraus eine Bedrohung.

Statt direkt nach Hause zu fahren, legte ich einige Extrarunden quer durch Degerlochs Ortsmitte ein. Egal, wo ich abbog, der Polo folgte mir. Leider konnte ich von dem Fahrer im Rückspiegel nicht viel erkennen, nur dass er ein weißes Oberteil trug, eine Kappe in die Stirn gezogen hatte und eine Sonnenbrille die gesamte Augenpartie verdeckte.

Ein paar Meter vor mir parkte ein roter Kombi aus. Ich preschte in die Lücke. Als ich mich nach meinem Verfolger umsah, merkte ich, dass der Polo hinter mir abgebremst hatte, nun wieder beschleunigte und an mir vorbeiraste. Zu schnell, um den Fahrer genauer sehen zu können.

Mit zitternden Fingern schloss ich den Wagen ab und überquerte die Straße. Auf dem Bürgersteig stoppte ich und wühlte in meiner Umhängetasche. Dabei verfolgte ich aus dem Augenwinkel, wie der Polo parkte. Ich nahm das Handy heraus und gab vor, einen Anruf anzunehmen. Die Fahrertür des Polos schwang auf, und Füße in schwarzen Turnschuhen kamen zum Vorschein.

Der Fahrer war kaum größer als ich. Als er die Kappe abzog und sein langes rotes Haar zurechtschüttelte, blieb mir der Mund offen. Es war eine Frau! Sie trug enge Jeans und eine helle Bluse.

War das tatsächlich unser Spanner? Jeannette und ich waren automatisch davon ausgegangen, dass es sich um einen Mann handelte.

Ich lief Richtung Epplestraße. Vor einem Schuhgeschäft blieb ich stehen und tat so, als würde ich mich für die Angebote im Schaufenster interessieren. Kurz sah ich zur Seite, und sofort schoss mein Puls in die Höhe. Die rothaarige Frau kam direkt auf mich zu.

Einfach auf sie zuzustürmen und sie zur Rede zu stellen, das traute ich mich nicht. Also ging ich weiter und schaute regelmäßig über die Schulter. Plötzlich war die Frau nicht mehr zu sehen. Ich blieb stehen und suchte die Umgebung ab. Nirgends rote Haare. Hatte sie die Verfolgung abgebrochen? Oder war die Frau zum Shopping unterwegs gewesen und mir nur zufällig gefolgt?

Erst jetzt realisierte ich, dass ich vor dem Naturkostladen stand. Eine gute Gelegenheit, ein paar Einkäufe zu erledigen. Zehn Minuten später trat ich mit zwei Tragetaschen aus dem Laden. Meine Verfolgerin war nirgends zu sehen. Ich kehrte zum Corsa zurück und deponierte meine Einkäufe auf der Rückbank. Der Polo stand ein Stück die Straße runter. Ich rangierte aus der Lücke und machte mich auf den Heimweg. Als ich beim Abbiegen routinemäßig in den Rückspiegel sah, klebte er erneut an mir.

Vielleicht hatte die Rothaarige im Wagen auf mich gewartet. Oder dies war ein anderer Polo, und drinnen saß unser Spanner. Ohne Umwege fuhr ich nach Hause. An der Abbiegung in meine Straße blinkte ich und beobachtete, wie der Polo geradeaus weiterfuhr. Erst als er außer Sichtweite war, fiel mir ein, dass ich vergessen hatte, nach dem Kennzeichen zu schauen.

Ich parkte am Gehweg und blieb sitzen. Mein Puls raste. Im Vorgarten stand Teddy vor seiner Staffelei, die Musik dröhnte, und der Gärtner schippte Sand aus einem Schubwagen auf die freigelegte Garageneinfahrt. Trotz der jammernden E-Gitarre wirkte das Bild friedlich und suggerierte Sicherheit. Nur der Kater fehlte.

Nach einer Weile stieg ich aus und stellte die vollen Einkaufstüten im Windfang ab. Automatisch kontrollierte ich die Katzenschüsseln. Das Trockenfutter häufte sich noch genau so, wie ich es eingefüllt hatte.

Ich lief über den Rasen zu den Blumenbeeten am Zaun. Vor den Löwenmäulchen ging ich in die Knie und bog die Blüten auseinander. Auch hier keine Spur von Stiefel. Ein Schatten fiel auf mich. Es war Gerber. Statt Anzughosen und Halbschuhen trug er den gewohnten blauen Overall, einen Hut auf dem Kopf und die Sonnenbrille auf der Nase.

»Eben war ich im Baumarkt und habe frischen Sand geholt für die Einfahrt.« Er deutete zur Garage.

»Das Geld bekommen Sie selbstverständlich zurück.« Ich stand auf und strich meinen Rock glatt. Noch immer waren meine Handflächen feucht.

Gerber winkte ab. »Das können Sie mir Ende der Woche mit dem Honorar –« Er verstummte und drehte den Kopf Richtung Straße.

Ein Streifenwagen hielt vor dem Grundstück. Darin saßen die beiden mir mittlerweile wohlbekannten Polizisten. Meine Nackenmuskeln verspannten sich.

Teddy drehte die Lautstärke am Gettoblaster runter. Polizeihauptmeister Schäfer und sein Kollege begutachteten die Fortschritte von Teddys Kunstwerk und kamen dann zu mir herüber.

»Frau Pelzer, haben Sie einen Augenblick Zeit?«

»Ja. Worum geht es? Hat unser Nachbar sich schon wieder beschwert?«

Schäfer schüttelte den Kopf. »Nein, wir sind wegen der Ermittlungen in Ihrer Einbruchssache hier. Ist Ihnen dazu inzwischen noch etwas eingefallen?«

»Tut mir leid«, gab ich zurück und warf einen raschen Blick zu Teddy hinüber, der in sein Kunstwerk vertieft schien. »Nein. Ich habe das Zimmer inzwischen aufgeräumt und nichts vermisst. Aber wie gesagt, ich weiß leider nicht, was meine Tante dort alles aufbewahrt. Der Einbrecher könnte alles Mögliche gestohlen haben.«

»Gut, Frau Pelzer«, sagte Herr Schäfer. »Konnten Sie Frau Wieland inzwischen telefonisch erreichen? Sie kann uns hierbei sicher weiterhelfen.«

»Sie ist noch auf ihrer Dschungeltour unterwegs. Aber ich habe ihr eine Notfallnachricht hinterlassen.« Ich zögerte einen Moment. »Kann ich Ihnen vielleicht ein Glas Wasser anbieten bei der Hitze?«

»Danke, das wäre nett, wenn es keine Umstände macht«, sagte Schäfer, und auch sein Kollege nickte freudig.

Spontan drehte ich mich zu Gerber um. Vielleicht hatte auch er Lust auf eine Erfrischung. Doch neben mir stand niemand mehr. Der Gärtner war verschwunden.

19

Am Abend erzählte ich Jeannette von meiner erneuten Begegnung mit dem blauen Polo.

»Da drin saß eine Frau?« Verwirrt blinzelte Jeannette mich über den Rand ihrer Cappuccinotasse hinweg an. »Da bin ich platt. Ich bin wie selbstverständlich von einem Mann ausgegangen.«

»Genau wie ich.« Ich tunkte eine Brotscheibe in die leckere Soße, die von meinem Salatteller übrig geblieben war.

»Es könnte also durchaus sein, dass der Verrückte in Wirklichkeit weiblich ist«, folgerte Jeannette. »Oder es ist doch ein Mann, und die Geschichte mit der Rothaarigen heute war reiner Zufall.« Sie schob ihren Teller mit Maultaschenresten zur Seite, stützte die Ellbogen auf den Holztisch und ließ den Blick über den dicht bebauten Talkessel schweifen.

Vor zwei Stunden hatte sie mich aus der Agentur angerufen und vorgeschlagen, uns zur Abwechslung Großstadtluft um die Nase wehen zu lassen. Weil die Karlshöhe zu meinen Lieblingsorten gehörte, stimmte ich zu.

Der kleine Bergrücken ragte im Süden aus dem Häusermeer auf und war oberhalb der begehrten Wohn- und Geschäftsstraßen wie Hasenbergsteige und Mörikestraße von Grünanlagen, Weinbergen und Gärten überzogen. Auf dem Gipfel belohnte das sensationelle Panorama von der Aussichtsplattform für den steilen und schweißtreibenden Aufstieg.

Würde man den Kessel bis auf Halbhöhe fluten, bliebe mitten im See der obere Teil der Karlshöhe wie eine idyllische Insel übrig. Die Weingärten würden für genug Saft und Alkohol sorgen, und mit Essen wäre man als Robinson versorgt, solange die Vorräte des Biergartens reichten. Hätte es eine Warteliste für diese Insel gegeben, hätte ich mich als Erste eingetragen.

Nachdem ich Jeannette mein Gespräch mit Dieters Jugendtrainer geschildert hatte, fügte ich hinzu: »Weißt du, als der Trainer sagte, was für ein schrecklicher Schock Dieters Verschwinden für alle gewesen war, da habe ich mich gefragt, ob er denn wirklich tot ist.«

»Was soll das nun bedeuten?« Jeannette klang irritiert. »Ich dachte, dieser Dieter wäre nie wieder aufgetaucht.«

»Genau das meine ich. Unsere Nachbarin, der Trainer und sogar wir gehen automatisch davon aus, dass er nicht mehr lebt.«

»Aber niemand weiß es genau«, fiel sie mir ins Wort. »Brillante Logik! Könnte von mir sein.«

»Wenn Dieter noch lebt, müsste er Anfang, Mitte vierzig sein.«

Als Nächstes berichtete ich Jeannette von der Kohleskizze, die ich beim Juwelier entdeckt und mit dem Handy fotografiert hatte. »Das könnte eine Art Entwurfszeichnung für die beiden Anhänger sein.«

»Moment, da komme ich nicht mehr mit«, unterbrach Jeannette. »Wieso für beide Anhänger? Hast du noch einen im Garten entdeckt?«

»Das nicht. Aber Alexander besitzt ein identisches Schmuckstück.«

Vor Überraschung verschluckte Jeannette sich. Hustend griff sie nach ihrem Bier.

»Lass mich raten«, keuchte sie zwischen zwei Schlucken. »Das hat er im Vorgarten seiner Mutter ausgegraben.«

Ich ignorierte ihren sarkastischen Ton. »Alex hat es geerbt und weiß nicht, woher seine Mutter den Anhänger hat. Gestern Abend haben wir ihn mit dem Bild vom Wohnzimmer verglichen, auf dem Tante Fanny ihren trägt.«

Jeannette hustete erneut. »Hast du ihm erzählt, dass wir ihn gefunden haben? Und unter welchen Umständen?«

»Nein. Alex hat keine Ahnung, dass wir ihn haben. Aber die Anhänger sind identisch. Als er schlief, bin ich runter in die Küche und hab sie verglichen.«

»Zuerst knutschen und dann ausspionieren! Aus dir wird noch eine richtige Gangsterbraut«, zog Jeannette mich auf. »Und was schließt du aus der wundersamen Anhängervermehrung?«

»Bis jetzt noch nicht viel. Ich habe Weininger wegen der Zeichnung gefragt, aber er konnte mir nicht weiterhelfen. Er hat mir die Telefonnummer von zwei Schmuckdesignern gegeben, die als Schöpfer in Frage kommen. Der eine ist seit einem halben Jahr tot, und mit dem anderen habe ich einen Termin am Freitag vereinbart.«

Wir sahen zu, wie der leuchtend orangefarbene Sonnenball hinter das Laub der altehrwürdigen Bäume rutschte und sich dem Horizont näherte.

»Da bekomme ich Lust, alle viere von mir zu strecken«, sagte Jeannette mit Blick auf die abendlichen Flaneure, die es sich auf der Wiese zwischen Aussichtsterrasse und Weinberg bequem machten.

Auf einer Parkbank drängten sich vier junge Frauen in stoffarmen Sommerkleidern und mit voluminösen Frisuren. Sie leerten eine Flasche Prosecco als Aperitif für eine lange Diskonacht und amüsierten sich dabei prächtig.

Jeannette gähnte. »Schon als ich aus der Agentur kam, war ich völlig erledigt. Deine Neuigkeiten haben mich den letzten Rest Energie gekostet. Was hältst du davon, wenn wir zurück aufs Land fahren?«

Als wir in Degerloch ankamen, waren alle Fenster von Fannys Haus dunkel. Teddy war demnach heute Abend unterwegs. Im schummrigen Licht der Straßenlampe gingen wir durch den Vorgarten zum Eingang. Jeannette schloss die Haustür auf und drückte den Lichtschalter. Wie angewurzelt blieben wir auf der Schwelle stehen. Mitten im Flur begrüßte uns ein wüster Haufen aus Telefonbüchern, Schirmen, Schals, Schuhputzzeug und anderen Gegenständen, die sich in Fannys Telefonkommode angesammelt hatten. Die Schubladen waren herausgezogen und lagen inmitten des Durcheinanders.

»Sieht aus, als hätte jemand etwas gesucht«, sagte Jeannette.

»Ob Teddy dieses Chaos angerichtet hat?«, erwiderte ich in der Hoffnung, es gäbe eine harmlose Erklärung, obwohl ich Schlimmes ahnte.

Jeannette sprach aus, was ich dachte: »Wenn du mich fragst, scheint es, als ob die Einbrecher von neulich wieder da waren. Die haben das Haus beobachtet und gewartet, bis alle ausgeflogen sind.« Sie drehte sich um und untersuchte das Türschloss. »Die Haustür ist in Ordnung. Hier können sie kaum reingekommen sein. Außer sie hatten einen Schlüssel.«

»Schlüssel? Woher sollten sie den haben?« Mit jedem Wort zitterte meine Stimme mehr. »Fanny hat einen, ebenso meine Mutter.

Mir hat sie den Schlüssel von Onkel Klaus gegeben. Von dem habe ich ein Duplikat für dich und für Teddy machen lassen, mehr Schlüssel gibt es nicht.«

Bei meinem nächsten Gedanken wurde mir eiskalt, als würde eine Körperzelle nach der anderen einfrieren. »Glaubst du, die sind noch da?«, flüsterte ich.

Ohne uns von der Stelle zu bewegen, spitzten wir die Ohren. Draußen fuhr ein Auto vorüber. Als die Motorgeräusche verklangen, wurde es wieder still. Kein Laut war zu hören, außer dem Ticken der großen Uhr über der Kommode.

Jeannette legte den Zeigefinger auf die Lippen und streifte lautlos die Schuhe ab. Ich tat es ihr nach. Auf Zehenspitzen schlichen wir durch den Flur und lauschten vor jeder Tür. Aus Arbeitszimmer und Küche drang kein Ton. Auch im Wohnzimmer schien es ruhig zu sein.

Jeannette drückte die Klinke herunter und tastete nach dem Lichtschalter. Die kerzenförmigen Glühbirnen der Deckenlampe flammten auf.

Aus meinem Mund entwich die Luft mit einem zischenden Geräusch, als hätte mir jemand in den Magen geboxt. Die Fächer der Schrankwand waren ausgeräumt, alle Schranktüren standen sperrangelweit offen. Fannys Fotoalben, ihr wertvolles Festtagsgeschirr, Gläser, Kristallvasen und Tischdecken lagen auf dem Teppich. Auch die beiden Bücherregale waren bis auf ein paar Bände leergefegt. Die Ölgemälde und Aquarelle, die Fanny und ihr Mann im Laufe ihrer Ehe zusammen angeschafft hatten, waren von den Wänden genommen und zum Teil aus den Rahmen gerissen worden. Sogar die Zimmerpflanzen hatten die Einbrecher vom Blumenfenster gewischt. Zerbrochene Übertöpfe, Blumenerde, Tongefäße, Wasserstandsanzeiger und Hydrokulturgranulat bildeten eine Art Hügelgrab, aus dem Blätter und Ranken herausragten.

»Auf mich wirkt das, als hätte jemand blind vor Wut herumgetobt.« Jeannette deutete auf die offen stehende Terrassentür. »Das Schloss wurde diesmal mit Gewalt aufgebrochen.«

Am Rahmen der weiß gestrichenen Holztür hatte jemand eine Brechstange oder etwas Ähnliches angesetzt und sie knapp über dem silberfarbenen Türknauf aufgestemmt.

Mit weichen Knien schaute ich im Arbeitszimmer und in der Küche nach. Schubladen waren herausgerissen, Fächer geleert und Schränke durchstöbert worden. Das galt ebenso für die Räume im ersten Stock.

Schockiert über das Ausmaß der Verwüstungen standen wir im oberen Flur.

»Dagegen sah es im Zimmer deiner Tante fast noch aufgeräumt aus. Hier hat jemand gründliche Arbeit geleistet«, stellte Jeannette fest, deren Gesicht das Grün des Teppichbodens angenommen hatte.

»Was können die nur gesucht haben?«, überlegte ich verzweifelt. »Wir sollten nachsehen, ob etwas fehlt. Bargeld, Computer, Elektronikzeug, Schmuck.«

»Schmuck!« Jeannette sah mich bestürzt an. »Das muss es sein!«

Wir rannten die Treppe hinunter, durch den Flur, nahmen die Stufen in den Keller und kamen außer Atem vor dem Heizkessel an. Jeannette bückte sich und überprüfte das Regal mit den Gummistiefeln, in dem wir die Niveadose deponiert hatten.

»Die Knochen sind noch da. Aber die Dose kann ich nicht finden«, sagte sie.

Zur Sicherheit durchsuchten wir den kompletten Heizkeller. Doch die Dose war weg.

Jeannette raufte sich die Haare. »Darum ging's denen also.«

»Aber woher konnten die von dem Anhänger wissen? Außer mir und dir kennt nur Teddy die Geschichte.«

»Es gibt noch jemanden, der ihn gesehen haben könnte.«

»Wen meinst du?«

Jeannette sah mich einen Augenblick lang schweigend an. »Uns hat jemand beobachtet, als wir den Anhänger gefunden haben. Der Schädling von nebenan.«

Schiedlich! Sofort sah ich das Bild seiner wie aufgemalt wirkenden Haare vor mir, die ihm der Sommerregen an jenem Abend an den Kopf geklebt hatte. Vor Schreck sackte ich gegen das Regal, das gefährlich ins Schwanken geriet.

»Dieses Arschloch«, stieß Jeannette aus und ballte die Fäuste.

»Glaubst du im Ernst, Schiedlich wäre zu einem Einbruch fähig? Und warum könnte er so scharf auf den Anhänger sein, dass er das ganze Haus verwüstet?«

»Weil er das Geheimnis kennt«, sagte Jeannette. »Und wir haben ihm die Stelle gezeigt, wo die Leiche liegt.«

In diesem Moment funkte mein Gehirn eine Botschaft. »Komm mit«, rief ich und rannte die Treppe hoch. »Die Dose kann gar nicht hier sein. Ich hab den Anhänger in der Küche deponiert. Vielleicht liegt er dort noch.«

Schwer atmend kamen wir in der Küche an.

»Ich habe keine Ahnung, wovon du redest«, japste Jeannette und ließ sich auf einen Stuhl plumpsen.

Mein Blick flog über die aus den Regalen und Schubfächern herausgerissenen Untersetzer, Bestecke, Teller, Geschirrhandtücher, Töpfe und Kochbücher. Ich deutete zum Tisch. »Dort habe ich die beiden Anhänger verglichen. Danach habe ich den von Alexander zurück in seine Hosentasche gesteckt. Aber ich kann mich nicht erinnern, wo ich die Niveadose deponiert habe.«

»Das ist jetzt auch egal. Da wird sie sowieso nicht mehr sein.« Jeannette ließ den Blick über das Chaos gleiten, das die Einbrecher angerichtet hatten.

Während ich systematisch die wenigen noch an Ort und Stelle befindlichen Gegenstände in den Fächern und auf den Ablageflächen sichtete, kontrollierte meine Freundin den Putzschrank.

Auf allen vieren begann ich den aufgehäuften Schrankinhalt nach der blauen Dose zu durchsuchen.

Jeannette rumorte im Flur herum. Sie kam in die Küche zurück. »Den Putzschrank mit der Pistole scheint der Einbrecher übersehen zu haben. Es müsste demnach ein Mann gewesen sein, Frauen würden dieses Fach wohl kaum auslassen.«

Sie sah mir eine Weile zu, wie ich auf dem Boden herumkroch. Dann schlug sie vor, alles, was heil geblieben war, wieder einzuräumen. »So schlagen wir zwei Fliegen mit einer Klappe. Wir schaffen Ordnung und stoßen früher oder später auf den Anhänger. Sofern er noch hier ist.«

Wir fanden die Niveadose nicht. Enttäuscht fegte ich Scherben, ein paar Weinkorken, Nudeln, die aus geöffneten Packungen gerutscht waren, und sämtlichen Unrat zusammen, den wir aussortiert hatten.

»Glaubst du immer noch, das könnte Schiedlich gewesen sein?«, fragte ich, als wir in der halbwegs aufgeräumten Küche bei einem Bier zusammensaßen.

Jeannette nickte. »Der oder jemand anders, der es auf den Schmuck abgesehen hatte. Die Knochen haben die Einbrecher jedenfalls nicht interessiert.«

»Stell dir vor, wir wären früher zurückgekommen und hätten den oder die Einbrecher überrascht.«

»So, wie das hier aussieht, hätten die mit uns kurzen Prozess gemacht«, meinte ich. »Mir wird schlecht, wenn ich daran denke. Ich bibbere am ganzen Körper.«

»Trink dein Bier. Hopfen beruhigt die Nerven.«

»Wie kannst du so ruhig sein? Beim Gedanken, hier im Haus zu schlafen, kriege ich Panik. Am liebsten würde ich sofort ins Hotel ziehen.«

»Das würde dir auch nicht helfen. Ist sowieso unnötig, der Einbrecher kommt heute Nacht wohl kaum wieder.«

»Bist du sicher, dass die Haustür zweimal abgeschlossen ist?«

Jeannette schnaubte. »Machst du Witze? Was soll das nützen, solange die Terrassentür offen steht?«

Ich trank meine Flasche leer und hoffte, dass die Wirkung des Hopfens bald einsetzte. Als wir von der Karlshöhe aufgebrochen waren, hatte ich mich nach diesem aufregenden Tag auf mein Bett gefreut. Zumal ich gestern Nacht nur wenig Schlaf bekommen hatte. Der Gedanke an Alexander tat gut. Ich schnupperte unwillkürlich. Lag da ein Hauch von Kokos in der Luft? Nein, das bildete ich mir ein.

Wegen Alexander hatte ich den Anhänger hier in der Küche liegen lassen. Wieso hatte er sich noch nicht gemeldet? Dummerweise hatte ich ihm nur meine Festnetznummer gegeben.

Genau in diesem Moment klingelte das Telefon im Flur. Ich fuhr zusammen. Konnte Alexander Gedanken lesen? Jeannette hing geschafft in ihrem Stuhl und machte keine Anstalten aufzustehen. Ich ging in einem großen Bogen um den aufgetürmten Haufen im Flur herum und nahm ab.

Ein Mann meldete sich. Seine Stimme klang gedämpft, als halte er den Hörer vom Mund entfernt oder hätte etwas über die Sprechmuschel gelegt.

»Beatrix Pelzer?«

»Ja. Mit wem spreche ich?«

»Hör zu: Ich will endlich das Geld haben, das mir zusteht.«

Ein Eiswürfel löste sich von meinem Hinterkopf und rutschte Wirbel für Wirbel den Rücken hinunter.

»Ihr habt zwei Tage Zeit. Freitagabend sage ich euch, wie die Übergabe abläuft.«

20

»Was für Geld, um Himmels willen?«, fragte Jeannette entsetzt. »Bist du sicher, dass der Typ sich nicht verwählt hat?«

»Er hat extra nachgefragt, wer am Telefon ist.«

»Scheiße«, machte meine Freundin ihrer Anspannung Luft. »Ich dachte, das Schlimmste hätten wir hinter uns. Übergabe Freitagabend – das klingt wie im Film.«

Mein Gesicht fühlte sich an, als wäre es einbetoniert worden. Ich begann mich vor den Stunden zu fürchten, die uns noch bevorstanden, bis diese Nacht zu Ende sein würde.

»Glaubst du, das war unser anonymer Anrufer?« Jeannette goss das restliche Bier ein.

»Bei den ersten Anrufen habe ich ihn nur atmen hören. Gesagt hat er da nichts.«

»Aber das letzte Mal hat er nach deiner Tante gefragt. Kannst du dich an seine Stimme erinnern?«

»Sie hörte sich ähnlich heiser und gepresst an wie eben, als bemühte er sich, sie zu verstellen. Es könnte derselbe sein. Sicher bin ich mir aber nicht.«

Jeannette drehte das Glas zwischen den Händen. »Ist sowieso egal. Das hilft uns auch nicht weiter. Wir sitzen in der Scheiße. Irgendjemand scheint mit deiner Tante eine alte Rechnung offen zu haben.«

Schlagartig verschwand alle Spucke aus meinem Mund. »Was sollen wir tun?«

»Eigentlich müssten wir sofort die Polizei alarmieren. Vielleicht finden sie diesmal einen Anhaltspunkt, wir haben ja nur hier in der Küche was verändert. Aber dann müssten wir alle Karten auf den Tisch legen. Also auch die Knochen …«

Sofort schüttelte ich den Kopf. »Nein, das mit den Knochen behalten wir auf jeden Fall für uns. Darüber will ich erst mit Tante sprechen.« Ich öffnete ein weiteres Bier und trank der Einfachheit halber gleich aus der Flasche.

»Der Typ am Telefon sagte, ihm stehe Geld zu«, überlegte Jeannette laut. »Genauer gesagt *das* Geld. So als hätte er einen Anspruch darauf. Vielleicht eine Erbschaftssache. Ein Verwandter, der beim Tod deines Onkels übergangen wurde.«

»Soweit ich weiß, hatte Onkel Klaus nur einen Neffen und einen Bruder, die irgendwo in Ostdeutschland leben. Die haben einen Teil geerbt, aber das meiste bekam Fanny.«

»Ein Erbschleicher scheint es also nicht zu sein.«

»Der Anrufer will Geld haben«, setzte ich einen anderen Gedankengang an. »Damit meint er wahrscheinlich Bargeld. Das müsste hier im Haus, auf dem Grundstück oder auf der Bank sein. Ich schätze, da versucht jemand nun auf diese Weise an das Geld zu kommen, nachdem er bei den Einbrüchen nichts gefunden hat.«

»Den Anhänger hat er mitgenommen«, erinnerte mich Jeannette. »Der dürfte einen Batzen wert sein. Ob und was sonst noch fehlt, wird sich in den nächsten Tagen herausstellen.« Sie stieß einen Seufzer aus. »Bisher habe ich mich im Haus deiner Tante sehr wohlgefühlt. Aber jetzt, wo fremde Menschen hier alles angefasst und sogar meine Unterwäsche durchwühlt haben …«

Die Haustür wurde aufgeschlossen. Angespannt schauten wir zur Küchentür und atmeten auf, als Teddy hereinkam. Allein. Er trug ein ärmelfreies schwarzes Shirt, das seinen Oberarmmuskeln reichlich Raum zur Entfaltung gab, und farbverschmierte Jeans.

»Habt ihr ausgemistet?«, fragte er und nahm sich eine Bierflasche aus dem Kasten neben der Spüle.

»Nein, wir haben ausmisten lassen«, gab Jeannette zurück.

Auf Wortspielchen hatte ich keine Lust. »Jemand ist eingebrochen und hat alle Zimmer durchsucht«, sagte ich zu Teddy.

Mit ernstem Gesicht sah er sich das Wohnzimmer an. »Als hätte eine Bombe eingeschlagen.« Er begutachtete die anderen Räume und ging hinauf in den ersten Stock. Anhand seiner wüsten Flüche konnten wir seine Route nachverfolgen.

»Ein Wunder, dass die nicht noch das Bad gefilzt haben«, meinte er, als er sich wieder zu uns gesellte. »War die Polizei schon da?«

Jeannette und ich wechselten einen Blick.

Teddy stutzte und schaute ungläubig zwischen uns beiden hin und her. »Ich fass es nicht – habt ihr die Bullen noch nicht alarmiert? Seid ihr irre?«

Jeannette kaute auf der Unterlippe herum und überließ mir die Erklärung.

»Wir sind noch nicht dazu gekommen«, sagte ich lahm. »Außerdem, wer weiß, ob das überhaupt was bringt«, sprudelte es dann aus mir heraus. »Schließlich hat die Polizei noch keine Hinweise darauf, wer in Fannys Zimmer eingebrochen ist.«

Erst als ich Teddys irritierte Reaktion sah, bemerkte ich meinen Fehler.

»Wieso Fannys Zimmer?«, fragte er. »Die haben doch das ganze Haus durchsucht. Und wieso hat die Polizei noch keine Hinweise? Ihr habt gesagt, die war noch gar nicht hier.«

»Es ist schon mal jemand ins Haus eingebrochen«, erklärte ich. »Kurz bevor du eingezogen bist. Damals wurde nur das Zimmer meiner Tante durchsucht.«

»Ob dabei etwas gestohlen wurde, wissen wir nicht«, ergänzte Jeannette. »Heute haben sie auf jeden Fall den Anhänger von Fanny geklaut. Aber wenn wir die Bullen schon wieder rufen, verlegen die glatt ihr Revier hierher. Das wäre angesichts der Leiche im Garten nicht klug.«

»Klug? Ich glaub, ich spinne.« Teddy schloss die Augen und stöhnte. »Mensch, Mädels, das hier ist ernst! Ihr könnt schließlich nichts dafür, wenn Beas Tante einen Hang zur Unterwelt hat.«

»Ob das so ist, wissen wir nicht«, gab ich gereizt zurück.

»Bea«, sagte Teddy eindringlich. »Hier geht es nicht mehr um den guten Ruf deiner Tante. Wenn die Einbrecher euch angetroffen hätten, meinst du, die hätten brav Guten Abend gesagt, sich entschuldigt und wären wieder abmarschiert? Kapiert doch endlich, was hier vorgeht! Der zweite Einbruch innerhalb weniger Tage. Ihr seid in Gefahr!«

Jeannette stand auf. »Entscheidet ihr das. Ich bin völlig fertig und brauche dringend ein paar Schlaftabletten. Mindestens die doppelte Dosis.«

Teddy und ich blieben allein in der Küche zurück. Über dem Tisch hing ein Schweigen, das beinahe mit Händen zu greifen war.

»Bea, ich mache mir echt Sorgen«, sagte er schließlich und musterte mich prüfend.

»Die kommen heute Nacht nicht noch einmal«, wiederholte ich ohne rechte Überzeugung Jeannettes Bemerkung von vorhin.

Teddy stieß einen verärgerten Laut aus und packte meine Hand. »Bea, kapier doch. Jeannette ist hart im Nehmen, die verkraftet das. Aber du – du tust so stark, dabei wissen wir beide, wie nah dir so was geht.«

Ich spürte, wie mir die Tränen in die Augen stiegen. Teddy rückte seinen Stuhl näher heran und legte den Arm um mich. Da verlor ich die Fassung, die ich so mühsam aufrechterhalten hatte.

»Was soll ich denn tun?«, stammelte ich heulend. »Ich kann Fanny doch nicht in Schwierigkeiten bringen.«

»Merkst du nicht, dass es genau umgekehrt ist? Deine Tante steckt in irgendeiner großen Sache drin. Ich will nicht, dass du das ausbaden musst.« Mit dem Geschirrtuch wischte er mir die Tränen ab und küsste mich sanft auf die Stirn. Draußen im Garten zirpte ein Grillenchor eine Symphonie. Das alte Gebälk des Hauses knackte mehr oder weniger rhythmisch dazu.

Nach einer Weile ertönte der Gong an der Haustür. Teddy ging aus dem Zimmer und öffnete. Ich lauschte und wunderte mich, weil keine Stimmen zu hören waren. Auf den Ballen schlich ich zur Türschwelle und sah zum Eingang. Die Tür war halb geöffnet. Teddy verdeckte den späten Besucher, machte aber keine Anstalten, ihn hereinzulassen. Als er seine Haltung änderte, sah ich blondes, aufgetürmtes Haar über einem Barbiegesicht. Es war Mandy.

»Nein, ich will dich nicht hereinlassen«, sagte Teddy leise, aber bestimmt.

Mandy runzelte die Stirn, soweit das in ihrem Alter möglich war. »Aber wieso nicht?« Trotzig warf sie den Kopf in den Nacken. »Du konntest doch nicht genug von mir bekommen.«

»Mandy, versteh endlich. Das zwischen uns ist nichts Ernstes.«

Die junge Frau strich sich aufreizend mit der Zunge über die Lippen. Was sie sagte, konnte ich nicht verstehen.

»Ja, es war schön«, antwortete Teddy. »Und du bist sehr sexy. Aber das wird nichts mit uns.«

Mandys Augen wurden zu Schlitzen. »Hast du etwa schon eine andere?«, zischte sie.

Teddy fuhr sich mit der Hand durchs Haar. Erst nach einer Weile kam seine Antwort. »Ja. Es gibt eine andere Frau.«

»Ist sie dir wichtig, oder vögelst du sie nur, so wie mich?«

»Ich liebe sie. Gute Nacht, Mandy.« Teddy zog die Haustür zu und rührte sich nicht von der Stelle.

Als er endlich in die Küche zurückkam, fragte ich harmlos: »Und, was war los?«

»Nichts. Ist nicht wichtig.«

»Gut. Dann rufe ich jetzt die Polizei.«

Eine halbe Stunde später erschien Polizeihauptmeister Schäfer, diesmal wieder in Begleitung seines Kollegen Kessler. In der Küche ließen sie sich von mir schildern, wie ich das Haus bei meiner Rückkehr mit Jeannette vorgefunden hatte. Teddy lehnte an der Arbeitsplatte und hörte wortlos zu, nachdem er erklärt hatte, dass er erst später dazugekommen sei.

»Soll ich meine Freundin wecken?«, bot ich an. »Sie hat eine Schlaftablette genommen, aber vielleicht bekomme ich sie wach.«

»Nein, das ist nicht nötig«, sagte Schäfer und sah zu seinem Kollegen, der nickte. »Sie haben uns ja alles geschildert. Aber falls ihr noch etwas einfällt, soll sie uns morgen verständigen.«

Während Teddy sich verzog, gingen die beiden Polizisten mit mir durchs Haus und verschafften sich einen Überblick über das Ausmaß der Verwüstungen. Schäfer fragte mich, ob Fanny Feinde hatte. Dazu konnte ich nicht viel sagen, schließlich hatten sie und ich in den letzten Jahren nur wenig Kontakt. Als er sich nach meinem Umfeld erkundigte, wurde mir angst und bang.

»Glauben Sie etwa, der Einbrecher hatte es auf mich abgesehen? Aber ich besitze nichts Wertvolles, nichts, was sich zu stehlen lohnen würde«, erwiderte ich.

»Trotzdem wäre das durchaus möglich. Das gilt auch für Ihre Freundin und Ihren Mitbewohner. Zumal wir von Ihnen wissen, dass jemand das Haus beobachtet«, erklärte Schäfer. »Schließlich war der Täter beim ersten Einbruch darüber informiert, dass Sie die Terrassentür für die Katze angelehnt ließen. Und das obwohl der Garten von außen nur schwer einsehbar ist.«

»Sie glauben also, es war ein und derselbe Täter?«

»Zumindest gehen wir davon aus, dass es einen Zusammenhang zwischen dem Vorfall neulich und diesem Einbruch gibt«, kam es von Kessler.

Schäfer räusperte sich. »Haben Sie den blauen Polo seit den

Zwischenfällen auf der Weinsteige erneut hier in der Straße gesehen?«

Ich musste an die Rothaarige denken, die mich ab der Waldau verfolgt hatte. »Gestern ist mir ein blauer Polo quer durch Degerloch bis hierher gefolgt. Aber ich bin mir nicht sicher, ob es derselbe Wagen wie sonst war.«

»Konnten Sie diesmal das Kennzeichen sehen?«, fragte Kessler.

Ich schüttelte den Kopf.

Schäfer stand auf. »Gut, Frau Pelzer. Morgen kommt jemand von der Spurensicherung vorbei, bitte verändern Sie bis dahin so wenig wie möglich. Ihre Fingerabdrücke und die Ihrer Mitbewohner liegen uns ja bereits vor. Glauben Sie, dass Sie zurechtkommen?«

»Ja, ich denke schon.«

21

Als die Spurensicherung am nächsten Morgen ihre Arbeit erledigt und das Haus freigegeben hatte, ließ ich das Chaos Chaos sein und beschränkte mich zunächst darauf, den Schreibtisch aufzustellen. Bevor ich an der Juwelierbroschüre weiterarbeitete, raschelte ich im Windfang mit der Trockenfutterpackung.

»Stiefel? Süßer, wo steckst du nur?«

Meist kam der Kater bei diesem Geräusch sofort angelaufen. Doch heute bewegte allein der Wind die Löwenmäulchen, und auch unter der gestutzten Brombeerhecke regte sich nichts. Ich wechselte das Wasser und das Futter aus. Langsam machte ich mir ernsthafte Sorgen um den alten Herrn. Am Montag hatte ich ihn das letzte Mal gesehen. Ob er bei Nachbarin Dalia einen längeren Wellnessaufenthalt einlegte?

Mit einer Tasse Kaffee vertiefte ich mich in meine Texte. Das lenkte mich ab, andererseits war es höchste Zeit, bevor der übliche »Warum sind die Texte noch nicht fertig?«-Anruf kam. Erstaunlicherweise ging mir das Schreiben flüssig von der Hand. Ich fasste die Unternehmensgeschichte zusammen und entwarf elegante Headlines, deren sprachliche Brillanz der von Edelsteinen mehr als gerecht wurde.

Bald hörte ich Jeannette im Flur rumoren. Als Morgengruß schaute sie herein, präsentierte ihre blauschwarzen Augenringe und erkundigte sich nach dem Polizeieinsatz heute Nacht.

Als sie sich auf den Weg in die Agentur machte, hörte ich statt des erwarteten Motorengeräusches einen wütenden Schrei.

»Fuck, fuck, fuck! Ausgerechnet heute!«

Ich hob den Kopf, bis ich übers Fensterbrett nach draußen sehen konnte. Während ich noch nach Jeannettes dunklem Schopf Ausschau hielt, kam sie über den Flur angerannt.

»Das glaubst du nicht«, rief sie. Die grünen Augen blitzten. »Unsere Reifen sind zerstochen. Alle!«

»Du meinst die Autoreifen?«

»Logo, was denn sonst?« Jeannette kickte mit ihrer Sandalette gegen den Türrahmen, wo ihr Absatz eine centgroße Delle im eierschalenfarbenen Lack hinterließ. »Da will uns jemand einschüchtern.«

Mit einem Kloß im Hals folgte ich ihr nach draußen. Alle vier Reifen meines Corsas waren zerstochen. Ebenso die von Teddys Alfa und Jeannettes Sportwagen.

Jeannette trat von einem Bein aufs andere. »Mist, ich bin eh schon viel zu spät dran. Punkt neun beginnt ein wichtiges Meeting. Der Juwelier plant eine Plakatkampagne zum Jubiläum. Jens dreht durch, wenn ich nicht da bin, der will den Etat unbedingt haben.« Als wären wir mitten in Manhattan statt in Degerloch, sah sie sich in alle Richtungen nach einem Taxi um.

»Nimm die Bahn«, riet ich. »Die fährt alle paar Minuten in die Stadt runter.«

»Du meinst die Stadtbahn?« Jeannette klang fassungslos wie eine Fleischfresserin, die von einem Tag auf den anderen auf Körnerkost gesetzt wird. »Wie soll ich auf acht Zentimetern so weit laufen?«, klagte sie und hob den Fuß, um mir die Mikadostäbchenabsätze ihrer zitronengelben Sandaletten zu zeigen.

Mangels anderer Alternativen klemmte sie sich dennoch ihre Tasche unter den Arm und rannte los.

Als Teddy aus dem ersten Stock herunterkam, war er erstaunlich gut gelaunt. »Morgen, Bea.«

Kaum hatte ich ihm von dem heimtückischen Anschlag auf seinen heiß geliebten Oldtimer erzählt, verdüsterte sich seine Miene.

Durchs Fenster beobachtete ich, wie er die zerstochenen Reifen betastete und das Gesicht schmerzerfüllt verzog. Zu meiner Überraschung rollte er seine Winterreifen einen nach dem anderen aus der Garage und zog sie auf. Dass er die hierhergeschafft hatte, hatte ich nicht mitbekommen.

So etwas Luxuriöses wie Ersatzreifen besaß ich nicht. Ehrlich gesagt hatte ich keine Ahnung, für welche Jahreszeit die Reifen meines Corsas gedacht waren. Seit ich den Wagen vor ein paar Jahren samt diesen Reifen gekauft hatte, fuhr ich damit herum, obwohl das Profil diese Bezeichnung schon lange nicht mehr verdiente.

Am besten, ich kaufte die neuen Reifen mit Jeannette, die hatte wenigstens etwas Ahnung. Noch besser wäre es, wenn Teddy uns zur Werkstatt chauffierte und bei der Reifenauswahl half. Sich bei einem typischen Männer-und-Autos-Gespräch in die Brust zu werfen und einen saftigen Rabatt für die Reifen und das Aufziehen auszuhandeln machte ihm sicher Spaß.

Leider gelang es mir nicht, an meinen Kreativitätsfluss von vorhin anzuknüpfen. Nach dem schockierenden Anblick der zerstochenen Reifen weigerte sich mein Gehirn, auf Banalitäten wie Jubiläen oder Schmuckpräsentationen umzuschalten.

Ich nahm die Hände von der Tastatur und dachte nach. Jemand hatte uns beobachtet. Mit anonymen Anrufen eingeschüchtert. Dann der Einbruch in Fannys Zimmer, der meine Nerven beträchtlich strapaziert hatte. Und kaum hatte sich die Anspannung ein wenig gelegt, brach erneut jemand ein, stellte diesmal das ganze Haus auf den Kopf und ließ den Anhänger mitgehen. Ob noch andere Dinge fehlten, würde sich herausstellen. Jetzt die Attacke auf unsere Autos. Wer auch immer dahintersteckte, er kam uns mit jeder Minute näher.

Alle Ereignisse der letzten Tage mussten in einem Zusammenhang stehen. Auf jeden Fall hatte es mit diesem Haus und den Funden im Garten zu tun. Denn damit hatte alles begonnen. Nein, das stimmte so nicht, korrigierte ich mich. Der blaue Polo war schon ein paar Wochen vorher die Straße entlanggefahren. Beim Stichwort Polo fiel mir die rothaarige Frau ein, die mich gestern durch das Straßengewimmel bis zur Epplestraße verfolgt hatte. Wenn das kein Zufall gewesen war, mischte sie auch mit. Das Ultimatum am Telefon war eindeutig von einem Mann gestellt worden. Im Gegensatz zu Jeannette schien es mir sehr unwahrscheinlich, dass Schiedlich hinter allem steckte.

Ein Brummen im Flur holte mich aus meinen Gedanken. Jemand versuchte, mich auf dem Handy zu erreichen. Der Anruf kam von Jeannettes Anschluss in der Agentur.

»Der Juwelier ist stinksauer, weil deine Texte noch nicht fertig sind«, ließ sie mich grußlos wissen. »Jens ist schier ausgeflippt. Er lässt dir ausrichten, du sollst – ich zitiere wörtlich – deinen faulen Hintern sofort zu Weininger bewegen und ihn einseifen, bis er alles absegnet.«

»Heute noch?«

»Exakt.«

Trotz der Sonderschicht am Morgen schien es mir unmöglich,

die Texte innerhalb weniger Stunden in einen druckreifen Zustand zu bringen.

Das wollte Jeannette nicht hören.

»Okay«, lenkte ich ein. »Ich nehme die Bahn und versuche mich mit Weininger am Nachmittag zu treffen.«

»Sonst alles in Ordnung?«

Obwohl Jeannettes Frage neutral formuliert war, wusste ich, was sie meinte.

»Ich lebe noch«, beruhigte ich sie. »Und ich schwöre, mir nichts zustoßen zu lassen, bevor ich den Juwelier nicht glücklich gemacht habe.«

»Braves Kind.« Jeannette legte auf.

Ich telefonierte mit Weininger und kündigte ihm die Texte am Nachmittag zur Durchsicht an. Zurück am Computer, nahm ich die Fotos der Schmuckstücke, die ich in seinem Archiv herausgesucht hatte, aus den Sichthüllen und verbannte alles andere aus meinem Kopf.

Gegen sechzehn Uhr betrat ich das altmodische Herrenkontor von Weininger, der bei unserer Begrüßung dieses Mal den Handschlag wegließ. Nach einigen Freundlichkeiten zur Verbesserung des Raumklimas reichte ich ihm die ausgedruckten Texte.

Der Juwelier nahm einen Füller zur Hand. Gelegentlich kommentierte er die Lektüre mit einem »Hmm« oder »Aha« und schürzte die Lippen. Sein Schreibwerkzeug kam nur selten zum Einsatz. Hier und da musste eine Jahreszahl korrigiert, ein Name eingefügt oder die Beschreibung der Schmuckstücke, die in der Broschüre abgebildet werden sollten, präzisiert werden. Zudem wünschte Weininger beim Thema Unternehmensgeschichte mehr Ansichten seines Ladengeschäfts.

»Darum kann ich mich im Archiv gleich kümmern.«

Weininger steckte sich eine Zigarre an. Der Raum füllte sich mit Rauchwolken. »Ihr Chef hat mir zugesichert, dass ich noch diese Woche die fertige Broschüre sehe. Mit allen Bildern und Texten.«

Was sollte ich dazu sagen? Hohlberg zu verfluchen half nicht weiter.

»Wir melden uns zeitnah bei Ihnen für die Endabnahme«, versicherte ich ins Blaue hinein.

Der Juwelier gab sich damit zufrieden. Meine Hand lag schon auf der Türklinke, als er sich erkundigte, ob mir die Künstler hatten weiterhelfen können.

Irritiert drehte ich mich um. »Künstler?« Vor meinem inneren Auge erschien Teddy in farbverschmierten Jeans vor seiner Staffelei.

»Ich habe Ihnen zwei Namen genannt. Wegen dieses Familienerbstücks, nach dem Sie gefragt haben.«

»Das Erbstück meiner Freundin, genau. Für morgen habe ich ein Treffen mit Herrn Rössle in seinem Atelier am Killesberg vereinbart. Ich hoffe, er kann mir mehr über den Schmuck sagen.«

Im Archiv nahm ich mir erneut die Ordner vor und suchte nach Außen- und Innenaufnahmen von Weiningers Geschäft. Drei oder vier in Frage kommende Fotos wählte ich aus. Anschließend griff ich nach dem Ordner mit den Zeitungsberichten. Vielleicht war bei einem Artikel eine Ladenansicht abgedruckt, die in meine Broschüre passte. Um die Bildrechte würde sich eine Agenturmitarbeiterin kümmern.

Beim Blättern stieß ich auf einige Artikel, die von Überfällen auf das Geschäft berichteten. »Kurz vor Ladenschluss hat ein 40- bis 45-jähriger Mann am Mittwochabend das Juweliergeschäft in der Calwer Straße überfallen und Schmuck im Wert von ca. 100.000 Euro erbeutet«, hieß es in einem Bericht. »Der mit einer Strumpfmaske maskierte Täter bedrohte den Inhaber mit einer Pistole.«

Weininger hatte sich eine gefährliche Branche ausgesucht. Im nächsten Artikel ging es um einen länger zurückliegenden Überfall.

»Zwei Männer haben in der Stuttgarter Innenstadt ein Juweliergeschäft ausgeraubt. Sie bedrohten die Angestellten mit Pistolen und flohen mit der Beute Richtung Rotebühlplatz, bis sie von einem Polizeiwagen gestellt wurden. Bei dem folgenden Schusswechsel wurden zwei Polizisten tödlich verletzt, ein Täter konnte verwundet fliehen. Der Polizei gelang es, seinen Komplizen zu überwältigen. Die Täter erbeuteten Schmuck und Tageseinnahmen in beträchtlicher Höhe.«

Der Artikel enthielt zwei Abbildungen: ein Phantombild des

geflohenen Täters, außerdem eine kleinere Aufnahme, die eines der entwendeten Schmuckstücke zeigte.

Bei diesem Anblick fühlte ich mich, als wäre ich von einem Sandsack getroffen worden. Das Schmuckstück sah aus wie der Anhänger aus Fannys Garten. Wann war der Artikel erschienen? In der Kopfzeile stand es: im Sommer 1986! Das Phantombild war eine Bleistiftskizze. Der Täter hatte seine dunkle Mütze tief in die Stirn gezogen.

Auf der Toilette hielt ich meine Handgelenke unter kaltes Wasser. Als ich mich besser fühlte, ließ ich den Zeitungsartikel in meiner Mappe verschwinden, räumte die Ordner zurück und ging zur Haltestelle am Schlossplatz.

Zurück in Degerloch, berichtete ich Jeannette telefonisch von meinem Meeting mit Weininger und platzte heraus: »Stell dir vor, der Anhänger aus dem Garten könnte aus einem Überfall auf Weininger stammen!«

»Was? Wurde der Juwelier überfallen?«

»Nein. Das heißt, ja. Ich meine, nicht heute, sondern 1986. In einem Zeitungsartikel in Weiningers Archiv ist Fannys Anhänger abgebildet. Er gehörte zur Beute.«

»Unglaublich«, murmelte Jeannette. »Das musst du mir später genauer erzählen.«

»Mach ich. Eine Frage noch: Ist Teddy bei euch in der Agentur?«

»Teddy? Der ist hier seit Tagen nicht aufgekreuzt. Der Herr Künstler lässt sich, solange die Kündigungsfrist läuft, nur noch in seinem eigenen Atelier von der Muse küssen. Seine Entwürfe für Weininger schickt er Jens per Internet. Auch beim Meeting heute früh hat er durch Abwesenheit geglänzt.«

»Teddy ist also in Bad Cannstatt?«

»Das hoffe ich für ihn. Bis Sonntagabend müssen alle Werbemittel druckfertig sein.«

Kaum hatte ich aufgelegt, wählte ich die Nummer von Teddys Handy und hoffte, dass es wieder funktionierte. Die Mailbox meldete sich.

»Ruf mich zurück«, sagte ich und legte auf.

Eine Stunde später meldete sich Teddy. »Hat jemand dein Haus in die Luft gejagt?«, fuhr er mich an, entschuldigte sich aber sofort für seine stressbedingte Überreaktion.

»Teddy, ich muss unbedingt die Endfassung der Broschüre sehen. Kannst du mir Ausdrucke mitbringen, wenn du nach Hause kommst?«

»Keine Chance. Die nächsten vierundzwanzig Stunden hänge ich hier fest. Jens macht plötzlich Riesendruck wegen der Plakatkampagne und will die Motive morgen haben. Übrigens: Wo sind die Fotos aus Weiningers Archiv?«

»Die habe ich.«

Während Teddy fluchte, sah ich auf meine Uhr. Halb acht. Zwar hatte ich keine Lust, noch einmal in die Stadt zu fahren, aber mir blieb wohl kaum etwas anderes übrig.

»Ich könnte dir die Fotos vorbeibringen. Dafür lässt du meine Texte ins Layout einfließen, damit ich sehe, wie sie reinpassen.«

»Okay. Bis gleich.«

22

An der Rosensteinbrücke verließ ich die Bahn und lief am Neckar entlang. Drüben am anderen Ufer lag das Theaterschiff »Frauenlob«. Auf der Uferböschung tobten ein paar Halbwüchsige mit Mountainbikes herum. Beim Anblick der Hightechräder musste ich an Vollmilchschokolade-Augen denken. Es tat weh, dass Alex nichts von sich hatte hören lassen. Natürlich hätte ich eine Suchmaschine auf seine Nummer ansetzen oder im Telefonbuch nachsehen können. Aber noch war ich dafür zu stolz.

Auf dem großflächigen Rilling-Areal irrte ich eine Weile zwischen riesigen blockartigen Neubauten und historischen Gemäuern unterschiedlicher Epochen herum, die einen malerischen kleinen Park mit Flanierwegen zwischen üppig blühenden Rosen, Skulpturen und einer stilvollen Terrasse umgaben. Ein freundlicher Mitarbeiter führte mich zur alten Schnapsbrennerei, die seit ein paar Jahren an Künstler vermietet war. Unterwegs erzählte er mir stolz, dass die Kellerei schon seit über hundertzwanzig Jahren hier am Neckarufer beheimatet und auch heute noch in Familienhand sei.

Als ich Teddys Atelier im ersten Stock betrat, zeichnete sich seine Silhouette vor dem Sprossenfenster ab, hinter dem die Fassaden der gegenüberliegenden Häuser zu sehen waren. Er saß an seinem Laptop, von seiner Rechten stieg die Rauchsäule einer Zigarette auf.

»Setz dich.« Teddy räumte Ausdrucke von einem Sessel mit farbverkleckstem Bezug. Auf einem niedrigen Tisch lag eine leere Pizzaschachtel.

Ich entschied mich für einen lehnenlosen Hocker und schob ihn vor den Rechner. Zielstrebig nahm ich den Datenstick aus meiner Tasche und reichte ihn Teddy. »Hier sind die Texte.«

Er setzte sich an den Laptop zurück und schien nur Augen für den riesigen Bildschirm zu haben, der zusätzlich angeschlossen war und ein elegantes Layout in Schwarz, Gold und Kobaltblau mit Kästen voller Blindtext zeigte.

Schweigend bearbeitete er die Tastatur, bis meine Texte und Headlines in die Layouts eingebaut waren.

»Fotos?«

Ich reichte ihm die Originalfotos aus Weiningers Archiv. Das Knistern der Plastikhüllen und das Scannergeräusch waren die einzigen Laute im Raum. Vor dem Fenster rauschte der Verkehr in der Brückenstraße.

Seite für Seite prüften wir die Juwelierbroschüre. Ab und zu waren Kürzungen oder kleine Ergänzungen nötig, bis die Optik stimmte, aber meist funktionierte das Zusammenspiel von Bildern und Worten perfekt.

Wir sahen uns zufrieden an. Gute Arbeit, trotz des Zeitdrucks.

»Interessieren dich die Plakatmotive?«, fragte Teddy und schwenkte hörbar die Friedensfahne.

Er klickte die Motive durch, für die Hohlberg wie üblich verquaste Headlines getextet hatte. Bald rutschte ich auf dem Hocker hin und her. Bisher hatte meine Aufmerksamkeit dem Bildschirm gegolten, aber nun registrierte ich, wie wenige Millimeter nur Teddys Arm von meinem entfernt war. Bei jeder Bewegung witterte ich den Duft seiner Haut, zu dem sich der Geruch von Leder und Tabak gesellte.

Als alles besprochen war, wirkte Teddy erschöpft und sah käsig wie ein Stubenhocker aus.

»Du siehst so fertig aus, wie ich mich fühle.«

Teddy stieß einen Laut aus, der wohl ein Lachen sein sollte. »Danke für das Kompliment.« Er drehte den Stuhl zu mir. »Wie läuft's in Degerloch? Keine neuen Schreckensmeldungen?«

Sofort dachte ich an das Ultimatum unseres Erpressers. Teddy wusste noch immer nichts davon. Aber würde es helfen, wenn ich es ihm erzählte?

»Bis jetzt nicht.« Ich hob die Schultern. »Das wird sich schon alles wieder beruhigen.«

Bevor ich Teddys Blick ausweichen konnte, hielt er mein Kinn fest.

Eine Weile war es still. Teddys Hand löste sich, aber ich konnte die Wärme seiner Haut noch am Kinn spüren.

»Und wie geht's deinem Freund, diesem Outdoor-Freak?«

»Du meinst Alexander. Gut, danke«, gab ich zurück und lächelte tapfer in Richtung Fenster.

»Schön für dich. Mit Männern hast du ja sonst nicht viel Glück.«

Teddy sagte das lässig dahin, aber ich glaubte einen Ton herauszuhören, der alles andere als unbeteiligt war.

»Kann man nicht behaupten.«

Teddy sah mich mit seinen saphirblauen Augen an, die wegen seiner Blässe noch intensiver wirkten. Er beugte sich zu mir, bis sein Gesicht nur Zentimeter von meinem entfernt war. Ich sah auf seinen Mund, der von blauschwarz schimmernden Bartstoppeln umgeben war. Wie von selbst öffneten sich meine Lippen. Teddy hob einen Mundwinkel, bis das kommaförmige Grübchen in seiner Wange erschien. Dann spürte ich seine warmen Lippen auf meinen und schloss die Augen. Sofort wurde mir schwindelig. Erstaunlich, wie gut diese Droge nach wie vor wirkte.

Ich bekam noch mit, wie ein Lastwagen vorüberdonnerte, und hörte dann für eine Weile nichts mehr.

Bis die Tür aufgerissen wurde und eine Frau mit kurzen roten Haaren hereinschaute.

»Teddy, leihst du mir einen flachen Pinsel?« Sie wich zurück, als sie uns sah. »Entschuldige, lasst euch nicht stören.« Die Tür schloss sich, und ihre Schritte verklangen.

Die Nähe zwischen uns verflog. Ich stand auf und strich mein Kleid glatt. »Ich muss los.«

»Wir könnten woanders hingehen, aber ich muss …« Er deutete auf den Bildschirm.

»Schon klar.«

»Vielleicht können wir …« Teddy brach erneut ab. »Ich meine, wenn das hier vorbei ist.«

»Vielleicht. Ich schicke dir die überarbeiteten Texte später zu.« Ohne zurückzusehen, verließ ich das Atelier.

Wie am gestrigen Abend, als Jeannette und ich von der Karlshöhe heimgekommen waren, brannte auch heute in Fannys Haus kein Licht. Es war etwa dieselbe Zeit, und ich würde noch ein paar Stunden allein sein. Jeannette opferte ihren Schönheitsschlaf, damit Weiningers Plakatkampagne pünktlich startete.

Zögernd näherte ich mich dem Haus. Als das Licht im Windfang anging, sah ich zu Stiefels Fressnapf. Vielleicht war wenigstens der Kater da und leistete mir Gesellschaft. Doch seine Schüssel schien noch genauso gut gefüllt wie vorher. Wo steckte der Kater nur?

Lockrufe ausstoßend drehte ich eine Runde ums Haus. Im Schein der Straßenlaterne vor Schiedlichs Grundstück sah ich einen neuen Stapel säuberlich aufgeschichteter Äste und Holzscheite neben der Garage. Offenbar war Gärtner Gerber fleißig gewesen. Wenigstens etwas in meinem Leben, auf das ich mich verlassen konnte.

Ich setzte mich sofort an den Rechner, obwohl mein Körper nach Schlaf gierte. Teddy hatte mir Ausdrucke der Broschüre mitgegeben und wartete auf die Überarbeitung. Drei Stunden später waren die Texte fertig. Kommentarlos mailte ich die Datei an ihn, duschte und fiel todmüde ins Bett. Die Detektivarbeit musste bis morgen warten.

23

Rössle lebte in der Birkenwaldstraße auf dem Killesberg, unweit von der Kunstakademie und der Weißenhofsiedlung. Und unweit von Georgs Maisonette.

Es war schon Wochen her, seit Georg und ich uns das letzte Mal gesehen hatten. Traurig erinnerte ich mich daran, wie verliebt ich in diesen Mann gewesen war. Und wie bitter enttäuscht, als ich von seiner Affäre mit einem Fotomodell erfahren hatte. Georg hatte mich um Verzeihung gebeten, um meine Hand angehalten, mich nach Venedig eingeladen. Doch ich konnte ihm nicht mehr vertrauen.

Um nicht an seiner Wohnung vorbeigehen zu müssen, nahm ich von der Haltestelle aus einen kleinen Umweg am früheren Messegelände vorbei in Kauf. Vor ein paar Jahren war die Landesmesse wegen ihrer beengten Lage, Verkehrsproblemen und massiven Beschwerden einflussreicher Anwohner an den Flughafen in Leinfelden-Echterdingen verlegt worden. Die Planungen für das rund zwanzig Hektar große ehemalige Messeareal am Killesberg waren turbulent verlaufen, unter anderem waren eine Fashion Mall und ein Klinikum in der Diskussion gewesen. Nun sollten dort ein Wohnstift und Wohnungen gebaut werden, außerdem waren weitere Grünflächen geplant.

Wenig später saß ich bei Herrn Rössle auf einem harten Holzhocker. Der Goldschmied war letztes Jahr achtzig geworden, arbeitete aber dennoch jeden Tag in seiner Werkstatt. Entlang der Fensterfront erstreckte sich sein Arbeitsplatz: eine Platte mit zwei halbkreisförmigen Einbuchtungen, unter denen schüsselartig geformte Lederstücke hingen. Sie dienten zum Auffangen des abgefeilten Materials, wie Rössle mir erklärte. Auf dem Tisch lagen eine massive Lederschürze, Zangen, Feilen und andere Werkzeuge.

»Wenn ich Sie richtig verstanden habe, Frau Pelzer, möchten Sie wissen, ob dieser Entwurf von mir stammt?« Rössle starrte auf das Minidisplay meines Handys, das er abwechselnd dicht vors Gesicht und weiter weg hielt.

Trotz der hochsommerlichen Temperaturen trug der Goldschmied Cordhosen und ein langärmeliges Hemd, von dem ein leichter Geruch nach Mottenkugeln ausging. Sein Gesicht war von einem Bart überwuchert; die Aufmerksamkeit der lebhaften hellgrauen Augen galt der digitalen Aufnahme der Kohleskizze aus Weiningers Archiv.

Die von drahtartigen weißen Haaren durchzogenen Brauen des Goldschmieds zuckten. »Das Bild ist sehr klein, junge Frau. Meine Augen sind nicht mehr die besten.« Er gab mir das Handy zurück.

»Warten Sie, ich habe noch eine andere Aufnahme dabei.« Aus einem Briefumschlag nahm ich das Foto von Tante Fanny an der Terrassentür. »Die Frau trägt den Anhänger um den Hals. Man sieht nicht alles, aber die sitzende Figur im Kreis ist eine auffallende Komposition. Erkennen Sie den Schmuck wieder?«, fragte ich.

Das Foto im Blick, wiegte Rössle den Kopf hin und her. »Ja, ich glaube, das ist meine Arbeit. In den Achtzigern habe ich mich eine Zeit lang mit Jugendstilformen beschäftigt.«

»Das würde passen!«, rief ich. »Der Anhänger wurde Mitte der Achtziger bei Weininger zum Verkauf angeboten.« Das schloss ich zumindest aus dem Artikel über den Raubüberfall.

Nun schüttelte Rössle den Kopf. »Das würde mich wundern. Soweit ich mich erinnern kann, habe ich dieses Stück für einen Privatkunden entworfen, nicht für den Verkauf.«

»Erinnern Sie sich, wer dieser Privatkunde war?«

Mucksmäuschenstill sah ich Rössle beim Nachdenken zu. Er legte das Foto aus der Hand und trat zu einem hölzernen Kasten auf der Fensterbank. Eine der Schubladen zog er auf und beugte sich über eine Reihe von Zetteln, die wie selbst gemachte Karteikarten aussahen. Nach ein paar Minuten richtete er sich auf und schloss die Lade.

»Meine Unterlagen hier reichen nur bis Ende der Achtziger zurück. Den Rest bewahre ich im Keller auf.«

»Heißt das, Sie können mir im Moment nichts über den Auftraggeber sagen?«

Rössle schlurfte zum Drehhocker zurück. »Eines, junge Frau, weiß ich noch. Ich habe drei dieser Anhänger angefertigt. Drei identische Stücke.«

»Drei?«, entfuhr es mir verblüfft. Bisher war ich von zwei Anhängern ausgegangen. Einer hatte sehr wahrscheinlich meiner Tante gehört. Ein weiterer war im Besitz von Alexanders Mutter gewesen. Wem gehörte der dritte?

Der Goldschmied nahm erneut das Foto zur Hand. Da ich dicht neben ihm saß, bemerkte ich, dass sein Blick nun nicht mehr dem Schmuckstück, sondern der Frau galt, die es trug. Meiner Tante.

»Kennen Sie diese Frau?«

»Ich bin mir nicht sicher, aber möglicherweise war sie die Auftraggeberin«, sagte er zögernd. »Ich erinnere mich jetzt wieder, dass es eine Frau war. Sie war sehr schön. Ihr dunkles Haar fiel offen um ihre Schultern. Genau wie bei dieser Dame.«

Das hieß, dass womöglich Fanny den Anhänger in Auftrag gegeben hatte. *Die* Anhänger, korrigierte ich. Wenn das richtig war, würde es bedeuten, dass sie Alexanders Mutter gekannt haben musste. Denn warum hätte sie ihr sonst so wertvollen Schmuck geschenkt? Stopp, keine voreiligen Schlüsse, mahnte ich mich. Solange der Goldschmied den Namen der Kundin nicht wusste, waren das alles nur Vermutungen.

»Ich möchte Ihnen keine Umstände machen«, sagte ich, »aber meinen Sie, in Ihren Unterlagen im Keller könnte der Name dieser Auftraggeberin noch zu finden sein?«

»Nun ja, beim Umzug ist einiges verloren gegangen, und meine Tochter hat damals gründlich ausgemistet.«

»Sie würden mir eine große Last von der Seele nehmen«, erklärte ich und ließ meine Stimme beben. »Dass es um eine unschöne Erbschaftsangelegenheit geht, wissen Sie ja bereits.« Mit dieser Notlüge hatte ich Rössle am Telefon zu einem Gespräch überredet.

»Erbschaft, so, so.« Der Goldschmied seufzte. »Immer dieselben Geschichten. Allen geht es nur ums Geld.«

»Uns geht es vor allem um die Familientradition.« Mein vorgetäuschtes Schniefen klang ziemlich echt. »Meine Geschwister und ich haben Tante sehr geliebt.« Hoffentlich wollte Rössle keine Details über meine angeblichen Familienzwistigkeiten wissen.

»Gut, junge Frau. Ich werde sehen, was ich für Sie tun kann.«

Weil ich auf die Schnelle nichts anderes fand, notierte ich auf der Rückseite eines Kassenbons Tante Fannys Telefonnummer. »Das wäre wunderbar.«

Auf der Rückfahrt rekapitulierte ich, welche Fragen der Besuch bei dem Goldschmied aufgeworfen hatte. Das Wichtigste war, herauszufinden, ob Fanny die Auftraggeberin des Anhängers gewesen war, was wiederum neue Rätsel mit sich brachte. Denn wie kam die Kohleskizze dann in das Archiv des Juweliers? Und wie konnten die Anhänger bei dem Überfall gestohlen worden sein? Ein weiteres Rätsel war die Anzahl der Schmuckstücke. Wenn ich mich richtig erinnerte, war in dem Zeitungsartikel nur die Rede von einem Anhänger gewesen. Entsprach das den Tatsachen? Oder hatte die Polizei die genaue Information zurückgehalten, weil dies nur der Juwelier und die Täter wissen konnten?

Zu Hause machte ich mich auf die Suche nach dem Zeitungsartikel, den ich aus Weiningers Archiv hatte mitgehen lassen. Er lag unter Teddys Layouts auf meinem Schreibtisch. Beim Überfliegen bestätigte sich meine Erinnerung. In der Beschreibung hieß es wörtlich »eines der erbeuteten Schmuckstücke«. Das war geschickt formuliert, schloss es doch die Existenz weiterer Exemplare nicht aus.

Nach dem Einbruch hatte jeder von uns einen Teil der Aufräumarbeiten übernommen. Ich hatte mich um das Wohnzimmer gekümmert. Abgesehen von den nackten Stellen an den Wänden, wo vorher die Bilder hingen, wirkte der Raum jetzt annähernd so wie früher. Erschöpft setzte ich mich aufs Sofa und zog die Beine hoch. Mein Blick glitt zur mit dem Sessel verkeilten Terrassentür. Leider hatte der Schreiner noch keine Zeit gehabt, sie zu reparieren. Ich stand auf, rückte den Sessel zur Seite, damit Stiefel jederzeit ins Haus konnte, und sank zurück aufs Sofa. Dort drüben war Tante Fanny gestanden, als jemand die Aufnahme mit dem Anhänger gemacht hatte: Das Sonnenlicht spielte auf ihren Haaren und brach sich in dem Brillanten, den die Frauenfigur in Händen hielt.

Ich sah durchs Blumenfenster in den Garten und erinnerte mich daran, wie Fanny und ich zusammen Vögel beobachtet hatten. Statt mir die richtigen Namen zu nennen, hatte sie sich Fantasienamen wie Rotnase oder Fleckbauch ausgedacht, die mir noch heute geläufiger waren als die korrekten Bezeichnungen. Ich rutschte ein Stück tiefer und legte die Füße auf die Armstütze.

Nach einiger Zeit drang ein dumpfes Brummen in mein Bewusstsein. Offenbar war ich weggedämmert. Das Geräusch kam vom Telefon. Hoffentlich kein weiterer anonymer Anruf. Am besten, ich nahm gar nicht erst ab. Dann realisierte ich, dass es der Klingelton meines Handys war.

Jeannettes Stimme schrillte in mein Ohr. »Wo steckst du? Ich versuche seit einer halben Stunde, dich zu erreichen.«

»Bin auf dem Sofa eingeschlafen.«

Ihr leicht hysterischer Ton wich Ironie. »Schön, dass du dich erholst, während ich hier von Jens die volle Breitseite abbekomme. Obwohl er die Plakate selbst verbockt hat.«

Sofort war mir klar, was sie meinte. »Die Headlines.«

»Genau. Indiskutabel, meinte der Juwelier. Wir brauchen bis fünf neues Material.«

Erst nach ein paar Sekunden verstand ich, was in dieser neutralen Formulierung mitschwang. Ich sah auf meine Uhr. Kurz nach drei.

»Am besten, du legst gleich los. Melde dich, sobald du fertig bist.«

Na toll. Schon gestern hätte ich ihr sagen können, wie wenig Jens' armselige Formulierungen zu den Ansprüchen des Juweliers passten. Aber mich fragte ja keiner.

Mit den Headlines kam ich gut voran. Was daran lag, dass ich mich großzügig bei meinen eigenen Überschriften aus der bereits fertig getexteten Broschüre bediente. Außer mir würde das sowieso keiner merken. Ich mailte die Datei an Teddy und machte mir einen Kaffee. Während das Wasser kochte, ertappte ich mich dabei, wie ich vom Küchenfenster aus die parkenden Autos vor dem Haus nach einem Polo absuchte.

Ich musste mich ablenken, am besten mit körperlicher Arbeit wie Joggen oder Gärtnern. Ersteres mied ich allerdings meist, und ich hatte keine Ahnung, was im Garten zu tun war. Außerdem war das der Job von Herrn Gerber. Unruhig tigerte ich um den Tisch, bis mir beim Blick auf die Wand zum Arbeitszimmer eine Idee kam. Seit ich das Foto von Fannys großzügiger Wohnküche früherer Jahre gesehen hatte, überlegte ich ernsthaft, den ursprünglichen Zustand wiederherzustellen. Die neu eingefügte Wand war nicht tragend, nur circa zwölf Zentimeter dick und konnte keine Leitungen enthalten. Die Verschönerungsarbeiten würden mich ablenken und körperlich auspowern. Heute Abend würde ich wie ein Stein ins Bett fallen.

Ohne zu zögern, nahm ich Fannys Blumenkalender und die Pinnwand ab, schob die aufgetürmten Zeitungsstapel zur Seite und räumte das Geschirr aus dem Oberschrank auf den Tisch. Danach machte ich mich auf die Suche nach Abdeckfolie. Spachtel, Axt, Hammer und Meißel fand ich in der Garage.

Nachdem ich Tisch, Stühle und die Arbeitsflächen mit der Folie abgedeckt hatte, versuchte ich den Oberschrank abzuhängen. Dummerweise ließen sich die Schrauben, mit denen die Winkelaufhängung an der Wand befestigt war, nicht lösen. Vielleicht konnte Teddy das für mich übernehmen. Bis dahin würde ich einfach mit der anderen Seite der Wand beginnen. Das Haus besaß ein Gerüst aus Holz. Woraus die Wand gemacht war, würde sich bald herausstellen; vermutlich aus Gipsplatten oder aus Steinblöcken, die mit Mörtel aufeinandergeschichtet waren.

Bald stand ich in löchrigen Jeans und einem Shirt aus dem Altkleidersack auf der Trittleiter. Als blutige Anfängerin in Sachen Wandeinreißen wollte ich sicherheitshalber oben beginnen, falls die Wand aus Steinen bestand. Mit einem Spachtel schabte ich die Raufasertapete ab und stieß auf Kartonplatten. Weil ich nicht wusste, wie schwer die Kartonplatten waren, entschied ich, oben weiterzumachen. Mit der Axt haute ich ein paarmal in die Platten und hebelte mit einer Eisenstange ein Stück heraus. Zwischen den Platten, die an senkrechten Holzbalken befestigt waren, befand sich Mineralwolle. Kleine Bröckchen spritzten in alle Richtungen, und feiner weißer Staub wirbelte um mich herum. Nach ein paar kräftigen Axthieben konnte ich durch ein Loch ins Arbeitszimmer schauen. Dabei entdeckte ich das Bücherregal gleich daneben. Das hatte ich vergessen. Ich räumte das Regal leer, schob es zur Seite und deckte Teppichboden und Schreibtisch mit Folie ab.

Von der Küchenseite aus vergrößerte ich das Loch, bis ich vor lauter Staub einen Niesanfall bekam. Ich stieg von der Trittleiter, um das Fenster zu öffnen. Dabei sah ich Teddys Alfa vor der Baustelle der Garageneinfahrt parken. Sichtlich erschöpft schälte sich mein Mitbewohner aus dem Wagen und schlurfte ins Haus. Beim Anblick der eingestaubten Küche und der aufgebrochenen Wand gähnte er nur.

Ich wollte Teddy von meinem Plan erzählen, doch er hörte gar nicht zu, sondern murmelte etwas von »die nächsten vierundzwanzig Stunden durchschlafen«.

»Ach, Teddy, ich habe eine Bitte an dich. Kannst du mir neue Reifen besorgen? Ich brauche unbedingt mein Auto wieder. Weißt du, ich habe keine Ahnung, worauf es beim Reifenkaufen ankommt. Für dich ist das doch ein Klacks«, salbte ich sein männliches Ego.

Mit Erfolg. Teddy brachte meine zerstochenen Reifen zur Werkstatt und kaufte Ersatz. Ich bot ihm meine Hilfe beim Reifenwechsel an, worauf er entgegnete, allein sei er mindestens doppelt so schnell. Es dauerte kaum eine Viertelstunde, bis die neuen Reifen aufgezogen waren.

»Ich leg mich aufs Ohr, bin völlig erledigt. Deine Headlines habe ich eingebaut und an Jens geschickt.«

Ich ließ es mit den Bauarbeiten fürs Erste gut sein, damit er in Ruhe schlafen konnte, und schrubbte mich unter der Dusche sauber.

Abends durchsuchte ich den Garten nach Kater Stiefel. Unter Lockrufen sichtete ich die Baumkronen, bog die Zweige der Büsche zur Seite und umrundete in Fannys Garten-Holzclogs die wuchernde Brombeerhecke. Der Gärtner hatte sie wegen des Katers bisher nur an der Seite zu Schiedlich zurückgeschnitten.

»Stiefelchen, Süßer, wo steckst du?«, säuselte ich und rappelte mit der Trockenfutterpackung. »Pst, pst, komm zu Frauchen!«

Doch der Einzige, der auf meine Lockrufe hin auftauchte, war Nachbar Schiedlich. Wie üblich bewässerte er bei Sonnenuntergang seinen Golfplatzrasen, die Gemüsebeete und seine zugegebenermaßen bildschönen Tomatenstauden. Und wie jeden Abend schob er den Schlauchwagen mit penibel aufgewickeltem kiwigrünem Gartenschlauch vor sich her wie Altersgenossen ihren Rentner-Benz.

Beim Anblick von Schiedlich musste ich an seinen verschwundenen Sohn denken. Wieso erkundigte ich mich nicht einfach bei ihm?, schoss es mir durch den Sinn. Schließlich musste er am besten wissen, ob es in all den Jahren ein Lebenszeichen von seinem Sohn gegeben hatte. Aber wie sollte ich das anstellen, wo unser Verhältnis derartig, sagen wir, angespannt war?

Schiedlich sank vor seinen Tomatenstöcken in die Knie und zupfte Grashalme und das Unkraut heraus, das es wagte, seinen Premiumfrüchten Wasser und Mineralien zu entziehen. Beim Wässern achtete er darauf, mit dem Strahl in parallelen Linien zu gießen.

Ich ging hinüber zum Zaun, dessen Hecke nun in einem halbwegs ansehnlichen Zustand war.

»Guten Abend, Herr Schiedlich.«

Der Nachbar sah skeptisch zu mir herüber, als traute er dem Frieden nicht. Probehalber nickte er minimal in meine Richtung.

»Herr Schiedlich, ich habe eine Frage, die Ihnen sicher unangenehm ist. Aber es wäre wichtig für mich zu wissen, ob Sie –?« Weiter kam ich nicht.

»Ob ich Ihr Mistviech gesehen habe?«, knurrte Schiedlich meinen Satz zu Ende.

»Eigentlich wollte ich etwas anderes …«, setzte ich an, bis mir der Mut ausging und ich einlenkte. »Haben Sie den Kater denn gesehen? Er ist seit ein paar Tagen verschwunden.«

»Ha!«, triumphierte Schiedlich. »Den wird ein Auto zermatscht haben. Meine Tomatenstöcke werden die prächtigsten von ganz Degerloch sein.« Sein Mund wurde schmal, woraufhin ich vorsichtshalber aus der Reichweite seines Schlauches trat.

»Sie gefühlskalter Egoist!«, schimpfte ich und unterdrückte nur mühsam den Impuls, die Trockenfutterpackung nach ihm zu werfen.

Mein Zorn prallte an Schiedlich ab wie ein Gummiball an einer Hauswand. Höhnisch drehte er mir den Rücken zu und goss die andere Seite seiner Beete.

Mit geballten Fäusten stapfte ich über den Rasen zum Gartentor und setzte meine Suche in der Umgebung fort. Nachdem meine Straßenseite abgesucht war, lief ich hinüber zu Dalia, in der Hoffnung, der Kater läge schnurrend in ihrem Schoß. Auf ihrer Terrasse standen der Tisch und die Stühle, aber alle Rollläden waren heruntergelassen. Sie schien nicht zu Hause zu sein. Für alle Fälle rief ich ein paarmal nach Stiefel. Vergeblich.

Traurig kehrte ich nach Hause zurück und sah gerade noch, wie Teddys Alfa davonfuhr. Ich schloss die Eingangstür doppelt ab und setzte mich vor den Fernseher. Auf einem Privatsender verfolgte ich abwesend eine Comedysendung.

Als die Dunkelheit sich über den Garten senkte, machte ich im oberen Stock die Fensterläden zu und ließ im Erdgeschoss alle Rollläden herunter, bis die Lichtschlitze zur Hälfte geschlossen waren. Auch die beiden Rollläden vor dem Blumenfenster und der Terrassentür im Wohnzimmer, die wir nie benutzten. Die letzten Monate über hatte ich mich hier sicher gefühlt, wenn Jeannette bis spät arbeitete und ich allein zu Hause war. Aber nun war ich ständig unruhig. Es war, als hätte ein böser Geist den Frieden vertrieben, den ich an diesem Ort gespürt hatte. An sich vertraute Geräusche wie das Rauschen der Baumkronen im Wind, Tierlaute aus dem Garten oder das Klappern der Fensterläden jagten mir plötzlich Angst ein. Ächzte das Mauerwerk, oder schlich jemand auf der Terrasse herum? Flackerte das Licht der Straßenlaterne von selbst, oder versuchte jemand das Grundstück im Dunkeln versinken zu lassen?

Obwohl ich mir albern vorkam, brühte ich Kamillentee auf, wie Mutter es in meiner Kindheit getan hatte. »Kamillentee hilft gegen alles«, pflegte sie zu predigen. Bauchschmerzen, Streit mit Busenfreundinnen oder unruhige Träume.

Das Läuten des Telefons schrillte durchs Haus. Ich erstarrte und stellte die Tasse ab. Ob Jeannette ihre baldige Heimkehr ankündigen wollte?

Mit einem zurückhaltenden, gleichzeitig erwartungsvollen »Ja?« nahm ich ab.

»Beatrix Pelzer?« Eine Männerstimme.

Ich zog den Kopf ein und nickte, obwohl der Anrufer das nicht sehen konnte.

»Meine Warnung habt ihr erhalten. Nun wisst ihr, dass mit mir nicht zu spaßen ist.«

Sofort sah ich das verwüstete Wohnzimmer und die zerstochenen Reifen vor mir.

»Heute Nacht will ich endlich mein Geld.«

Mir strömte der Angstschweiß aus allen Poren. »Wir haben kein Geld, das Ihnen gehört. Das schwöre ich! Das Ganze muss ein schreckliches Missverständnis sein. Lassen Sie uns darüber reden, wir finden eine Lösung!«

»Ich verhandle nicht«, kam es frostig aus dem Hörer. »Du hast noch eine Stunde Zeit. Punkt zwölf bringst du das Geld in einer dunklen Plastiktüte zum Busbahnhof. Der Mülleimer am Bussteig 3/4 auf der Seite des Fitnessstudios, verstanden? Wenn nicht, werdet ihr es bereuen. Dann fließt Blut.« Der Mann legte auf.

Hatte er das wirklich gesagt? »Dann fließt Blut.« Mein Hals wurde so eng, dass ich nur mühsam schlucken konnte. Was sollte ich jetzt tun? Jeannette! Ich nahm den Hörer ab und wählte ihre Agenturnummer. Obwohl ich es lange klingeln ließ, nahm keiner ab. Genauso bei ihrem Handy. Ich war auf mich gestellt. Und ich hatte nur noch eine knappe Stunde Zeit, um mir etwas einfallen zu lassen.

Tagsüber war der Busbahnhof voller Menschen, die hier ankamen oder vom Albplatz aus in alle Himmelsrichtungen davonfuhren. Mitten in der Nacht verirrten sich nur ein paar Nachtschwärmer, Bus- und Taxifahrer sowie finstere Gestalten hierher. Ich gehörte zu keiner dieser Kategorien. Trotz der milden Nachttemperaturen fror ich. Diese Kälte kam von innen. Auch die schmuddelige Decke von der Rückbank, die ich um meine Schultern gewickelt hatte, konnte sie nicht lindern. Der Corsa parkte an der Löffelstraße auf der Einfahrt eines Modelleisenbahnladens gegenüber des Busbahnhofs. Hier in der Ortsmitte und in unmittelbarer Nähe der Bundesstraße war es so hell, dass ich am klaren Himmel kaum Sterne erkennen konnte. Der Mond lag wie ein ausgepresster Zitronenschnitz auf dem Rücken.

Obwohl ich schon um zwanzig vor zwölf angekommen war, hatte ich mich nicht aus dem Wagen getraut, und hoffte, den richtigen Mülleimer im Blick zu haben. Bevor ich losgefahren war, hatte ich erwogen, den möglichen Höchstbetrag von meinem Konto beziehungsweise von Fannys Notgroschen abzuheben und dem Erpresser als eine Art Anzahlung zu übergeben. Aber möglicherweise verstand der das als Provokation. Also ließ ich es sein.

Fünf Minuten vor zwölf. Gleich würde ich wissen, wer Jeannette und mich seit Wochen belauerte und ins Haus eingebrochen war. Mein Blick glitt über die Bussteige, da entdeckte ich einen schwarz gekleideten Mann mit einem Rucksack, der auf den Mülleimer zuhielt. Er war größer als ich, hager und trug seine Baseballmütze verkehrt herum. Als der Mann vor dem Behälter stoppte und in einer Hosentasche kramte, hielt ich die Luft an. Suchte er nach einem Handschuh oder einer Taschenlampe, um in den Müllbehälter zu leuchten? Er kramte und kramte, zog endlich die Hand heraus und warf etwas in den Eimer. Vielleicht ein kaputtes Feuerzeug oder eine zusammengeknüllte Zigarettenschachtel, das konnte ich nicht erkennen.

Ungefähr zwanzig Meter weit sah ich ihm hinterher. Hatte er checken wollen, ob die Luft rein war, und würde gleich zurückkehren, um nach der dunklen Plastiktüte zu sehen? Nein, er schloss ein Auto auf und reihte sich auf die B 27 ein. Erleichtert und enttäuscht zugleich ließ ich mich im Fahrersitz zurücksinken. Falscher Alarm. Mein Blick glitt zum Handy auf dem Beifahrersitz. Sollte ich noch einmal versuchen, Jeannette zu erreichen? Aber ich wollte unseren Erpresser auf keinen Fall verpassen. Jeannette konnte mir im Moment sowieso nicht helfen. Auf meiner Uhr war es bereits ein paar Minuten nach zwölf. Ich konzentrierte mich wieder auf meine Umgebung.

Ein untersetzter Mann in einem Jogginganzug lief auf dem Gehweg an mir vorbei und keuchte so laut, dass ich im Auto jeden Atemzug hören konnte. Das war er wohl eher nicht. Oder doch? Ich ließ ihn nicht aus den Augen, bis er in eine Seitenstraße abbog, und konzentrierte mich wieder auf den Müllbehälter. Ein Bus fuhr in den Bahnhof ein und entließ zwei junge Männer. Ich schob das Gesicht, so weit es ging, in Richtung Frontscheibe, als sie am Mülleimer vorbeikamen. Doch sie würdigten ihn keines Blickes. Ein paar Meter hinter mir überquerten sie die Straße und verschwanden in der Nacht.

24

»Als es eins war, habe ich aufgegeben und bin heimgefahren. Ich muss drüben auf dem Sofa eingeschlafen sein, wo du mich heute Morgen gefunden hast.«

Jeannette schnaubte. »Dass ich aber auch ausgerechnet in der halben Stunde mit Hohlberg im Besprechungsraum war, als du angerufen hast. Mist! Aber wieso hast du die Polizei nicht alarmiert? Das wäre *die* Chance gewesen, diesen Irren zu fassen.«

»Daran habe ich in dem Moment überhaupt nicht gedacht. Bis ich mich entschieden hatte, lieber gar kein Geld als nur ein paar Scheine mitzunehmen, da war es so spät, dass ich losmusste.«

»Super.«

»Na ja, wäre eh umsonst gewesen. Niemand hat sich für den Müllbehälter interessiert«, seufzte ich resigniert.

»Vielleicht hat der Erpresser vor der Übergabe die Umgebung beobachtet und gesehen, dass du keine Plastiktüte reingetan hast. Oder er war sogar hier vor dem Haus, als du losgefahren bist.«

»Bitte hör auf, ich drehe gleich durch.«

»Wir können immer noch auf dem Revier anrufen.«

»Was soll das bringen? Die haben nicht einmal den kleinsten Hinweis auf den Einbrecher oder den blauen Polo entdeckt.«

»Stimmt. Besonders hilfreich war die Polizei bisher nicht. Lena Odenthal hätte den Fall längst gelöst.« Jeannette hatte eine Vorliebe für weibliche Ermittler. Sie stand auf und griff nach der Axt, die an der teilweise eingerissenen Küchenwand lehnte. »Ich mache mal weiter. Soll ich dir nicht doch eine Tasse Tee aufbrühen?«

»Hab keinen Appetit.«

»Dann hilf mir mit der Wand, das wird dich ablenken.« Jeannette drosch mit der Axt auf die Küchenwand ein. Gipsbröckchen spritzten meterweit durch die Küche. Eines landete vor mir auf dem Tisch. Ich schnippte es mit dem Finger weg und schüttelte den Kopf.

»Wenn ich nur wüsste, von welchem Geld dieser Typ spricht. Ich meine, er hat nichts gefunden, wir haben nichts gefunden. Entweder es gibt dieses Geld nicht oder es ist woanders versteckt. Im Garten oder …«

Mit einer hektischen Bewegung legte Jeannette den Zeigefinger auf den Mund. Jemand kam die Treppe ins Erdgeschoss herunter. »Themawechsel«, flüsterte sie und sprach mit normaler Stimme weiter. »Also, wenn dieser Alexander sich nicht meldet, warst du für ihn nur ein One-Night-Stand.«

Wieso muss es ausgerechnet dieses Thema sein, signalisierte ich ihr mit einem grimmigen Blick.

»Vielleicht ist er beruflich unterwegs und kommt nicht dazu, sich zu melden«, gab ich lahm zurück.

Teddy erschien in der Tür. »Hab ich gestern also doch richtig gesehen. Was soll das werden? Schöner wohnen?«

»Schöner wohnen und Schöner essen genauer gesagt. Wir reißen die Wand zum Arbeitszimmer ein, damit wir eine Wohnküche haben.«

Ungläubig sah Teddy mich an. Ich nickte und tat so, als wäre es das Selbstverständlichste von der Welt, spontan Hauswände zu durchbrechen.

Mit einem Seufzer schien er unsere Aktion unter die Rubrik »Versuche erst gar nicht, Frauen zu verstehen« einzuordnen.

»Du, Teddy, wir brauchen deine Hilfe.« Jeannette trat zum Oberschrank und klopfte auf eine der Türen. »Könntest du den für uns abhängen? Ausgeräumt ist er bereits.«

Mit typisch männlichem Gehabe prüfte Teddy die Aufhängung und überzeugte sich davon, ob wir auch kein Geschirrteil vergessen hatten.

Während er die Befestigungsschrauben löste, knüpfte Jeannette an unser Gespräch an. »Ich sehe keinen Hinderungsgrund, warum Alexander dich von unterwegs aus nicht erreichen kann. Selbst wenn er ein Handyverweigerer ist, schließlich hat die Telekom ein paar öffentliche Telefone übrig gelassen.«

»Ach, ich weiß auch nicht.« Ich verfolgte, wie Teddy den Schrank abnahm.

»Aber ich weiß.« Jeannette hob die Axt. »Du musst dich endlich mit Georg versöhnen.«

Verwirrt blinzelte ich. Wie kam sie nun ausgerechnet auf Georg? »Du hörst dich schon genauso an wie meine Mutter.«

Auf dem Küchentisch stapelte sich das Geschirr, daher schleppte Teddy den Schrank ins Wohnzimmer, wo er ihn neben dem Sofa an die Wand lehnte.

Er warf einen Blick auf die Küchenuhr. »Viertel nach zwölf. Ich gehe mal unsere Vorräte aufstocken, und dann fahre ich in mein Atelier«, ließ er mich wissen.

»Super, danke«, antwortete ich.

»Gute Entscheidung«, murmelte Jeannette. »Du würdest uns nur im Weg herumstehen.«

Ich stapelte den Bauschutt auf einer Folie im Flur auf. Der Berg wurde stetig höher, und obwohl ich ständig durchfegte, breiteten sich Gipsbröckchen und Kartonreste überall im Erdgeschoss aus, in dem wie dichter Nebel weißer Staub hing.

Die Haustür fiel hinter Teddy ins Schloss. Gleich darauf hörten wir ihn im Windfang mit jemandem sprechen.

»Ob da einer was von uns will?«, fragte Jeannette.

Die Haustür wurde aufgeschlossen, und Teddy brüllte durch den Flur: »Bea! Jeannette! Kommt raus in den Windfang!«

Ich ließ den Gipsbrocken, den ich gerade in der Hand hielt, auf den Boden plumpsen und lief zur Tür. Als ich in den Windfang trat, kniete Teddy auf den Fliesen. Etwas lag auf der Stufe vorm Plattenweg.

Ich warf einen Blick über seine Schulter. Es war etwas schwarzweiß Geflecktes. Mein Magen krampfte sich zusammen. Das war Stiefel! Alle Pfoten von sich gestreckt lag der Kater in der Sonne, als genieße er die warmen Strahlen. Als ich die beiden blauschwarz schillernden Fliegen bemerkte, die auf seinen geöffneten Augen herumkrabbelten, fing ich an zu schreien.

»Das war kein natürlicher Tod. Ich tippe auf Gift.« Mutter kniete neben dem toten Kater auf der Terrasse und tastete ihn ab. Obwohl sie in dem sachlich-distanzierten Ton sprach, den ich aus ihrer Praxis kannte, hörte ich heraus, wie nah ihr Stiefels Schicksal ging. »Knochenbrüche oder Hinweise auf Strangulation kann ich nicht feststellen.«

Stiefel war demnach nicht zu Tode geprügelt oder erwürgt worden, auch wenn das nur ein kleiner Trost war. Teddy, Jeannette, Mutter und ich standen um den Kater herum, den wir auf eine alte

Wolldecke gebettet hatten. Nach dem schrecklichen Fund hatte ich mir keinen anderen Rat gewusst, als meine Mutter anzurufen.

»Wisst ihr, ob Fanny Rattengift im Keller oder in der Garage ausgestreut hat?« Mutter machte eine Bewegung, als wollte sie ihren schmalen beigen Kostümrock glatt streichen, hielt aber inne, da sie Plastikhandschuhe trug.

»Rattengift?« Ich schüttelte den Kopf. »Davon hat sie nichts gesagt.«

Jeannette nickte. »Wäre auch viel zu gefährlich, wenn man selbst eine Katze hat.«

»Ich wasche mir die Hände«, sagte Mutter, zog die Handschuhe ab und verschwand im Haus.

Kaum war sie außer Hörweite, flüsterte Jeannette mir zu: »Glaubst du, das war der Erpresser?«

Bei diesen Worten schüttelte es mich. So weit hatte ich noch gar nicht gedacht. »Er hat gesagt, es fließt Blut«, stammelte ich und schlug die Hände vors Gesicht.

»Wovon redet ihr?« Teddy klang vorsichtig, als bereite er sich auf wenig Erfreuliches vor.

Stumm sahen Jeannette und ich uns an.

»Unser anonymer Anrufer hat sich mittlerweile auf Drohanrufe verlegt«, erklärte Jeannette. »Gestern Abend lief sein Ultimatum ab. Er hat gedroht, es würde Blut fließen, wenn wir nicht auf seine Forderung eingehen.«

Teddys Brauen schossen auf seinen Haaransatz zu. »Blut? Ein Ultimatum? Hört sich an, als lebten wir in Neapel. Wieso habt ihr mir nichts davon erzählt? Schließlich wohne ich auch hier, es hätte also genauso gut mein Blut sein können, das fließt!«

Drüben am Zaun regte sich etwas. Es war Schiedlich, der eine Mistgabel in der Hand hielt und so tat, als würde er seinen Komposthaufen wenden. Zweifellos verfolgte er unser Gespräch. Die Frage war nur, wie lange schon.

»Hat es das Mistvieh endlich erwischt«, knurrte er über den Zaun und bemühte sich nicht, seinen Triumph zu verbergen.

»Sie Mörder!«, brach es aus mir heraus. »Wenn Sie Stiefel vergiftet haben, dann blüht Ihnen was!«

Schiedlich legte die Hände auf den Griff seiner Mistgabel und feixte. Die Unverschämtheit in Person.

Ich wollte an den Zaun treten, doch Jeannette hielt mich am Arm zurück.

»Ich werde dafür sorgen, dass Sie dieses Jahr nicht einmal eine einzige Karotte ernten können!«, schleuderte ich Schiedlich entgegen. »Und wenn ich mit einem Traktor eigenhändig Ihren Scheiß-Vorzeigegarten umpflügen muss!«

Schiedlichs einzige Reaktion war ein hämisches Grinsen. »Mit Ihren linken Händen kriegen Sie den nicht mal angelassen.«

»Sie gefühlloses Ekel! Kein Wunder, dass Dieter es nicht mehr bei Ihnen ausgehalten hat!«

Schiedlich zögerte, als traute er seinen Ohren nicht. Schlagartig wich alle Farbe aus seinem Gesicht. Er sackte zusammen, als hätte jemand die Luft herausgelassen, und trottete mit der Mistgabel zur Garage.

»Dem hast du es gegeben«, lobte Jeannette und klopfte mir auf die Schulter. »Auch wenn du ein klein wenig übers Ziel hinausgeschossen bist.«

»Das macht Stiefel nicht wieder lebendig.«

»Du hast es nicht nur Schiedlich gegeben.« Mit dem Kinn deutete Teddy in Richtung Dachgaube des Nachbarhauses. »Seine Frau hat alles mit angehört.«

Mein Kopf schoss herum. Am Fenster stand eine Gestalt mit kurzen grauweißen Haaren. Ihre Züge waren bleich wie die ihres Mannes.

»Tut mir leid«, sagte ich, obwohl sie das nicht hören konnte. Eine Sekunde später war Frau Schiedlich verschwunden.

Nach der unerfreulichen Szene mit Schiedlich wechselte Teddy sein Outfit und fuhr mit dem Alfa davon, ohne mir zu sagen, wohin.

Erst jetzt fiel mir auf, dass er sich zwar über das Ultimatum aufgeregt, aber nicht nach dem Anlass dafür gefragt hatte. Eine kluge Entscheidung. Je weniger er wusste, desto besser für seine Nerven.

Mein eigenes zerknittertes Nervenkostüm besänftigte eine starke Beruhigungsspritze, die Mutter mir verpasste.

»Begrabt den Kater am besten noch heute«, riet sie. »Bei diesen Temperaturen fängt er bald an zu … nun ja, aus hygienischen Gründen ist das empfehlenswert.«

»Glaubst du, Stiefel musste lange leiden?«

Mutter verzog den Mund, was zeigte, wie angespannt sie war. Normalerweise hatte sie ihre Mimik fest im Griff, um Falten keine Chance zu geben.

»Nein, nein«, erwiderte sie etwas zu schnell. »Er ist einfach eingeschlafen.«

Das hätte ich gerne geglaubt. Schade, dass ich für Märchen zu alt war. Zum Glück begann die Spritze zu wirken. Es fühlte sich an, als hätte ich eine riesige Kanne Beruhigungstee geleert.

»Wieso sind die Streitereien mit dem Nachbarn so eskaliert? Ist etwas vorgefallen?«

Das kann man wohl sagen, dachte ich und war froh, dass Mutter die aufgebrochene Terrassentür entgangen war. Laut sagte ich: »Stiefel hat angeblich in seine Gemüsebeete gekackt.«

»Aber ist das ein Grund, den Kater gleich umzubringen?« Mutter schüttelte den Kopf. »Die Menschen werden immer egoistischer. Jeder denkt nur noch an seinen Vorteil.«

Seltsam, das ausgerechnet aus ihrem Mund zu hören. Schließlich hatte auch sie das eine oder andere für ihre Karriere über die Klinge springen lassen. Ihre Tochter zum Beispiel.

»Ich fühle mich so schuldig«, sagte ich. »Was soll ich nur Tante Fanny sagen, wenn sie zurückkommt?«

»Du musst dir keine Vorwürfe machen.« Mutter beobachtete mich wachsam. »Kind, was ist los? Verschweigst du mir etwas? Du kannst mir alles sagen, das weißt du hoffentlich.«

Das wäre die Gelegenheit, ihr von den Drohanrufen zu erzählen. Aber ich hatte keine Ahnung, wo ich anfangen sollte. Meine Gedanken schienen sich nur noch kriechend fortzubewegen.

»Kürzlich habe ich dich nach einem Anhänger gefragt, erinnerst du dich?«

Mutter sagte zögernd: »Ja.«

»Weißt du, woher Fanny das Schmuckstück hat? War es ein Geschenk?«

»Ich bin davon ausgegangen, dass Klaus ihn ihr geschenkt hat.« Sie machte ihre Arzttasche zu.

»Du hast Fannys Verehrer erwähnt, unter anderem diesen Cellospieler, den sie nicht heiraten wollte.«

»Wieso fragst du schon wieder danach?«

Ich zuckte mit den Schultern. »Nur wegen des Anhängers. Den könnte sie genauso gut von einem anderen Mann bekommen haben.«

»Nun ja.« Mutter zupfte an einem ihrer massiven Kreolenohrringe herum. Echt Gold selbstverständlich. »Es gab da einen Mann, der ihr viel bedeutet hat. Er war Franzose.«

»Du kanntest ihn?«

»Wir haben uns manchmal bei Fanny gesehen.«

»Gab es ein Happy End?«

Mutter stand auf und griff nach ihrer Tasche. Kam es mir nur so vor oder vermied sie es, mich anzusehen? »Nein, leider nicht. Eines Tages hat er sie verlassen. Kind, ich muss nach Hause. Kommt ihr mit dem Kater allein zurecht?«

»Ja, das schaffen wir. Danke, dass du so schnell gekommen bist.«

Inzwischen hatte ich schon Routine darin, bei der Polizei anzurufen. Als ich allerdings hörte, dass sowohl Schäfer als auch Kessler erst in ein paar Stunden ihren Dienst antreten würden, legte ich erschöpft auf. Ich hatte nicht die Kraft, die ganze Geschichte von den Einbrüchen und den Drohanrufen – jetzt zusätzlich garniert mit einer geplatzten Geldübergabe und dem toten Stiefel – noch einmal zu erzählen.

Jeannette und ich wollten Stiefel neben Fannys Hund unter dem Holunderbusch begraben. Glücklicherweise konnte Schiedlich diese Seite des Gartens nicht einsehen. Hätte er bei der Beerdigung weitere Gemeinheiten abgesondert, wäre ich mit dem Spaten auf ihn losgegangen.

Wir wickelten Stiefel in die Wolldecke und betteten ihn in eine Weinkiste. Seine Näpfe legten wir dazu. Ich gab ihm die Trockenfutterpackung mit auf die Reise ins Katzenparadies. Schweigend hob ich eine Grube aus. Als wir die Kiste mit Stiefel und seinen Grabbeigaben darin versenkten, war es mit meiner Beherrschung vorbei, und ich heulte los. Auch Jeannette schniefte. Eine Weile standen wir an der offenen Grube. Als das überstanden war, schaufelten wir die Erde zurück und pflanzten Löwenmäulchen aufs Grab.

25

Den Nachmittag über wäre ich ohne die Beruhigungsspritze nah am Herzinfarkt gewesen. Das Telefon klingelte in einem fort. Ein Anruf kam aus Hohlbergs Reich und beorderte Jeannette in die Agentur, obwohl es Samstag war. Hohlberg hatte versehentlich brandheiße Druckdaten für die Plakatkampagne gelöscht. Während meine Freundin sich umzog, läutete es erneut.

Diesmal war es Rössle, der Goldschmied. Beim Durchforsten seines Kellers war er auf den Namen der Kundin gestoßen, die die drei Anhänger bei ihm in Auftrag gegeben hatte. Zu meiner Enttäuschung war es nicht Tante Fanny. Der Kundenname, den der Goldschmied nannte, sagte mir nichts. Auch seine Information, die Kundin habe die bestellten Schmuckstücke ihren Töchtern schenken wollen, aber leider nie abgeholt, half wenig. Immerhin war nun klar, warum die Anhänger beim Juwelier zum Verkauf angeboten und beim Überfall erbeutet worden waren. Der dritte Anrufer war ein Mann mit auffallend tiefer Stimme. Er habe sich verwählt, sagte er und legte auf. Unser Erpresser war es demnach nicht.

Enttäuscht kickte ich einen Gipsbrösel vor mir her. Ich war mit meinen Nachforschungen über den Anhänger in einer Sackgasse gelandet. Was nun? Mir blieb nichts anderes übrig, als von vorne anzufangen. Ich zog Shorts und ein Spaghettitop über, klemmte mir eine Flasche Mineralwasser unter den Arm und ließ die Leiter zum Dachboden herunter. Unter den Ziegeln war die Luft aufgeheizt. Bald fühlte ich mich schlapp wie welkes Gemüse.

Diesmal ging ich gezielter vor. Die Briefe von Onkel Klaus legte ich beiseite und suchte nach dem Brief des Cellisten Clemens, den ich neulich schon gesehen hatte. Ich glaubte mich zwar zu erinnern, dass er deutlich später datiert war als Mitte der Achtziger. Aber da Mutter den Musiker erwähnt hatte, wollte ich mich vergewissern.

Der Briefbogen trug nur Tag und Monat. Dafür war die Jahreszahl auf dem alten Poststempel gut zu erkennen: 1991. Fünf Jahre nach dem Überfall und damit wohl zu spät.

Als Nächstes nahm ich den Stapel mit den fliederfarbenen Briefen ohne Absender aus dem Schuhkarton. Im ersten Brief lag der getrocknete Fliederzweig. Die Zeilen waren mit schwarzer Tinte geschrieben, sie begannen mit der Anrede »Ma Chérie Fanny«. Trotz der Beruhigungsspritze wurde ich unruhig. Der Brief war in Deutsch verfasst und auf Dezember 1985 datiert. Also nur ein paar Monate vor dem Überfall auf den Juwelier.

»Du ahnst nicht, wie glücklich ich bin, dass das Schicksal uns zusammengeführt hat«, hieß es darin. »Seit wir uns kennen, bin ich entschlossen, mein Leben zu ändern. Liebste Fanny, lass uns neu anfangen. Was bisher war, möchte ich für dich endlich hinter mir lassen.«

Ähnlich liebevoll war der Rest formuliert. Ein Anhänger oder ein Schmuckstück wurde nirgends erwähnt. Die Unterschrift lautete: »Dein André. Je t'embrasse.« Ich umarme dich.

Sechs fliederfarbene Briefe umfasste der Stapel. Alle stammten aus den Jahren '85 und '86. Ich trank einige Schlucke aus der Flasche und goss mir etwas Wasser in die Handfläche, um Gesicht und Nacken zu kühlen. Als die Hände getrocknet waren, griff ich nach dem letzten Umschlag. Er stammte von 1986, trug dieselbe Unterschrift und enthielt nur eine Fotografie. Als ich nach ihr griff, erschreckte mich eine Stimme fast zu Tode.

»Puh! Wie hältst du es in diesem Backofen nur aus?«

Blitzschnell fuhr ich herum. Wie in einem Zaubertrick ragte die obere Hälfte von Jeannette aus der quadratischen Luke im Dielenboden. »Musst du dich so anschleichen? Ich dachte, du wärst längst weg.«

»Und ich dachte, Marlene hätte dich mit Drogen stillgelegt?«, sagte Jeannette. »Ich hab noch ein Brot gegessen. Wer weiß, wann ich wieder was zwischen die Zähne bekomme. Danke, dass du mir den Corsa leihst. Kannst du schauen, ob du noch jemanden in der Werkstatt erreichst? Die sollen meinen Mazda abholen und die Reifen wechseln.«

»Mach ich. Wie lange bist du weg?«

»Das wissen nur Gott und Jens. Je nachdem, wie groß die Datenkatastrophe ausfällt. Ich komme, sobald ich Land sehe.«

Ich verließ den Dachboden mit den fliederfarbenen Briefen und einigen Fotoalben. Im Erdgeschoss hörte ich, wie mein

Corsa angelassen wurde und sich das Motorengeräusch entfernte. Da Teddy unterwegs war, befand ich mich allein im Haus. Am besten, ich verbarrikadierte Fenster und Türen und trug mein Handy bei mir. Doch zuvor rief ich wegen dem Mazda in der Werkstatt an. Montag sei der frühestmögliche Termin, bekam ich zu hören.

Im Keller begann ich mit der Sicherungsaktion. Fenster zu, Türen fest verriegeln. Das Garagentor schlossen wir normalerweise nie ab. Da von der Garage aus eine Verbindungstür ins Haus führte, sicherte ich auch diesen Zugang. Ich ließ die Rollläden herunter, bis die Hälfte der Schlitze dicht war, und schloss die Haustür zweimal ab. Jeannette hatte das nur einmal getan. Die Terrassentür verklemmte ich wieder mit dem Sessel. Höchste Zeit, dass der Schreiner endlich kam und die Tür reparierte.

Im Wohnzimmer breitete ich das Foto und die Briefe von Fannys französischem Freund auf dem Couchtisch aus. Vielleicht fand ich anhand der Briefe heraus, ob Fanny den Anhänger von diesem André bekommen hatte. Oder ich entdeckte einen Hinweis auf die Knochen, die im Garten vergraben gewesen waren.

Ich griff nach dem Foto und bekam einen Gähnanfall. Mutters Spritze hatte ihre volle Wirkung entfaltet.

Das Foto war ein Porträt in Schwarz-Weiß. Der dunkelhaarige Mann – vermutlich André – war von der Seite aufgenommen. Ich schätzte ihn auf Ende dreißig. Er rauchte eine Zigarette und sah über die Schulter zum Fotografen, als hätte der seinen Namen gerufen. Schwarze Brauen über dunklen Augen. Die Lippen wirkten sanft und weich, die etwas breite Nase eher grobschlächtig. Das Gesicht besaß dieselbe Mischung aus Weichheit und etwas ausgesprochen Männlichem, die Schauspieler wie Antonio Banderas und Clive Owen so anziehend machte.

Mir fiel ein kleiner dunkler Fleck auf Andrés Wange auf. Irritiert starrte ich darauf und wunderte mich über das Flattern in meinem Magen. Ich nahm die Alben zur Hand. Vielleicht fand ich ein anderes Foto, auf dem der Mann besser zu sehen war.

Beim Blättern blieb mein Blick an einem der vielen Partybilder hängen. Auf einem war ein junger Mann mit hoher Stirn zu sehen, der mir bekannt vorkam. Aber woher nur? Der Mann war um die zwanzig. So alt wie Dieter, kurz bevor er verschwand! Ich sprang auf und lief auf den Dachboden, um den Artikel über Dieters Verschwinden zu suchen.

Mit Fannys Notizbuch im Arm kehrte ich ins Wohnzimmer zurück. Hastig schlug ich es auf und suchte nach dem Zeitungsbericht. Da! Das Bild von Dieter im Fußballtrikot. Einige vergleichende Blicke genügten, um mich zu vergewissern. Der junge Mann mit den langen Koteletten und den Leberflecken auf Wange und Kinn war Dieter Schiedlich! Einer der Leberflecke saß mitten auf seiner Wange. Ein Muttermal auf der Wange, überlegte ich. Irgendwo hatte ich das schon einmal gesehen. Es war noch nicht lange her. Und es hatte irgendetwas mit dem Juwelier zu tun. Ich ging ins Arbeitszimmer und zog den Artikel über den Raubüberfall, den ich aus Weiningers Archiv mitgenommen hatte, aus meiner Tasche. Mein Blick glitt über das Phantombild des geflohenen Täters. Kräftige Striche deuteten markante Augenbrauen an, die eben noch unter dem Mützenbund zu sehen waren. Die Augen waren groß, und die Iris sah dunkel aus. Nach unten hin lief die Nase breiter zu. Auffallend war ein ovales Muttermal auf der Wange. Das hatte mich so irritiert!

Nun studierte ich die beiden Aufnahmen von Dieter. Seine Nase sah ähnlich oder zumindest nicht völlig anders. Die Brauen waren schmaler, und die Augen schienen enger zusammenzustehen. Ich verglich die Merkmale einzeln. Das war schwierig, weil Dieter auf dem Bild im Fußballtrikot lächelte, was die Lippen schmaler wirken ließ. Zudem hatte ihn der Fotograf leicht von unten aufgenommen. Auf Fannys Partybild war er einer unter vielen. Trotzdem schien es denkbar, dass der geflohene Täter und Dieter ein und derselbe Mann waren.

Geräusche im Flur schreckten mich auf. Ich war auf Fannys Fotoalbum eingenickt und hatte keine Vorstellung, wie spät es sein mochte. Draußen war es dunkel, zumindest kam keine Helligkeit durch die wenigen offenen Lichtschlitze herein. Als ich sah, wie die Türklinke sich senkte, rollte ich lautlos vom Sofa unter den Couchtisch und hielt den Atem an.

»Keine Panik, ich bin's.« Jeannette hatte mich sofort entdeckt. »Hast du eine Allergie? Da sind lauter rote Striche in deinem Gesicht.«

»Rote Striche?« Ich tastete meine Haut ab. »Die Fotokanten des Albums müssen sich eingeprägt haben. Wie viel Uhr ist es?« Um frische Luft hereinzulassen, schob ich den Sessel von der Terrassentür weg und öffnete sie einen Spalt weit.

Jeannette massierte sich die Nackenmuskeln. »Kurz nach zehn. Auf meiner inneren Uhr ist es längst mitten in der Nacht. Stell dir vor, Jens hat sein sinkendes Schiff pünktlich zum Abendessen verlassen, und wir gemeine Ratten durften weiterschuften. Zu allem Übel ging auch noch das Tannenzäpfle aus.«

Ich bückte mich und hob den zu Boden gefallenen Zeitungsartikel auf. »Du, ich weiß inzwischen, wer der Mann auf dem Phantombild sein könnte. Du wirst staunen.«

»Sei mir nicht böse, aber mir brummt der Schädel. Lass uns morgen darüber reden. Ich brauch dringend ein paar Schmerztabletten und viel Schlaf.«

»Okay. Hast du die Haustür wieder –«

»Zweimal. Keine Sorge, die Bude ist dicht wie ein Safe.«

Nach meinem Nickerchen hatte ich noch nicht genug Bettschwere, um schlafen zu gehen. Außerdem wollte ich mir Fannys Freund noch einmal genauer ansehen und auch sein Foto mit dem Phantombild der Polizei vergleichen. Denn inzwischen war mir klar, was mich stutzig gemacht hatte: der Leberfleck auf der Wange. Mit seinem Foto und Fannys Alben ging ich ins Arbeitszimmer, räumte die Gipsbröckchen von der Abdeckung und faltete die Folie zusammen.

Der direkte Vergleich zwischen Andrés Foto und der Täterskizze war wenig aufschlussreich. Ich nahm die Familienalben zur Hand und blätterte in den Partybildern, bis ich auf ein gemeinsames Bild von André und Fanny stieß. Der Franzose saß in dunklem Jackett und Shirt auf dem Boden und betrachtete seine Geliebte, die vor einem Plattenspieler kniete. Leider wandte er der Kamera die Gesichtshälfte ohne Muttermal zu. Fanny trug ein kurzes Etuikleid, die Haare waren hochgesteckt. Sie hielt eine Plattenhülle von Gilbert Bécaud in der Hand. In ihrem Blick zu André lag so viel Zärtlichkeit. Das Bild musste drüben im Wohnzimmer aufgenommen worden sein. Hinter Fanny erkannte ich die Schubladen und die Sitzpolster der Schrankwand. Auf den restlichen

Partybildern war Fanny noch mehrmals zu sehen, André nur zwei- oder dreimal und nicht mehr zusammen mit ihr. Erschöpft sank ich gegen die Stuhllehne. Mittlerweile war es weit nach Mitternacht.

Plötzlich verlöschte das Licht. Um mich herum wurde es pechrabenschwarz. Die Rollläden hatte ich geschlossen, nur ein schwacher Schein der Straßenlampe drang herein. Vorsichtig tastete ich mich zur Tür und kippte den Schalter neben dem Rahmen auf und ab. Nichts passierte. Auch das Licht im Flur schien defekt zu sein. Mein Puls raste. Was konnte das bedeuten? Ich suchte auf dem Tisch nach meinem Handy und ertastete das kühle Metall des Gehäuses.

In derselben Sekunde packte mich jemand an den Haaren. Mein Kopf wurde brutal nach hinten gerissen. Im Nacken knackte ein Wirbel so laut, als bräche ein Ast entzwei. Das Handy flog mir aus der Hand und landete dem Geräusch nach in den Lamellen des Heizkörpers. Ich wollte nach Hilfe rufen, da stopfte mir der Eindringling etwas Weiches zwischen die Zähne. Panisch versuchte ich den Klumpen herauszuziehen, der mich beim Atmen behinderte. Ein fester Griff schloss sich um meine Handgelenke und zog sie auf den Rücken, wo sie mit Klebeband aneinander gefesselt wurden. Kratziger Stoff wurde über meinen Kopf gezerrt, er roch verstaubt wie ein alter Kartoffelsack aus dem Keller.

»Kein Mucks, sonst mach ich dich alle«, zischte es. Das war ein Mann. Seine Stimme hörte sich gepresst an, als verstellte er sie. »Du glaubst wohl, du kannst es mit mir aufnehmen. Warum hast du das Geld letzte Nacht nicht rausgerückt?«

Der Erpresser! Ich versuchte zu schlucken. Eine Weile rumorte es um mich herum, Schritte ertönten, wurden leiser, verklangen und kehrten zurück. Ich spürte Wärme und Helligkeit, als die Tischlampe auf mein Gesicht gerichtet wurde.

»Beantworte meine Fragen. Keine Mätzchen!« Wieder die heisere Stimme.

Verängstigt nickte ich.

Eine Hand schob sich an meinem Kinn vorbei in den Sack und riss mir das Stoffbündel aus dem Mund. Es tat so höllisch weh, dass mir die Tränen kamen. Dafür konnte ich endlich wieder normal atmen. Ich schnappte nach Luft, etwas zu hastig, und musste husten.

»Wo ist das Geld?«

Das Ultimatum fiel mir ein. Es lief heute ab. Und wie angedroht, war bereits Blut geflossen. Das von Stiefel.

»Haben Sie den Kater umgebracht?«

Der Mann ging nicht darauf ein. »Ich weiß, das Geld ist irgendwo im Haus. Sag mir, wo, und du siehst mich nie wieder.«

Die Aussicht war verlockend. Leider wusste ich die Antwort nicht. »Hier ist kein Geld. Das habe ich Ihnen bereits am Telefon gesagt. Wir haben alles durchsucht, aber nichts gefunden. Deshalb konnte ich letzte Nacht nichts in der Mülltonne deponieren.«

Der Mann schwieg. Sein Atem ging ruhig und gleichmäßig, als würde er jeden Tag Leute überfallen und verhören.

»Ich frage dich nur noch ein Mal. Wenn ich keine Antwort bekomme, wird dir das sehr leidtun. Wo ist das Geld?«

»Welches Geld?«, stieß ich verzweifelt aus. »Ich habe kein Geld, und ich weiß nicht, wovon Sie reden. Bitte glauben Sie mir, das ist die Wahrheit!«

Es war still im Raum. Ich erschrak bis ins Mark, als ein Windstoß den Rollladen klappern ließ.

Schritte. Ein undefinierbares Geräusch dicht vor mir, dann fiel etwas zu Boden. Es hörte sich an, als hätte der Eindringling alles vom Tisch gewischt. Die Fotoalben und die Briefe.

Schritte, die stoppten. Ein überraschter Laut. Rascheln, das vom Boden kam.

Nur Sekunden später wurde mir der Sack vom Kopf gerissen. Die Tischlampe war direkt auf mein Gesicht gerichtet. Geblendet kniff ich die Augen zusammen und blinzelte. Es dauerte eine Weile, bis ich erkannte, was der Mann mir unter die Nase hielt. Es war das Foto von André.

»Woher hast du das?«, knurrte er.

Der Mann war recht groß, von normaler Statur und trug schwarze Hosen, Rollkragenpullover und Handschuhe. Sein Gesicht bedeckte eine Unterziehhaube, wie sie Motorradfahrer benutzten. Durch schmale Schlitze waren Augen und Lippen zu erkennen. Unmöglich, sich das Gesicht dazu vorzustellen.

Unvermittelt klatschte er mir das Foto rechts und links an die Wange. »Rede, sonst prügle ich es aus dir heraus.«

»Das Foto gehört meiner Tante. Ich hab keine Ahnung, wer der Mann ist«, sagte ich und gab mir Mühe, möglichst neutral zu klingen. »Irgendein Freund von ihr.«

Der Mann griff nach der Zeitungsseite mit dem Artikel. »Und das?«

»Hab ich bei einem Kunden im Archiv entdeckt. Bei ... bei der Recherche für einen Werbetext.«

»Du lügst doch, wenn du den Mund aufmachst!« Der Eindringling hieb mit der Faust auf den Tisch. »Tu nicht so unschuldig. Das Geld muss hier im Haus sein.«

Angst krampfte meinen Magen zusammen. »Ich schwöre, ich weiß nicht, von welchem Geld Sie sprechen. Das habe ich schon am Telefon gesagt. Wenn etwas im Haus versteckt wäre, hätten Sie es bei Ihrem Einbruch längst entdeckt. Genau wie den Anhänger. Den haben Sie ja schon mitgenommen.«

Schweigen. »Was für ein Anhänger?«

Das irritierte mich. War das eine Falle? »Ich meine den aus dem Garten. Sie wissen schon, die Frau mit dem Brillanten. Sie haben ihn doch selbst geklaut!«

Erneut eine Pause. »Du weißt also davon!«

Was sollte das nun wieder? Klar wusste ich von dem Einbruch. »Sie haben das Zimmer meiner Tante durchsucht. Beim nächsten Mal haben Sie fast das ganze Haus verwüstet. Und dabei haben Sie den Anhänger geklaut.«

Er lief zwischen Schreibtisch und Tür auf und ab. Seine Schultern wirkten eingefallen. Er trug schwarze Schnürstiefel, wie von der Bundeswehr. Mein Blick glitt über den Schreibtisch, wo noch mein Laptop und der Kugelschreiber lagen. Konnte ich den vielleicht zur Verteidigung benutzen? Nein, wie sollte das gehen mit gefesselten Händen?

Der Mann verließ den Raum und trat auf den dunklen Flur. Ich hörte, wie der Sicherungskasten geöffnet wurde. Das Deckenlicht ging an.

Durch das Loch in der Mauer hörte ich Geräusche aus der Küche. Schubladen wurden geöffnet und geschlossen. Bei der dritten klirrte es. Das war die Besteckschublade. Mir brach der

Schweiß aus. Als der Mann ins Arbeitszimmer zurückkam, riss ich verzweifelt meine Handgelenke auseinander. Es half nichts, das Klebeband gab keinen Millimeter nach.

Er trat auf mich zu. »Gut. Du willst es nicht anders.«

Etwas blitzte im Lichtschein der Lampe. Hell, spiegelnd, kalt. Die in schwarzen Handschuhen steckenden Finger des Mannes umklammerten den Griff eines Steakmessers. Vor Angst wurde mein Körper starr.

Er trat hinter mich, schnitt das Klebeband an den Handgelenken auf und klebte eine Hand, bevor ich mich bewegen konnte, an den Stuhlrahmen. Die andere zerrte er nach vorn und legte sie flach auf den Tisch. Das Messer blitzte auf, und in meinem Unterarm explodierte ein heißer Schmerz. Ein tiefroter Strich erschien, wurde breiter.

Ich schrie auf, ebenso vor Schmerzen wie vor Schock. Das war mein Blut!

Reflexartig wollte ich den Arm zurückziehen, doch der feste Griff ums Handgelenk ließ keinen Bewegungsspielraum.

»Also: Woher hast du den Anhänger?«

»Aber das habe ich Ihnen doch schon gesagt! Er ist aus dem Garten. Er war unter der Birke vergraben. Der Baumstumpf am Gartentor.«

»Der Baumstumpf«, wiederholte der Mann und ließ zu meiner Erleichterung das Messer sinken.

Die Wunde am Arm brannte wie Feuer. Ich sah zu, wie Blut auf die Tischfläche tropfte. Es war erstaunlich hell. In meinen Ohren begann es zu rauschen, als wollte sich mein Bewusstsein eine Auszeit nehmen.

»Hören Sie, ich weiß nur, dass es drei Anhänger gibt. Einer davon war draußen im Garten vergraben. Er war in dieser Dose, und ich habe keine Ahnung, wer ihn dort –«

Erneut packte er mein Handgelenk und fuhr mit dem Messer über die Haut. Eine Sekunde fühlte ich nichts, dann schoss gewaltige Hitze durch meinen Körper.

»Verflucht, sag endlich die Wahrheit!«

»Das ist die Wahrheit! Das ist alles, was ich weiß!«

Schweigen. Beängstigendes Schweigen. Als er mir das Messer vors Gesicht hielt, krampften meine Muskeln erneut.

»Was willst du loswerden? Die Nasenspitze? Oder die Oberlippe?« Die Messerschneide kam näher.

Ich wich zurück, so weit es ging. »Hören Sie auf. Bitte! Der Anhänger stammt aus einem Überfall, das ist alles, was ich weiß.«

Wie eine Liebkosung glitt die flache Schneide über meine Wange. Sie war kalt und glatt. Meine Zähne klapperten aufeinander.

»Sieh an, du weißt also doch Bescheid. Zum letzten Mal: Wo ist das Geld? Und der Schmuck, der mir zusteht?«

Mein Gehirn arbeitete fieberhaft. Was konnte ich tun? Es musste etwas Überraschendes sein. Ich konnte mich nicht rühren, nur schreien und …

So kräftig ich konnte, schaukelte ich auf dem Stuhl hin und her. Vor Verblüffung ließ der Mann meine Hand los. Ich holte Schwung, bis der Stuhl umkippte und ich auf dem Teppichboden landete. Der Aufprall tat verflucht weh, weil mein verletzter Arm an ein Tischbein knallte. Ich schrie um Hilfe.

Der Mann stopfte den Knebel in meinen Mund zurück. Der Stoff war feucht von meiner Spucke. Ich musste würgen. Immer ein- und ausatmen, befahl ich mir. Ein und aus.

»Mädchen, spuck's aus!«

Ich fühlte Metall an meiner Kehle. Die Klinge drückte sich in meine Haut, ein scharfer Schmerz. Etwas Warmes floss am Hals hinab. Ein schwarzes Loch schien mich von hinten einzuholen, und ich spürte, wie ich das Bewusstsein verlor.

Ein ohrenbetäubender Knall holte mich zurück. Ich zuckte zusammen und hielt die Luft an. Was war geschehen? Neben mir kippte der Mann um wie ein gefällter Baum. Er stürzte auf den Boden, hielt sich den Hals und stöhnte.

So gut es ging, robbte ich auf dem Stuhl von ihm weg und sah jemanden in der Tür stehen. Eine schmale Gestalt in Unterhemd und Boxershorts, die mit einer Pistole auf den Eindringling zielte. Jeannette.

Ohne den Mann aus den Augen zu lassen, trat sie zu mir und senkte die Pistole. »Bea, geht's dir gut? Mein Gott, der wollte dich umbringen! Du blutest wie verrückt!«

Ich folgte ihrem Blick. Mein Herz setzte ein, zwei Schläge lang aus, als ich die große Blutlache sah, die sich neben mir in den beigen Teppichboden fraß. Sie hat recht, dachte ich. Ich verblute.

»Hast du ihn umgebracht?«, flüsterte ich.

»Schau nach.«

Die Brust des Mannes hob und senkte sich. Der schwarze Stoff seines Rollkragens war blutdurchtränkt. Es war sein Blut, das sich auf dem Boden ausbreitete, stellte ich erleichtert fest, nicht meines.

»Er atmet noch. Mach mich los.«

Sie hob das Messer vom Boden auf und durchtrennte das Klebeband um meine Hand. Danach schleuderte sie das Messer von sich. Es prallte gegen den Türrahmen und fiel zu Boden.

Sofort rappelte ich mich hoch und trat zu Jeannette. Der Eindringling zog die Beine in Embryohaltung an und stöhnte erneut. Noch immer trug er die schwarze Motorradhaube über dem Kopf.

Ich beugte mich zu ihm hinunter und zog die Haube bis zu seiner Stirn hoch. Zum Vorschein kam ein bleiches Gesicht mit Bartstoppeln und grauen Schläfen.

»Das … das ist doch …« Jeannette starrte mich fassungslos an.

»Mein Gärtner«, ergänzte ich leise.

26

»Ich habe auf seinen Arm gezielt«, rief Jeannette. »Aber beim Abdrücken hat es mir die Hände nach oben gerissen.«

Von Neuem begann das Blut in meinen Ohren zu rauschen. Diesmal war das Geräusch höher, eher ein Sirren. Als ich zu Gerber blickte, hob und senkte sich sein Brustkorb noch immer kaum merklich.

»Du hast ihn am Schlüsselbein oder an der Schulter getroffen.«

Die rotbraune Blutlache breitete sich zu den Tischbeinen hin aus. Mit einem weiten Schritt überwand ich sie und hob das Handy vor dem Heizkörper auf.

»W…w…was hast du vor?«

»Notarzt, Polizei, was weiß ich.« Mit bebenden Fingern drückte ich die 110.

»Notrufzentrale«, meldete sich eine Frauenstimme.

»Wir brauchen einen Arzt. Hier wurde ein Mann angeschossen.« Den Anweisungen folgend, nannte ich meinen Namen, Telefonnummer und Adresse. Meine Stimme war relativ ruhig, was daran lag, dass die Frau ihre Fragen so sachlich stellte, als ginge es um eine Steuererklärung.

»Ein Schuss in die Schulter oder in die obere Brust. Rechte Seite«, beantwortete ich ihre Frage nach der Art der Verletzung. »Der Mann hat das Bewusstsein verloren, aber er atmet.«

»Bleiben Sie bitte vor Ort«, wies die Frau mich an. »Der Rettungsdienst ist unterwegs. Ein Streifenwagen wird sofort bei Ihnen sein.«

»Ich glaube, ich muss kotzen«, sagte Jeannette. Sie warf die Pistole auf den Tisch, wo sie über die Platte schlidderte, und rannte über den Flur zur Toilette.

Sollte ich die Waffe sicherheitshalber an mich nehmen? Ich sah hinüber zu Gerber, der reglos in seinem Blut lag. Nachzusehen, wo genau Jeannette ihn getroffen hatte, wagte ich nicht. Vielleicht wartete er nur darauf, dass ich mich ihm näherte. Auf jeden Fall war es nicht die Herzseite. Mit dem Zeigefinger schob ich die Pistole so weit weg wie möglich. Sie war schwerer, als ich vermutet hätte. Ein stechender metallischer Geruch breitete sich aus, der meinem Magen nicht gefiel.

In großem Bogen ging ich um Gerber herum, zog den Rollladen hoch und öffnete einen Fensterflügel. Kühle Nachtluft kam herein.

Der Mörder ist immer der Gärtner, so sagte man doch. Nur dass er in meinem Fall nicht dazu gekommen war, mich umzubringen. Die Wunde an meinem Arm blutete, dennoch spürte ich keinen Schmerz. Das lag wohl am Adrenalin. Die beiden Schnitte an meinem Unterarm verliefen parallel, circa einen Zentimeter voneinander entfernt. Sie bluteten stark. Ich nestelte ein Taschentuch aus meinen Shorts, wischte mir über den Hals und presste es auf die Armwunden.

Das Geräusch der Wasserspülung drang aus der Gästetoilette. Jeannette kam zurück. Ihr Gesicht war wächsern, aber sie straffte die Schultern und strahlte Entschlossenheit aus. »Wir sollten ihn fesseln, falls er wieder zu sich kommt.«

»Glaube ich nicht. Du hast ihn voll erwischt.«

Jeannette hob verteidigend die Hände. »Was hätte ich denn tun sollen? Der war drauf und dran, dir die Halsschlagader aufzuschlitzen.«

»Ich mach dir keine Vorwürfe, im Gegenteil. Du hast mir das Leben gerettet. – Ich kapiere nicht, wie er sich die ganze Zeit über so verstellen konnte. Der war so nett zu mir und Stiefel.« Bei der Erwähnung des Katers spürte ich Wut in mir aufsteigen. »Wenn ich daran denke, dass er ein unschuldiges Tier umgebracht hat, würde ich am liebsten auch auf ihn schießen.«

»Und was ist mit dir? Es hätte nicht viel gefehlt, und er hätte dich genauso ins Jenseits befördert. Der Typ wirkte kaltblütig und entschlossen, keine Spur mehr von dem sanftmütigen Gärtner.« Jeannette sah zur Pistole hinüber. »Ich hab einfach entsichert und abgedrückt, als er dir das Messer an die Kehle setzte. Ohne zu wissen, ob sie überhaupt geladen war.«

»Dass du mit Schusswaffen umgehen kannst, ist mir neu.«

»In der Oberstufe hatte ich mal was mit einem Sportschützen.«

»Fanny bekommt eine Menge Ärger«, befürchtete ich. »Langsam aber sicher übernehme ich ihre Rolle als schwarzes Schaf der Familie.«

»Wieso? Deine Tante hat mit dem hier nichts zu tun.«

»Na ja, immerhin war die Waffe in ihrem Haus versteckt. Ganz abgesehen von der Leiche im Garten.«

Jeannette warf mir einen kühlen Blick zu. »Davon muss die Polizei nicht unbedingt erfahren. Das mit der Waffe können wir regeln.«

»Und wie soll das gehen?«

Wortlos nahm Jeannette die Pistole, wischte Griff und Lauf an ihrem T-Shirt ab und ging vor dem Mann in die Knie. Sie zog ihm die Handschuhe ab, fasste nach seiner Hand und legte die Finger um den Lauf. Seinen Zeigefinger drückte sie an den Abzugbügel. Danach legte sie die Waffe zurück auf den Tisch.

»Er hat die Pistole mitgebracht«, erklärte sie mir ihren Plan, während sie dieselbe Aktion mit dem Messer durchführte. »Und sie hier auf den Tisch gelegt, als er dich mit dem Messer bedrohte. Da habe ich mir die Waffe gegriffen und auf ihn geschossen. Genau so lief es ab, hast du verstanden?«

Ich wollte zuerst nicht glauben, was ich hörte. Doch dann begriff ich. Auf diese Weise konnten wir Fanny heraushalten. Dafür war es wichtig, auch die Briefe und das Foto von André verschwinden zu lassen. Ebenso den Zeitungsartikel mit dem Phantombild. Ich stopfte beides in meine Umhängetasche, während Jeannette Gerbers Handschuhe in der Garderobe verstaute, als gehörten sie zu unserem Haushalt.

Keine Minute zu früh. Ein Streifenwagen hielt mit quietschenden Reifen vor dem Haus. Das auf- und abklingende Blaulicht tauchte Jeannettes Gesicht und den Raum in ein kühles, futuristisches Licht. Zwei Beamte sprangen aus dem Wagen und rannten über den Rasen.

Ich ging zur Haustür und öffnete einem uniformierten, leicht untersetzten Polizisten, den ich bereits kannte. Es war Polizeihauptmeister Schäfer. Hinter ihm wartete ein hagerer Kollege, der Schäfer um fast einen Kopf überragte. Damit der Notarzt gleich hereinkonnte, ließ ich die Tür offen und führte die Polizisten ins Arbeitszimmer.

Als sie den leblosen Mann sahen, wechselten sie einen stummen Blick. Der größere Beamte trat zu Gerber und fühlte seinen Puls.

»Schwach, aber regelmäßig«, stellte er fest. »Der Notarzt müsste gleich hier sein. Ich benachrichtige die Zentrale, die sollen die Kripo herschicken.«

Schäfer deutete auf die Pistole. »Ist das die Tatwaffe?«

Ich nickte und sah hilfesuchend zu Jeannette hinüber.

»Der Mann hat meine Freundin mit einem Messer bedroht«, erklärte sie. »Ich dachte, er bringt sie um. Sie war an den Stuhl da gefesselt und konnte sich nicht wehren. Da habe ich nach ...« Sie schluckte. »Nach seiner Pistole gegriffen und auf ihn geschossen.«

»Die Waffe lag hier auf dem Tisch?« Schäfer runzelte ungläubig die Stirn.

»Ja, da neben der Tischlampe. Als der Typ ihr das Messer an die Kehle gesetzt hat, musste ich doch was tun!«

Inzwischen war der Rettungswagen eingetroffen. Der Notarzt untersuchte Gerbers Schusswunde und versorgte sie. Als er und ein weiterer Sanitäter den Bewusstlosen auf eine Trage verladen wollten, hielt Schäfer ihn zurück.

»Warten Sie, ich muss nach seinen Papieren sehen.«

»Beeilen Sie sich, der Mann muss sofort ins Krankenhaus.«

Schäfer deutete auf meinen Arm und Hals. »Sie können sich so lange die junge Frau ansehen.«

Während der Polizist Gerbers Hosentaschen vergeblich durchsuchte, desinfizierte der Notarzt meine Schnittwunden und legte einen Verband an.

»Sie haben Glück gehabt«, meinte er. »Die Schnitte müssen nicht genäht werden. Aber zeigen Sie das auf alle Fälle Ihrem Hausarzt.«

Meine Mutter würde bei diesem Anblick in Ohnmacht fallen.

Während die beiden Sanitäter die Trage zum Rettungswagen brachten, wandte sich Schäfer erneut an Jeannette und mich.

»So, jetzt erzählen Sie genau, was passiert ist.«

Sein hagerer Kollege zückte Notizblock und Stift.

»Ja, also ich saß hier am Schreibtisch und habe ...« Zögernd brach ich ab. Was sollte ich sagen? Dass der frühere Lover meiner Tante möglicherweise ein Verbrecher war? Mein Blick fiel auf die Fotoalben. »Ich erstelle einen Stammbaum unserer Familie«, fuhr ich fort und deutete zu den Alben. »Auf einmal hat dieser Mann mich überwältigt und gefesselt. Das muss der Einbrecher sein, der schon zweimal hier war.«

»Wo waren Sie zu dem Zeitpunkt?«, wollte Schäfer von Jeannette wissen.

»Ich? Ich war oben in meinem Zimmer und habe geschlafen. Ziemlich tief, weil ich eine Schlaftablette genommen hatte. Aufgewacht bin ich von dem Poltern, als Bea den Stuhl umgeworfen hat.«

»Den Stuhl, an den der Mann Sie gefesselt hat, Frau Pelzer?«

»Ja, genau.«

»Hat jemand den Mann ins Haus gelassen oder hat er sich gewaltsam Eingang verschafft?«

»Er kam wieder durch die Terrassentür im Wohnzimmer herein. Die ist leider noch nicht repariert.«

»Was wollte der Mann von Ihnen?«, hakte Schäfer bei mir nach.

»Geld. Er wollte Geld. Ich hab aber keines und Jeannette auch nicht«, versicherte ich. »Das hat ihn so in Rage gebracht, dass er das Messer … Er hat mich geschnitten. Zweimal. Und danach hat er mir das Messer an den Hals gesetzt.« Bei diesen Worten intensivierte sich das Brennen meiner Wunden.

»Ist Ihnen schlecht?«, erkundigte sich der Beamte besorgt, als ich die Augen schloss. »Nicht dass Sie mir hier umkippen.«

»Geht schon.«

Draußen bremste ein Wagen. Autotüren wurden geöffnet und fielen ins Schloss.

»Das wird die Kripo sein.« Schäfer wandte sich an seinen Partner. »Lässt du die Kollegen herein?«

Er zeigte auf die riesige Blutlache. »Kennen Sie den Mann?«

»Ja. Er ist Beas Gärtner«, erklärte Jeannette.

27

»Stiefel fehlt mir.« Deprimiert schaute ich hinüber zu den dunkelroten Löwenmäulchen am Zaun, in denen der Kater sich oft versteckt hatte. »Ständig denke ich, er kommt gleich angerannt und miaut, als wäre er kurz vor dem Hungertod.«

Bei dem Wort »Tod« entstand ein Kloß in meinem Hals. Heute Nacht hätte ich sterben können. Dass ich noch lebte, verdankte ich Jeannette, die neben mir auf der Stufe vor dem Windfang saß.

Wir rauchten beide, obwohl wir diese Sucht eigentlich längst aufgegeben hatten. Aber es war zu früh für Alkohol, und ich brauchte etwas, an dem ich mich festhalten konnte. Die Zigarettenpackung hatten wir aus Teddys Zimmer geklaut. Unser Mitbewohner wusste noch nichts von dem ganzen Drama. Offenbar trieb er sich diesmal bis weit in den Sonntag hinein im Stuttgarter Nachtleben herum.

Jeannette formte Rauchkringel. Sie stiegen in den wolkenverhangenen Himmel auf, der sich unserer Stimmung angepasst hatte.

»Am liebsten würde ich eine Zeit lang woanders wohnen«, sagte ich nach einer Weile leise.

»Deine Mutter würde sich freuen«, gab Jeannette lakonisch zurück und drückte ihre Zigarette auf einer Sandsteinplatte aus. »Du kannst ruhig noch ein paar Nächte bei mir im Zimmer schlafen. Sogar bei abgeschlossener Tür.«

Diesmal schwang kein ironischer Unterton mit, dennoch kam ich mir kindisch vor. In der Nacht hatten wir mein Bett in Jeannettes Zimmer verfrachtet. Trotzdem war meine Panik erst gewichen, als ich die Tür abgeschlossen und mit einem Sessel verbarrikadiert hatte.

Den Arbeitsraum würde ich die nächste Zeit über nicht benutzen können, was mir durchaus entgegenkam. Drei Männer in weißen Overalls von der Spurensicherung hatten auf dem Teppichboden mit Kreide die Umrisse von Gerbers Körper markiert. Mit Pinseln hatten sie überall dunkles Pulver verteilt und auf Klebefolie abgezogen. Gerbers Fingerabdrücke würden ihnen Rätsel aufgeben, da sie ebenso wie seine Hautschüppchen nur auf der

Waffe und dem Messer, aber sonst nirgends im Raum zu finden waren. Alles war so, wie ich es aus Fernsehkrimis kannte. Bis auf die weißen Kapuzen, die die Kriminaltechniker im wahren Leben zusätzlich trugen. Auch die Waffe und das Messer waren eingepinselt und in durchsichtigen Plastiktütchen mitgenommen worden. An der gezackten Messerschneide klebte noch mein angetrocknetes Blut.

Die Kriminalbeamten hatten mich und Jeannette eingehend befragt und die Hände meiner Freundin auf Schmauchspuren untersucht. Ebenso waren mein Unterarm und mein Hals begutachtet und fotografiert worden. Den Abdruck des Messers konnte ich noch Stunden an meiner Haut sehen.

Da Jeannette mir Nothilfe geleistet hatte, wie das im Polizeijargon hieß, würde ihr Schuss auf Gerber für sie keine rechtlichen Folgen haben, sogar falls er der Verletzung erliegen sollte. Was die psychischen Folgen anging, sah es anders aus. Jeannette tat zwar wie üblich tough. Aber mir entgingen ihre Nervosität und der unruhige, flackernde Blick nicht.

Einige Geheimnisse waren inzwischen gelüftet. Etwa wem der blaue Polo gehörte, dessen Kennzeichen absichtlich verschmutzt war. Ich hatte ihn in der Nacht drüben vor dem Wohnblock entdeckt und die Kripo darauf hingewiesen. Anhand des von Schäfer eigenhändig gesäuberten Kennzeichens war der Halter schnell festgestellt: Johannes Gerber. Die rothaarige Frau, die mich kürzlich in Degerloch verfolgt hatte, fuhr also nur zufällig den gleichen Wagen. Von ihren Kollegen im Dezernat bekamen die Beamten die Information, dass Gerber nach langjähriger Haft seit ein paar Wochen auf freiem Fuß war. Die Strafe hatte er verbüßt, weil er einen Juwelier überfallen und beim Fluchtversuch zwei Polizisten erschossen hatte.

Als ich das gehört hatte, war mir der Unterkiefer heruntergeklappt. Unglaublich! Während ich Gott und die Welt verdächtigte, hatte einer der Täter in aller Ruhe Fannys Blumen gegossen. Um meine entgleisten Gesichtszüge wieder unter Kontrolle zu bringen, hatte ich den Kopf sinken lassen und dieses wichtige Mosaiksteinchen in das noch lückenhafte Bild in meinem Kopf eingeordnet.

Andere Rätsel blieben weiterhin ungelöst. Etwa der Diebstahl des Anhängers letzte Woche. Als ich der Kripo meinen Kampf mit Gerber geschildert hatte, erinnerte ich mich daran, wie erstaunt der Gärtner auf die Erwähnung des Einbruchs und des gestohlenen Anhängers reagiert hatte. Fast, als würde er zum ersten Mal davon hören.

Jeannette fingerte eine weitere Zigarette aus der Packung und zündete sie an. Einem hyperaktiven Kind gleich rutschte sie auf der Stufe herum, schoss schließlich in die Höhe und ging vor mir auf und ab. »Siehst du noch bei deiner Mutter vorbei wegen der Schnittwunden?«

Wie auf Kommando begannen die Verletzungen unter dem Verband des Notarztes zu pulsieren.

»Wenn Mutter von dem Überfall erfährt, bringt sie es fertig und zieht hier ein, um uns zu beschützen.«

»Nur über meine Leiche«, kommentierte Jeannette und kickte ein Gipsbröckchen in den Rasen.

Wieder so ein Spruch, den man ohne nachzudenken im Alltag benutzte.

»Wenigstens hast du jetzt ebenso viele Geheimnisse vor deiner Mutter wie sie vor dir«, versuchte Jeannette zu scherzen. Aber keiner von uns war nach Lachen zumute.

»Gutes Stichwort. Ich habe noch ein Hühnchen mit ihr zu rupfen.«

»Lass mich raten.« Jeannette blieb stehen und sah auf mich herunter. »Du meinst die eigenartige Begegnung auf ihrer Terrasse.«

»Das kann doch kein Zufall gewesen sein! Mutter muss unseren vermeintlichen Gärtner schon länger kennen. Diesmal kann sie sich nicht herausreden, das verspreche ich dir.«

»Ob sie weiß, was Gerber auf dem Kerbholz hat? Vielleicht ist er ein verflossener Lover.«

»Meine Mutter hat keine Liebhaber.«

Jeannette blinzelte, als ihr Rauch in die Augen stieg. »Wieso tust du so, als wäre sie noch Jungfrau? Ich wette, deine Mutter hat keine so reine Weste, wie du glaubst.«

»Lass uns reingehen, mein Magen braucht einen Kamillentee.« Ich stand auf und ging ins Haus.

Die Küche war eine einzige Baustelle. Die mit Gips und Kartonfetzen übersäte Folie war vor der zum Teil entfernten Wand zusammengerollt. Mit alten Decken aus dem Keller hatten wir eine Art Laufstraße improvisiert.

Wie magnetisch wurde mein Blick von der Pinnwand angezogen, die wegen der Bauarbeiten am Fenster lehnte. Die Kripo hatte den Handzettel mit Gerbers Namen und Telefonnummer für ihre Ermittlungen mitgenommen. Den ganzen Tag dachte ich schon über eine Ungereimtheit nach, der ich bisher keine Beachtung geschenkt hatte.

»Dieser gelbe Handzettel, mit dem Gerber nach Arbeit gesucht hat – ich glaube, das war eine gezielte Aktion.« Ich füllte Wasser in den Kocher und schaltete ihn ein. »Die Nachbarin aus dem Wohnblock, du weißt schon, die Frau im Rollstuhl, die hat so einen Wurfzettel nie bekommen.«

Jeannette schob die Abdeckfolie über dem Schrank zur Seite und nahm zwei Teetassen heraus. Mitten in der Bewegung hielt sie inne. »Du denkst, er hat diesen Zettel nur hier eingeworfen? Um auf diese Weise in den Garten und ins Haus zu gelangen?«

»Genau. Wahrscheinlich hat ihn unser dschungelähnliches Ambiente auf diese Idee gebracht.« Das Wasser kochte. Ich goss es in die Tassen und hängte zwei Beutel Kamillentee hinein.

»Denkbar ist das«, räumte Jeannette ein und ließ sich am Tisch nieder. »Ganz schön raffiniert, dieser angebliche Gärtner. Hat der nicht auch im Keller herumgestöbert?«

»Auf der Suche nach einem Brett, um die kaputte Stufe abzudecken. Das sagte er zumindest.«

»Okay, die Treppe hat er entschärft. Aber genauso gut könnte er nach dem Geld gesucht haben, dessen Versteck er dir entlocken wollte.«

»Entlocken?«, gab ich gereizt zurück. »Der Mann hat mich gefoltert.«

»Tut mir leid, Bea. Ist mir so rausgerutscht.« Mit der Teetasse in der Hand trat Jeannette ans Fenster, das durch den Gipsstaub aussah wie beschlagen. Sie wischte eine Stelle frei und sah nach draußen. »Ich glaube, ich gehe joggen.«

»Joggen? Das hast du doch noch nie gemacht.«

»Ich hasse dieses sinnlose Herumgerenne ja auch. Aber ich bin so zappelig, als hätte ich in Kaffee gebadet. Irgendwie muss ich die überflüssige Energie loswerden.«

»Tob dich an unserer Baustelle aus.« Ich deutete auf das Loch in der Wand zum Arbeitszimmer. »Das Timing ist perfekt. Sobald die Wand weg ist, renovieren wir das Zimmer und reißen den Teppich heraus.« Und damit auch die riesige eingetrocknete Blutlache, dachte ich, denn die Kripo hatte den Schauplatz freigegeben. »Dann können wir hoffentlich wieder ein normales Leben führen.«

Wir rollten die Abdeckfolie aus und fuhren mit den Abrissarbeiten fort. Bald nebelte uns Gipsstaub ein, der sich auf unserem Tee wie Weißschimmel niederließ. Die körperliche Arbeit tat mir gut. Langsam begann die Angststarre zu weichen.

»Ups«, kam es von Jeannette. »Was ist denn das?« Sie legte die Brechstange zur Seite und griff hinter eine der Kartonplatten. Als sie die Hand herauszog, sah ich etwas Blaues und etwas Braunes. Jeannettes Augen weiteten sich, während sie auf das Bündel in ihrer Hand starrte. Es waren Geldscheine. Auf den ersten Blick muteten sie fremd an, dann erkannte ich sie.

»Die müssen ewig alt sein«, sagte ich und griff nach zwei Scheinen. »Das ist ein Hundert-Mark-Schein mit dem Bundesadler drauf. Und hier, der braune Fünfhunderter zeigt die Burg Eltz.« Die Motive kannte ich gut, weil meine Mutter daran ihren Bildungsauftrag ausgetobt hatte.

»Da ist noch eine Menge davon.« Jeannette schob den Arm bis zur Schulter hinter die Gipskartonplatte. »Jemand hat da was im Hohlraum versteckt.« Sie richtete sich auf und zog eine alte Breuninger-Tüte heraus.

Stumm blickten wir in die Tüte, die halb voll mit Scheinen war. Das musste das Geld sein, hinter dem Gerber her gewesen war.

»Ich wette, das ist die Beute aus dem Juwelierüberfall«, bestätigte Jeannette meinen Verdacht. »Vielleicht ist auch noch irgendwo Schmuck versteckt. Mir scheint, deine Tante führt ein Doppelleben.«

»Wer führt ein Doppelleben?« Teddy erschien im Türrahmen und fächelte mit der Hand vor seinem Gesicht hin und her. »Bei euch herrscht vielleicht dicke Luft.«

»Da hast du ausnahmsweise recht«, gab Jeannette zurück und stellte die Plastiktüte auf dem Boden ab.

Als hätte man mich an eine Stromleitung angeschlossen, ging

plötzlich das Sirren in meinem Kopf wieder los. Wie ein hochtouriger Zahnarztbohrer, der sich in meine Schläfen schraubte. Ich krallte mich an Jeannettes Arm fest und rang nach Luft.

»Was ist mit dir los?«, fragte Teddy. »Sag bloß, die Einbrecher waren wieder da.«

Jeannette stieß einen verächtlichen Laut aus. »Kinderkacke gegen das, was letzte Nacht passiert ist. Bea wäre beinahe umgebracht worden.«

Teddy schaute ungläubig, bis er die Verbände an meinem Arm und am Hals bemerkte. Mit schnellen Schritten war er bei mir und nahm mich in die Arme. Als ich den vertrauten Geruch wahrnahm, barst der Schutzwall, den ich um mich herum errichtet hatte. Hilflosigkeit und Angst brachen aus mir heraus. Ich fing an zu weinen und konnte nicht mehr aufhören.

Später saßen wir mit Teddy am Küchentisch. Stockend hatten Jeannette und ich ihm geschildert, was in der Nacht geschehen war.

Teddy ließ den Kopf hängen und raufte sich die Haare. Die Sommerbräune seines Gesichts war einem kränklichen Grauton gewichen, der sogar durch die Bartstoppeln durchschimmerte. »Ich bin so ein Idiot! Wieso habe ich nicht gleich die Polizei gerufen, als ich die Knochen entdeckt habe? Das werde ich mir nie verzeihen.« Er griff nach meiner Hand und hielt sie so fest, dass es fast wehtat.

Ich wischte mir die Tränen aus dem Gesicht. Das Sirren wurde schwächer, trotzdem fühlte sich mein Schädel an, als würde er gleich explodieren. »Ich brauche eine Kopfschmerztablette«, sagte ich und löste meine Hand aus Teddys.

Im Weggehen hörte ich, wie Jeannette mit ihm sprach: »Wir machen uns auch Vorwürfe. Aber was hätte die Polizei tun können? Die hätten bestimmt nicht rund um die Uhr das Haus bewacht. Wir hatten keinen einzigen Hinweis auf Gerber. Und der war zu allem entschlossen, um endlich an sein Geld zu kommen.«

Als ich am Arbeitszimmer vorbeikam, zögerte ich. Seit die Kripo und die Spurensicherung gegangen waren, hatten Jeannette und ich keinen Fuß mehr in diesen Raum gesetzt. Nun fühlte ich mich bereit dafür. Es war Zeit, all die widerstreitenden Gefühle, die in mir brodelten, herauszulassen. Angst, Schuld, Wut, Enttäuschung. Behutsam öffnete ich die Tür, damit die beiden in der Küche es nicht mitbekamen. Als ich den großen braunen Fleck vor dem Fenster sah, der sich mit der hellen Umrisslinie überschnitt, pochte die Wunde an meinem Hals. Ich trat einen Schritt ins Zimmer.

»Und wie geht es dir?«, fragte Teddy nebenan Jeannette. »Wäre ich gestern Abend doch nur zu Hause geblieben …«

»Du bist nicht schuld. Niemand ist schuld«, flüsterte Jeannette und zog die Nase hoch. »Ich sehe ständig dieses Messer an Beas Hals vor mir und wie sich die Blutlache in den Teppichboden frisst.«

»Es war Notwehr«, sagte Teddy eindringlich. »Wenn du nicht geschossen hättest, wäre Bea jetzt tot.«

Ich ging hoch ins Bad und holte Schmerztabletten aus Fannys Medizinschrank. Als ich zurückkam, saßen meine Mitbewohner schweigend am Tisch.

»Hier, ich habe gleich die ganze Packung mitgebracht.« Ich füllte Leitungswasser in meine Tasse und schluckte eine Tablette. »Weckst du mich in einer Stunde?«, bat ich Jeannette. Hoffentlich war ich nach dieser Pause fit genug für das Gespräch mit meiner Mutter.

In Jeannettes Zimmer schlüpfte ich mit den staubbedeckten Kleidern unter die Decke und versuchte mir schöne Dinge vorzustellen. Schäfchenwolken, blühenden Flieder, Vollmilchschokolade. Nein, das tat weh. An Schokolade wollte ich nicht denken. Lieber stellte ich mir Stiefel im Katzenhimmel vor, wie er als junger Feger hübsche Kätzinnen umwarb, Mäuse fing und auf Petrus' Gemüsebeete kackte. Langsam wich die Spannung in meinem Kopf.

Jemand kam herein und flüsterte: »Hab keine Angst, ich bin es.« Teddy legte sich neben mich. Er streichelte mir übers Haar und summte eine Ballade von Metallica. Endlich konnte ich loslassen.

28

Auf dem Weg nach Leinfelden legte ich mir eine Strategie für das Gespräch mit meiner Mutter zurecht. Bei jedem Treffen nörgelte sie an mir herum, weil ich kein einziges der Lebensziele, die sie für mich vorgesehen hatte, auch nur annähernd erreichte – Karriere, Mann, Kind, Eigentumswohnung, Häusle. Trotzdem brachte ich es nur selten fertig, ihr zu widersprechen. Allein ihre Gegenwart stutzte mich auf Kleinmädchenformat zurecht. Heute wollte ich ihr endlich auf Augenhöhe begegnen.

Am Echterdinger Ei verließ ich die Bundesstraße und fuhr durchs Gewerbegebiet Richtung Leinfelden. Vor Mutters Bungalow parkte ich und sammelte Mut. Vor allem wollte ich erfahren, woher sie Gerber kannte und warum sie ihn neulich auf der Terrasse umarmt hatte. Von dem Überfall wollte ich ihr nur erzählen, wenn es sich nicht vermeiden ließ.

Natürlich lief alles anders als geplant. Kaum hatte ich das Haus betreten, schlug Mutter beim Anblick meiner Verbände und Pflaster die Hände über der toupierten Frisur zusammen.

»Kind, was ist mit dir passiert? Warum hast du mich nicht angerufen? Der Verband an deinem Arm ist schmuddelig, wann hast du ihn das letzte Mal gewechselt?«

Unter diesem Satzhagel zog ich den Kopf ein. Mein Selbstbewusstsein schrumpfte locker um die Hälfte. »Äh, ich bin im Garten gestürzt. Ich wollte die vertrockneten Blüten aus den Fliederbüschen schneiden, und da ist die Leiter umgefallen.«

Mutter hob zweifelnd ihre fein gezupften Augenbrauen und dirigierte mich zum Esszimmertisch.

»Setz dich und halt still.« Als sie das Pflaster vom Verband lösen wollte, versuchte ich den Arm wegzuziehen. Ein strenger Blick ließ mich innehalten. Sie wickelte die Mullbinde ab. »Grundgütiger!«, stieß sie beim Anblick der verkrusteten Schnitte an meinem Unterarm aus. »Das war kein Unfall, Bea! Das sieht nach einem gezielten Messerschnitt aus. Sag mir sofort, wie das passiert ist!«

Ich probierte es mit einem Ablenkungsversuch. »Übrigens habe ich neulich gesehen, wie du mit Johannes Gerber auf der Terrasse gesprochen hast. Verrätst du mir, woher du ihn kennst?«

Einen Augenblick wirkte Mutter verunsichert. »Das sagte ich dir bereits. Ich suche eine Aushilfe für den Garten.«

»Du hast ihn umarmt. Eine sehr vertraute Geste und nicht gerade typisch für ein Vorstellungsgespräch.« Als sie nicht reagierte, legte ich den Kopf in den Nacken und seufzte entnervt. »Ich weiß, dass Gerber einen Juwelier überfallen hat und bis vor wenigen Wochen im Gefängnis saß.«

»So?« Mutter sah sich nach ihrer Arzttasche um.

»Ja, und ich weiß auch, dass Tante Fanny da mit drinsteckt.«

Sichtlich erstaunt ließ sie Tupfer und Jodflasche sinken. »Wo drin?«

»Genau das will ich von dir wissen. Ich habe Zeitungsberichte über diesen Überfall gelesen und weiß von der Beute. Jeannette und ich haben einen Teil davon im Haus gefunden.«

Mutter stieß einen überraschten Laut aus und sank auf einen Stuhl. Als sie sich gefasst hatte, richtete sie sich auf und übernahm meine Rolle.

»Raus mit der Sprache, Bea. Erzähl mir auf der Stelle, was los ist.«

»Gerber ist heute Nacht in Fannys Haus eingebrochen. Er war auf der Suche nach dem Geld und wollte von mir wissen, wo es versteckt ist.«

»Geld? Was für Geld?«

»Die Beute, die Jeannette und ich vorhin gefunden haben. Gestern wussten wir noch nichts davon, deshalb hat er … er hat mich mit einem Messer … bedroht.«

Mutter schluckte und rang sichtlich um Fassung. »Oh Gott. Sag bloß, Johannes hat dir das angetan? Das wollte ich nicht, Kind. Er hat mir versprochen, dich in Ruhe zu lassen. Mir sagte er, er wolle nur eine Weile dort sein, wo sein Freund gestorben ist.«

»Sein Freund?« In dem Mosaik in meinem Kopf blinkten einige noch leere Stellen auf. »Hieß der etwa Dieter?«

»Dieter? Du meinst den Nachbarssohn, der verschwunden ist? Nein, den kannte Johannes nur flüchtig.«

Mutter wischte das verkrustete Blut an meinem Unterarm weg.

Ich sah ihr dabei zu, und plötzlich fand ich eines der noch fehlenden Mosaiksteinchen. »Johannes' Freund – das war André, nicht wahr?«

Verblüfft ließ Mutter den Tupfer sinken. »Woher kennst du diesen Namen?«

»Aus seinen Briefen an Fanny. Die habe ich gelesen, weil ich wissen wollte, was sie mit dem Überfall auf den Juwelier zu tun hatte.«

»Fanny hatte nichts damit zu tun«, erwiderte Mutter und senkte den Kopf. Ihre Stimme war ungewohnt sanft, als sie fortfuhr. »Sie hatte sich nur in den falschen Mann verliebt.«

Wir schwiegen eine Weile. Welcher Frau passierte das nicht? Ich tat es andauernd.

Verständnisvoll legte ich meine Hand auf die meiner Mutter. »Bitte erzähl mir, was damals geschehen ist.«

Mutter seufzte. »Ich habe immer schon gesagt, dass die beiden nicht der richtige Umgang für sie sind. Aber auf mich wollte Fanny ja nicht hören.«

»Mutter!«

»Gut, sie soll tun und lassen, was sie will«, gab sie seufzend nach. »Johannes und André waren befreundet. Wo Fanny sie kennengelernt hat, weiß ich nicht mehr. Auf einer Party oder in einem dieser heruntergekommenen Lokale, in denen sie nach dem Tod von Klaus vorzugsweise verkehrte. Wie auch immer, die beiden hatten nichts Anständiges gelernt und lebten von Betrügereien und Diebstählen. Als André und Fanny sich verliebten, hat er ihr versprochen, damit aufzuhören.«

Das wusste ich bereits aus seinem Brief.

»Eines Tages hat sie mich in der Praxis angerufen. Sie war völlig außer sich und meinte, André sei verletzt und ich solle sofort nach Degerloch kommen.«

»Der Überfall auf den Juwelier war schiefgegangen.«

»Ja. André ist auf der Flucht angeschossen worden.«

Obwohl ich ihr konzentriert zuhörte, kam mir die Situation etwas skurril vor. Es fühlte sich seltsam an, solche Worte aus dem Mund einer Frau zu hören, die noch nie in ihrem Leben vom Pfad der Tugend abgekommen war.

»Ich habe versucht, ihn zu retten, aber er hatte bereits sehr viel Blut verloren.« Mutters Augen füllten sich mit Tränen. »André lag im Keller auf einem ausrangierten Tisch und hat Fannys Hand gehalten, während ich versuchte, die Kugeln zu entfernen. Er ist mir unter den Händen weggestorben, der Blutverlust war einfach zu hoch.« Sie nestelte ein Taschentuch aus ihrer Hosentasche und schnäuzte sich. »Das werde ich nie vergessen. Noch heute mache ich mir deswegen Vorwürfe. Hätte ich damals die Polizei gerufen, hätte André vielleicht überlebt.«

»War es das, was du Johannes auf der Terrasse erzählt hast?«

Mutter nickte.

»Und nach seinem Tod habt ihr André in Fannys Garten begraben.«

»Fanny wollte ihn bei sich haben. Sie hat eine Birke gekauft und sie an die Stelle gesetzt.«

»Am Gartentor.«

Verwirrt blickte Mutter mich an. »Woher weißt du davon?«

Ich winkte ab. »Ist eine lange Geschichte, das erzähle ich dir ein andermal. Wieso hat Fanny das Geld in der Wand versteckt?«

»Nach seinem Tod wollte sie mit dem Schmuck und dem Geld nichts mehr zu tun haben.«

»Sie hat nur die Anhänger behalten.«

»Ach, Fanny ist so sentimental. Genau wie André. Als er schwer verletzt im Keller lag, den Tod vor Augen, hat er ihr gesagt, wie sehr er sie liebte. Er hat ihr einen dieser Anhänger geschenkt. Den hat sie ihm ins Grab mitgegeben. Den anderen hat sie eine Zeit lang getragen, nachdem der Überfall in den Medien nicht mehr so präsent war.«

»Was ist mit dem dritten geschehen?«

Mutter zuckte die Schultern. »Das kann ich dir nicht sagen.« Sie legte den Arm um mich und zog mich an sich. »Bea, verzeih mir bitte, dass ich dich nicht vor Johannes gewarnt habe. Er hat mir versprochen –«

»Ist schon okay«, unterbrach ich sie und löste mich aus ihrer Umarmung. Plötzlich fühlte ich mich völlig erschöpft. »Er ist im Justizvollzugskrankenhaus Hohenasperg, falls du ihn besuchen möchtest.«

»Im Krankenhaus?«

»Ja. Jeannette hat auf ihn geschossen.«

In Degerloch dämmerte es bereits. Kaum hatte ich das Haus betreten, rief ich nach Jeannette, um ihr von den Neuigkeiten zu berichten. Keine Antwort. Schließlich entdeckte ich sie in ihrem Zimmer. Besser gesagt ich entdeckte den Hügel ihrer Bettdecke, unter der sie sich verkrochen hatte und schluchzte. Ich traute meinen Ohren kaum. So etwas war ich von meiner hartgesottenen Freundin nicht gewohnt. Bisher war immer sie die Tapfere gewesen und hatte mir Halt gegeben.

»Jeannette, was ist los?«, fragte ich und setzte mich zu ihr. Das Bett quietschte unter meinem Gewicht. Kamillenduft hing im Zimmer. Auf dem Nachttisch stand eine leere Tasse mit einem Teebeutel.

Als Antwort bekam ich zuerst nur ein paar verzweifelte Schluchzer. »Er ist … er ist … tot.«

»Wer ist tot?«

»Dein Gärtner.« Die Decke bewegte sich, und das verweinte, gerötete Gesicht von Jeannette erschien. Ihre Haare waren verwuschelt.

Mir lief es kalt den Rücken hinunter. »Gerber ist tot?«

Jeannette nickte und wischte ihre Tränen weg. »Ich wollte wissen, wie es ihm geht. Deshalb habe ich Herrn Schäfer vom Revier bearbeitet, bis der sich im Vollzugskrankenhaus erkundigt hat. Gerber ist an einer Embolie gestorben.« Sie schluchzte auf. »Jetzt … bin ich eine Mörderin.«

»Nein, das bist du nicht«, tröstete ich sie. »Du hast mir das Leben gerettet. Es war Notwehr, hat der Kripomensch gesagt. Außerdem muss die Embolie nichts mit der Schussverletzung zu tun haben. Niemand kann dir einen Vorwurf machen.«

Meine Freundin ließ die Schultern hängen. »Sein Sohn kann das schon.«

»Wovon redest du?«

»Der Polizist hat mir erzählt, dass Gerber einen Sohn hatte. Kurz vor seinem Tod kam er wohl noch einmal kurz zu sich und sagte, er hätte das Geld nicht für sich, sondern für seinen Sohn haben wollen.«

»Für seinen Sohn«, wiederholte ich tonlos.

Jeannette schniefte. »Herr Schäfer war so nett und hat mir seine Adresse besorgt. Würdest du ihn für mich besuchen?«

»Ich soll zu Gerbers Sohn gehen? Aber wozu denn?«

»Du könntest ihm alles erklären und ihn für mich um Verzeihung bitten. Ich habe überlegt, ob wir ihm vielleicht das Geld geben, das wir in der Wand gefunden haben.«

»Steht das Geld nicht eigentlich dem Geschädigten zu? Also dem Juwelier?«

Jeannette zuckte mit den Schultern. »Die Versicherung hat ihm den Schaden doch längst ersetzt.«

Über diesen Vorschlag musste ich in Ruhe nachdenken, immerhin klebte eine Menge Blut an dem Geld. Zunächst aber galt es zu entscheiden, ob ich diese heikle Mission für sie übernehmen wollte. Alles in mir sträubte sich dagegen, Gerbers Sohn aufzusuchen. Mein Bedarf an Umgang mit Kriminellen, und sei es auch nur mit ihrer Familie, war für den Rest meines Lebens gedeckt. Nach Mutters Schilderung kannte ich nun fast die komplette Geschichte. Den Rest würde ich auch noch erfahren, spätestens wenn Fanny von ihrer Weltreise zurückkehrte. Bis dahin wünschte ich mir eine ruhige, ereignislose Zeit.

»Bea, bitte. Ich fühle mich dieser Begegnung noch nicht gewachsen. Außerdem heule ich eh nur die ganze Zeit.«

Wir tauschten ein paar Argumente aus, bis ich mich geschlagen gab. »Also gut. Aber du musst mir genau sagen, was ich ihm erzählen soll. Worauf es dir ankommt.«

Jeannettes Miene hellte sich auf. »Ein Briefing also. Damit kenne ich mich aus.« Als wir das geklärt hatten, setzte Jeannette von Neuem an.

»Ich muss dir noch was sagen. Ich werde ein paar Tage zu meinen Eltern fahren. Hier im Haus halte ich es nicht mehr aus. Ständig muss ich an gestern Nacht denken und überlege dauernd, was ich hätte anders machen können, ob ich zu voreilig war und ob es nicht auch eine andere Möglichkeit gegeben hätte, als … als … ihn niederzuschießen.«

Das konnte ich nachvollziehen. Trotzdem traute ich meinen Ohren kaum. »Du willst ernsthaft zu deinen Eltern fahren?«

Jeannette sah ihre Eltern höchstens an den Weihnachtsfeiertagen und an deren Geburtstagen, sonst mied sie ihre Erzeuger wie die Pest. Im Vergleich zu ihnen war meine Mutter nur eine harmlose Grippe. Lästig, aber berechenbar. Jeannettes Eltern dagegen führten sich auf wie die reinsten Gefühlsterroristen. Sie vertrugen sich nicht miteinander, sie vertrugen sich nicht mit den eigenen, geschweige denn mit den Verwandten des Partners, und mit ihren Kindern vertrugen sie sich schon dreimal nicht. Wenn Jeannette trotz allem ins Nest flüchtete, musste es ihr elend gehen.

»Bea, ich muss Abstand bekommen von der ganzen Sache«, sagte sie. »In meinem alten Zimmer schlafen, Mamis selbst gebackenes Kartoffelbrot essen, mit Vater Sport schauen. So wie früher. Meine Eltern wissen nichts, und so soll es auch bleiben. Ich sage einfach, Hohlberg hätte mich rausgeworfen.«

»Hat er das?«

»Nein, ohne mich ist der völlig hilflos. Ich melde mich krank. Soll er sehen, wie er allein zurechtkommt. Oder du springst eine Weile für mich ein.«

»Okay, wenn es sein muss. Wann fährst du?«

»Am liebsten würde ich gleich los, aber leider sind die Reifen noch nicht gewechselt.«

»Nimm den Corsa, ich organisiere das für dich.«

»Das ist nett von dir, danke. Jetzt, wo alles vorbei ist, macht es dir doch nichts aus, allein hier zu sein? Im Notfall ist Teddy auch noch da.«

»Teddys Gespür für Notfälle hat ihn in letzter Zeit stark im Stich gelassen. Aber ich verstehe dich. Soll ich dir beim Packen helfen?«

Jeannette zog die Nase hoch und kroch aus dem Bett. »Nein, das bekomme ich allein hin. Ich brauche nicht viel.«

Eine halbe Stunde später begleitete ich sie zu meinem Auto und versprach, mir keine Sorgen um irgendwelche Einbrecher mehr zu machen. Doch als die roten Rücklichter um die Kurve verschwanden, war mir erbärmlich zumute.

29

Worauf hatte ich mich da nur eingelassen? Seit ich aus Hohlbergs Reich weggefahren war, bereute ich meinen Freundschaftsdienst für Jeannette. Ich hatte kein gutes Gefühl, und mit jedem Meter wurde es mieser. Aber wann hatte ich in den letzten Tagen schon ein gutes Gefühl gehabt?

Für meinen Besuch beim Sohn des toten Gärtners hatte ich den frühen Abend gewählt. Diese Tageszeit schien mir am vielversprechendsten, um jemanden in den eigenen vier Wänden anzutreffen. Seit gestern hatte Jeannettes Mazda neue Reifen, und so war ich wieder mobil. Leider geriet ich am Charlottenplatz in den Berufsverkehr und brauchte eine Ewigkeit, bis ich über den Pragsattel war.

Jeannette war seit zwei Tagen weg, und es gelang mir einigermaßen, allein zurechtzukommen. Tagsüber vertrat ich meine Freundin in der Agentur und hatte keine freie Minute zum Nachdenken. Zu Hause sagte ich mir wie ein Mantra vor, dass nun alles überstanden sei und mein Leben sich beruhigen würde. Teddy verbrachte die meiste Zeit in seinem Atelier. Er hatte kurzfristig die Chance bekommen, an einer Ausstellung teilzunehmen.

Was die Pistole anging, mit der Jeannette auf Gerber geschossen hatte, gab es neue Erkenntnisse. Bei ballistischen Untersuchungen wurde festgestellt, dass die Waffe bei einem anderen Verbrechen zum Einsatz gekommen war. Aus ihr waren bei einem Überfall auf einen Juwelier in der Calwer Straße 1986 etliche Schüsse abgegeben worden. Das überraschte mich wenig. André hatte die Waffe auf seiner Flucht nach Degerloch mitgebracht. Die Kripo ging nach unserer Aussage davon aus, dass die Pistole Gerber gehörte. Bestimmt rätselte sie, warum daraus keiner der tödlichen Schüsse auf die Polizisten stammte.

Endlich kam ich in Zuffenhausen an. Auf dem Stadtplan hatte ich mir angesehen, wo die Bietigheimer Straße lag. Dort lebte der Sohn von Gerber. Diese Gegend kannte ich aus meiner Kindheit. Als Mädchen hatte ich in der Steinheimer Straße von einer Klavierlehrerin Unterricht bekommen, die meine Mutter trotz der langen Fahrt wegen ihres guten Rufs in Sachen Talentförderung ausgesucht hatte. Ich erinnerte mich noch an den Geruch der Rosinen und Haselnüsse, die sie mir nach der Stunde immer für den Heimweg zusteckte. Bis keiner mehr daran glaubte, dass aus mir eine Konzertpianistin werden würde, wie meine Mutter sich das erhofft hatte.

Den Straßenbahnschienen folgend, bog ich gegenüber der Paulskirche in die Bietigheimer Straße ein. Bei der nächstbesten Gelegenheit parkte ich den Wagen und machte mich auf die Suche nach der richtigen Hausnummer. Bald stand ich vor einem heruntergekommenen Mehrfamilienhaus, das dringend einen neuen Anstrich brauchte. Jeannette hatte mir erklärt, warum auf der Klingel nicht Gerber stehen würde, sondern Riemann, der Mädchenname von Gerbers Frau. Polizeihauptmeister Schäfer hatte ihr erzählt, dass sie sich nach der Verhaftung ihres Mannes hatte scheiden lassen.

Hier war es, die unterste Klingel. Bevor ich es mir anders überlegen konnte, drückte ich kräftig.

»Wer ist da?«, tönte es blechern aus der Sprechanlage.

Auf der Fahrt hatte ich überlegt, wie ich mir am wirkungsvollsten Einlass verschaffen konnte. Ich beugte mich zum Lautsprecher und sagte knapp: »Es geht um Ihren Vater.«

Fast sofort summte es, und die Haustür schnappte auf. »Erdgeschoss rechts.«

Der Fußbodenbelag im Flur bestand aus einem alten, schon ziemlich löchrigen Mosaik. Holzstufen führten hinauf zu den erhöht gelegenen Erdgeschosswohnungen. Ich trat vor die rechte Tür und wartete.

Die Tür schwang auf. Ein junger Mann erschien.

Vor Schreck vergaß ich zu atmen. Es war Alex mit den Vollmilchschokolade-Augen.

30

»Das ist unglaublich! Du dachtest also dein ganzes bisheriges Leben über, dein Vater sei tot?«, vergewisserte ich mich.

Alex nickte. Er sah mitgenommen aus. »Meine Mutter hat mir das erzählt, seit ich ein kleiner Junge war. Wieso hätte ich daran zweifeln sollen?«

Wir saßen im Wohnzimmer der Familie Riemann, besser gesagt in ihrem ehemaligen Wohnzimmer. Seit Alexanders Mutter gestorben war, stand die Dreizimmerwohnung leer. Das hatte er mir erklärt, nachdem sich die erste Verblüffung über unsere unverhoffte Begegnung gelegt hatte. Es sei reiner Zufall, dass er ausgerechnet an diesem Abend hier war. »Ich wohne in Korntal und komme zwei- oder dreimal in der Woche her, um zu lüften.«

Die Wohnung war altmodisch eingerichtet. Efeutapete und pflegeleichtes Linoleum im Flur, Nussbaummöbel, Marmorcouchtisch und ein Teppich mit deutlichen Laufspuren im Wohnzimmer. Als sei jahrzehntelang nichts verändert oder renoviert worden. Obwohl die Fenster offen standen, hing ein Geruch nach altem Staub im Raum.

»Ich schaffe es nicht, diese Wohnung zu kündigen«, sagte Alexander in einem Tonfall, als wäre ihm ihr Zustand peinlich. »Meine Mutter und ich haben hier zusammen gelebt, bis ich ausgezogen bin. Fast zwanzig Jahre lang.« Er ließ den Blick durchs Zimmer schweifen. »Jetzt, wo sie tot ist, ist das die einzige Verbindung, die ich noch zu ihr habe.«

»Ich kann mir vorstellen, wie dir zumute ist«, versuchte ich ihn zu trösten. In seinen Cargohosen, dem weiten Shirt und mit seinen ungebändigten halblangen Locken wirkte er in dieser altertümlichen Umgebung wie ein Fremdkörper.

»Als die Polizei vor der Tür stand und mir die Nachricht überbracht hat, mein Vater sei im Krankenhaus, dachte ich zuerst, die hätten mich mit jemandem verwechselt.« Alex stieß geräuschvoll Luft aus. »Ich brauchte eine Weile, bis ich das verdaut hatte. Und als ich ihn besuchen wollte, war er gerade gestorben.«

Er setzte sich auf die Armlehne meines abgewetzten Cordsessels. »Wie geht es deinem Arm?«

»Die Wunden verheilen gut.«

Alex schwieg eine Weile. Dann überlegte er laut: »Wie kam mein … Vater nur darauf, dass die Beute aus dem Überfall im Haus deiner Tante sein könnte?«

»Wahrscheinlich ahnte er, dass sein Freund zu ihr fliehen würde, und ging davon aus, der würde die Beute mitnehmen.«

»Gibt es dieses Geld wirklich, oder war er auf der falschen Spur?«

Ich wich Alexanders forschendem Blick aus.

»Keine Ahnung. Wir haben überall im Haus gesucht«, sagte ich schließlich. »Auch dein Vater hat weder in Fannys Zimmer noch sonst wo etwas gefunden. Ich vermute, dieser André hat die Beute unterwegs versteckt.«

»Ja, da hast du wohl recht«, meinte Alexander. »Weißt du, ich würde alles dafür geben, wenn ich nur eine Stunde mit meinem Vater reden könnte. Eine einzige Stunde.« Er stützte den Kopf in die Hände und fuhr in einer Mischung aus Traurigkeit und Verzweiflung fort: »Wenn ich gewusst hätte, dass er am Leben ist, hätte ich ihn wenigstens im Gefängnis besuchen können.«

Ich legte ihm die Hand auf den Arm.

Jäh richtete sich Alexander auf. In seinen Augen lag ein seltsam fiebriger Ausdruck. »Bea, ich möchte den Ort sehen, an dem mein Vater angeschossen wurde.«

Hatte ich richtig gehört? Ungläubig starrte ich ihn an, während vor meinem inneren Auge die eingetrocknete Blutlache erschien. Gerber war nur kurzzeitig mein Gärtner gewesen, trotzdem kostete es mich viel Kraft, den Tatort auch nur anzuschauen. Wie mochte es sich da erst anfühlen, wenn der Tote der Vater war, dessen Existenz einem jahrzehntelang verheimlicht worden war?

»Bist du sicher?«, fragte ich.

Alex nickte. »Ja, das will ich. Außerdem würde ich die Fotoalben gern noch einmal durchsehen, wenn du nichts dagegen hast. Wenn mein Vater und sein Freund – wie hieß er noch?«

»André.«

»Wenn dieser André und er öfter bei deiner Tante waren, gibt es womöglich Bilder, auf denen mein Vater zu sehen ist. Vielleicht erkennst du ihn wieder.« Er sah mir in die Augen und nahm meine Hände in seine. »Bea, bitte. Es würde mir viel bedeuten.«

Je näher wir Degerloch kamen, desto einsilbiger wurde Alex. Das konnte ich gut verstehen. Ich versuchte mir vorzustellen, wie ich mich fühlen würde, wenn ich gleich den Ort sehen sollte, an dem mein Vater niedergeschossen worden war. Alex hatte keine Ahnung, wie verstörend real der Tatort im Arbeitszimmer war.

Ich saß am Steuer von Alexanders silbernem Golf, weil er mich gebeten hatte zu fahren. Er selbst fühlte sich dazu nicht in der Lage. Jeannettes Wagen würde ich über Nacht in Zuffenhausen stehen lassen und morgen holen.

»Wir sind gleich da«, kündigte ich unnötigerweise an, weil ich die Stille nicht mehr aushielt, als ich in Degerloch von der B 27 abbog.

Alexander nickte, ohne etwas zu sagen. Seine Kiefer malmten aufeinander.

Nachdem ich am Straßenrand geparkt hatte, stiegen wir aus. Ich schloss die Haustür auf und trat ein. Alexander zögerte und blieb in der offenen Tür stehen. Ich tat so, als würde ich seine Verunsicherung nicht bemerken. Früher oder später würde er so weit sein.

Gipsstaub lag wie eine Reifschicht über allen Möbeln. Kartonfetzen und Laufspuren verwandelten den Flur in eine Baustelle.

»Entschuldige, hier sieht es furchtbar aus. Wir renovieren gerade«, sagte ich in der Hoffnung, damit einen Hauch Normalität herzustellen, auch wenn ich mir dabei vorkam wie meine Mutter.

»Sind deine Mitbewohner nicht da?«

Ich stellte meine Tasche in der Garderobe ab. »Jeannette ist für ein paar Tage zu ihren Eltern gefahren. Sie steht noch unter Schock, weil sie …«

»Weil sie meinen Vater angeschossen hat«, ergänzte Alex.

»Teddy ist in seinem Atelier und malt«, fuhr ich fort. »Wir sind ganz allein im Haus.« Kaum waren die Worte heraus, schämte ich mich dafür, wie zweideutig sie klangen.

Endlich betrat Alexander den Flur. Wortlos deutete ich zum Arbeitszimmer und tat, als müsste ich dringend die Küche aufräumen.

Durch die aufgebrochene Wand hörte ich, wie Alexander einen Laut des Erschreckens ausstieß. Ich stellte mir vor, wie er die weiße Kreidesilhouette auf dem Boden und die riesige Blutlache sah, die bräunlich angetrocknet war. Schrecklich. Ein paar Minuten war es still drüben. Dann hörte ich ihn rufen.

»Bea? Könntest du kurz rüberkommen?«

Widerwillig und erleichtert zugleich legte ich den Spülschwamm weg, wischte die feuchten Hände an einem Geschirrtuch ab und ging ins Nebenzimmer.

Am Eingang blieb ich stehen. »Ja?«, sagte ich zögernd, weil ich nicht wusste, was mich erwartete.

»Erzählst du mir, wie es passiert ist? Ich meine, was er gesagt hat und wie er sich verhalten hat.«

Nach einer Schrecksekunde nickte ich und versuchte mich für das Kommende zu wappnen. Alexanders Gesicht wirkte starr wie eine Maske, aber seine braunen Augen funkelten. Waren das unterdrückte Tränen oder war es Wut? Hoffentlich würde er nicht ausflippen, wenn ich schilderte, wie Jeannette abgedrückt hatte.

Ich setzte mich auf den Stuhl hinter dem Schreibtisch und versuchte mich zu konzentrieren. Stockend beschrieb ich den Ablauf jener Nacht in der Version, die Jeannette und ich der Polizei erzählt hatten. Alex lehnte reglos an der Wand und blickte auf die Blutlache.

Obwohl die Schnitte an meinem Arm gut verheilten, begannen die Wunden erneut zu pochen. Das miese Gefühl, das mich bereits auf der Fahrt nach Zuffenhausen begleitet hatte, kehrte zurück.

Als Alexander auf mich zukam, zuckte ich zusammen. Er beugte sich zu mir herunter und strich mit dem Handrücken über meine Wange.

»Danke, Bea. Nun weiß ich fast alles, was ich wissen wollte.«

Der Ausdruck seiner Augen verstörte mich. Da war keine Spur von Trauer oder Betroffenheit. Oder gar von Nähe. Sein Blick war kalt. Die Vollmilchschokolade hatte sich in gefrorene Erde verwandelt.

»Okay. Kommen wir zum springenden Punkt«, sagte Alex mit fester Stimme. »Du hast mich belogen. Ich habe es dir angesehen, wie du überlegt und dich statt für die Wahrheit für eine Lüge entschieden hast. Mein Erzeuger hat sicher nicht ohne Grund versucht, von dir zu erfahren, wo sein Anteil an der Beute abgeblieben ist. Der alte Herr hatte einen guten Instinkt.« Alexander lächelte kühl. »Du weißt es, nicht wahr?«

Ich brauchte eine Weile, bis die Botschaft seiner Worte zu mir durchgedrungen war. Alexander war wie ausgewechselt. Und darin ähnelte er haargenau seinem Vater. Nett, freundlich, sogar herzlich, wenn er wollte. Aber wenn es darauf ankam, konnte er erbarmungslos sein. Er hatte eine Falle aufgestellt, und ich war bereitwillig hineingetappt.

»Mein Vater hat ein Messer benutzt, um dich zum Reden zu bringen. Ich habe etwas anderes für dich, das viel wirkungsvoller ist.« Aus einer Tasche seiner Cargohose zog er ein Stück Draht.

»Schau, was Alexander Schönes für dich hat«, wisperte er in einem Tonfall, als würde er mit einem kleinen Kind sprechen.

Wie hatte ich diesem Mann jemals nahe sein können? Wieso war ich nicht misstrauischer gewesen? Jetzt war es zu spät für solche Vorwürfe. Meine Knie wurden weich, als ich mir vorstellte, was er mit diesem Draht alles anstellen konnte.

»Tja, auch ich habe dein Haus gründlich durchsucht«, fuhr er fort. »Aber das Einzige, was ich bisher bekommen habe, ist dieser Anhänger. Dumm von dir, ein so wertvolles Stück einfach in einer Küchenschublade herumliegen zu lassen.«

Was sollte das bedeuten? Hatte etwa Alex Fannys Anhänger gestohlen? Ich rekonstruierte, wann genau das Schmuckstück verschwunden war. Bei – oder kurz vor – dem Einbruch. Der hatte am Abend nach unserer gemeinsamen Nacht stattgefunden. Mein Magen krampfte sich zusammen. Am Morgen danach war Alexander schon auf gewesen. Ich hatte ihn hier im Arbeitszimmer angetroffen, wie er in Fannys Fotoalben blätterte. Also hatte er das Haus durchsucht, während ich schlief. Das Fehlen des Anhängers hatte ich erst nach dem Einbruch bemerkt und war davon ausgegangen, dass der oder die Einbrecher ihn gestohlen hatten.

»Das warst du?«, stieß ich ungläubig aus. »Bist du deshalb mit mir …« Ich brach ab, das war zu peinlich.

Alex schien das nicht zu stören, im Gegenteil. »Du willst wissen, ob ich deshalb mit dir im Bett war?«, vervollständigte er meine Frage, und es klang, als würde er das Thema geradezu auskosten. Er lachte auf. »Auch, ja. Aber ich hatte Lust auf dich. Ich mag deine Unterwürfigkeit mir gegenüber. Wie du versucht hast, vor mir zu verbergen, dass du mich begehrst. So was macht mich scharf.«

Seine Demütigung raubte mir den Atem. War ich derart ungeschickt Männern gegenüber? Oder war Alex nur ein besonders perfider Vertreter? Ich schämte mich in Grund und Boden.

»Du brauchst nicht rot zu werden, Bea«, sagte Alex gönnerhaft. »Frauen stehen auf meine jugendliche Art, das weckt ihren Mutterinstinkt. Aber kommen wir nun zum wichtigen Teil des Abends.«

Er straffte den Draht und war so schnell hinter mir, dass ich nicht reagieren konnte. Als er meine Handgelenke aneinanderband, schnitt der Draht schmerzhaft in meine Haut. Ich versuchte mich zu wehren, konnte mich aber kaum bewegen, da er meine Hände an die Stuhllehne gefesselt hatte.

»Du hast also den Anhänger gestohlen? Nicht dein Vater.«

»Fast richtig«, raunte er in mein Ohr. »Es war Mandy. Sie hat deinen Anhänger in der Küche entdeckt.«

»Mandy? Was hat die damit zu tun?«

»Na, was wohl? Sie hat sich für mich an deinen Ex rangeschmissen. War ziemlich erfolgreich, die Kleine. Als Dank spendiere ich ihr eine Shoppingtour in Las Vegas oder in New York. Wo immer wir mit dem Geld meines Vaters leben werden. Als Belohnung habe ich noch etwas für dich.«

Er fasste in seine Hosentasche und zog ein weiteres Stück Draht heraus. Bevor ich realisierte, was geschah, schlang er den Draht um meinen Hals.

»Alex, bitte«, beschwor ich ihn. »Lass uns vernünftig reden. Wir finden eine Lösung, glaub mir.«

»Klaro.« Er kicherte mechanisch. »Deine Lösungen interessieren mich nicht. Mich interessiert nur eines: Wo – ist – das – Geld?«

»Ich weiß es nicht. Das habe ich bereits deinem Vater gesagt.«

»Pah, der war nicht halb so raffiniert wie ich.«

Der kalte Draht schloss sich um meinen Hals und fühlte sich an wie ein zu enges Collier. »Bitte, Alex. Es war so schön mit uns beiden.«

»Für dich vielleicht. Ich steh nicht auf altes, schwabbeliges Fleisch.«

Ich begann zu hecheln, als der Draht in meinen Hals schnitt.

Ruckartig schnürte Alex mir den Hals zu. Verzweifelt schnappte ich nach Luft, aber da war keine. Ich bäumte mich nach hinten auf, doch der Draht gab nicht nach.

»So wirst du deinen schönen Halsschmuck nicht los, Dummerchen. Das Spiel ist ganz einfach, das kapierst sogar du: Geld gegen Sauerstoff.«

»Okay. Ich sag es dir«, presste ich heraus.

Die Schlinge lockerte sich, und ich atmete durch.

Alex lief um den Stuhl herum und ging vor mir in die Hocke. Er legte den Kopf auf die Seite und schaute mich von unten triumphierend an. »Yeah, Baby. Das klingt viel besser. Und jetzt raus damit!«

Ich hörte ein Geräusch im Flur. Ein Schlüssel wurde ins Schloss gesteckt.

Alex hatte es auch mitbekommen. Er hielt den Kopf gesenkt und lauschte Richtung Flur.

»Hallo, Bea, mein Schatz, ich bin zurühück! – Ach, du meine Güte, wie sieht's hier denn aus?«

Diese Stimme hatte ich lange nicht mehr gehört.

Ich nutzte Alexanders Zögern, holte mit dem Fuß aus und verpasste ihm einen Tritt zwischen die Schenkel.

Alex keuchte, fasste sich in den Schritt und kippte vor Schmerz wimmernd um.

»Fanny, hier! Im Arbeitszimmer!«, schrie ich.

Schritte auf dem Flur. Tante Fanny erschien im Türrahmen. Sie trug einen hellen Leinenanzug und Sandaletten. Ihre Haut war braun gebrannt. Sogar die schwarze Lockenperücke kam mir eine Nuance heller vor.

Sie sah die Drahtschlinge um meinen Hals und den japsenden Mann auf dem Boden. Entschlossen fasste sie in ihre Handtasche und zog einen Elektroschocker heraus.

»Keine Angst, meine Kleine, alles wird gut«, sagte sie und trat zu Alexander. Sie presste ihm den Elektroschocker ins Kreuz. Es zischte. Alexander bäumte sich auf, zuckte ein paarmal und sackte zusammen.

»So, der wäre erledigt.« Tante Fanny kam zu mir herüber, löste den Draht um meinen Hals und um die Handgelenke. Liebevoll küsste sie mich auf die Stirn. »Jetzt wundert mich deine Notfallnachricht nicht mehr. Komm hier raus, wir rufen die Polizei. Obwohl …«

Ihr Blick erfasste die Blutlache, die Kreidesilhouette und die halb eingerissene Wand. Eher verwundert als schockiert musterte sie mich. »Nun, vielleicht sollten wir das mit der Polizei erst einmal lassen.«

Prüfend sah sie zu Alexander, der das Bewusstsein verloren hatte und wie ein Häufchen Elend neben der eingetrockneten Blutlache seines Vaters lag.

»Wir fesseln den Mann und schließen die Tür zu. Und dann erzählst du mir, was hier vorgefallen ist.«

31

»Du meine Güte, was du alles mitgemacht hast.« Fanny schüttelte den Kopf und schenkte uns Kaffee nach.

Wir saßen im Vorgarten und genossen den schönen Sommertag. Seit wir Alexander gefesselt und geknebelt der Polizei übergeben hatten, beruhigte sich mein Leben langsam. Doch normal war es noch lange nicht. Die Kriminaltechnik hatte das Arbeitszimmer erneut abgesperrt, und morgen stand die nächste Vernehmung an. Fanny und mir war es gelungen, glaubhaft zu versichern, dass Gerbers Sohn die Nachricht, wie und unter welchen Umständen sein Vater gestorben war, völlig aus dem Tritt gebracht hatte. Im Schockzustand habe er versucht, von mir und Jeannette eine Art Entschädigung dafür zu bekommen, dass sein Vater hier den Tod fand, weil wir ihm damit jede Chance genommen hätten, ihn jemals kennenzulernen. Ob Alexander unsere Version bestätigte und die Vergangenheit ruhen ließ, würde sich bald herausstellen.

Die Küche war noch immer eine Baustelle. Mit dem endgültigen Abriss der Wand zum Arbeitszimmer wollte ich warten, bis Jeannette wieder da war. Sie hatte ihre Rückkehr fürs Wochenende angekündigt.

»Jeannette wird von deinem Elektroschocker begeistert sein«, versicherte ich Fanny. »Ich wette, sie schafft sich gleich einen an, damit sie wieder ruhig schlafen kann.«

»Wenn ihr das hilft, warum nicht. Es gibt viele böse Menschen auf der Welt.« Fanny seufzte und sah zu den Fliederbüschen. »Wie schön, dass ich meinen Flieder noch blühen sehe. In Asien gibt es so herrliche Gewächse, aber meinen Flieder habe ich vermisst. Vielleicht nehme ich einen Setzling mit nach Phuket.«

»Ich werde versuchen, ihn zurückzuschneiden, wenn er verblüht ist«, versprach ich. »Mutter hat mir einen Gartenratgeber geschenkt. Darin gibt es ein ganzes Kapitel über Baumschnitt.«

Fanny lächelte. »Die gute Marlene. Sie kann es einfach nicht lassen, andere zu belehren.«

»Habt ihr jemals wieder über André und die Vergangenheit gesprochen?«

Fanny griff nach dem Anhänger, den sie an einer langen Kette trug, und betrachtete die Frauenfigur in der Kreisform. »Niemals. Ich wollte allein damit fertig werden. Aber ich denke, es quält sie heute noch, sonst wäre sie nicht so abweisend mir gegenüber. Wir gehen getrennte Wege, damit habe ich mich abgefunden.« Sie sah auf und ließ das Schmuckstück los. Ihre Züge waren ernst. »Würdest du seine Überreste mit mir beerdigen, bevor ich wieder abreise?«

Ich spürte, wie mir die Tränen kamen. »Fanny, das tut mir alles so schrecklich leid. Wenn ich gewusst hätte, was ich da ausgrabe …«

Sie schüttelte sachte den Kopf. »Lass los, Bea. Das habe ich auch getan. Bei mir hat es viel zu lange gedauert.«

»Verzeihst du mir, dass ich seine Briefe gelesen habe?«

»Ja.« Fanny schien so ruhig, als wäre sie mit sich und der Welt im Reinen. »Das Wichtigste ist, dass dir nichts passiert ist.«

Wie sich herausstellte, hätte ich viel früher darauf kommen können, was Fanny mit dem Überfall und den Anhängern zu tun hatte. Nachdem die Polizei Alex abgeführt hatte, hatte sie mir das Geheimnis des seltsamen Notizbuchs vom Dachboden enthüllt. Und von einer Minute auf die andere waren alle Rätsel um die unvollständig ausgeschnittenen Zeitungsartikel gelöst. Denn entscheidend war nicht das, was auf der Vorderseite stand, sondern ihre Rückseite. Alle Artikel berichteten dort über den Überfall und die Ermittlungsergebnisse der Polizei. Fanny hatte sie falsch herum eingeklebt, falls das Notizbuch jemandem in die Hände fiel. Es war reiner Zufall, dass zwei Artikel auf den Rückseiten über Dieters Schicksal berichteten und mich auf ihn aufmerksam gemacht hatten. Ebenso hätte mir Andrés letzter Brief die Augen öffnen können. Darin kündigte er sein Vorhaben an und bat Fanny, mit ihm wegzugehen.

Fanny lächelte wehmütig. »Ich hätte Johannes nach seiner Entlassung gern noch einmal gesehen und ihm erzählt, wie André gestorben ist. Ihn im Gefängnis zu besuchen, das schien mir aber zu gefährlich. Schließlich waren das Geld aus dem Überfall und der restliche Schmuck all die Jahre über hier bei mir.«

»Kanntest du seine Frau, diese Maria Riemann, eigentlich?«

Fanny schüttelte den Kopf. »Nein, wir sind uns nie begegnet.

Nach Johannes' Verhaftung habe ich ihr einen Brief geschrieben und darin alles erklärt. Als eine Art Dank dafür, dass ihr Mann André die Flucht ermöglicht hat, habe ich ihr einen der Anhänger und einen Teil der Beute geschickt und sie gebeten, mit mir Kontakt aufzunehmen. Das hat sie leider nie getan.«

»Wahrscheinlich hat Alexander diesen Brief in ihrem Erbe gefunden und kam so auf die Idee, den Anteil seines Vaters für sich zu beanspruchen. Dass du ihr den schon vor langer Zeit hast zukommen lassen, ahnte er ja nicht. Endlich weiß ich, was mit dem dritten Anhänger passiert ist«, sagte ich und trank einen Schluck. »Das war das letzte Mosaiksteinchen, das mir noch gefehlt hat.«

»Ich hoffe, die Kriminalpolizei rollt den Fall nicht wieder auf. Versprich mir, dass du mich sofort anrufst, wenn das geschieht.«

»Das mache ich, Fanny, versprochen. Hast du dich entschieden, was wir mit dem restlichen Geld aus der Küchenwand machen? Das sind noch über zwanzigtausend Mark. Und mit dem Schmuck? Wie raffiniert von dir, ihn zwischen den Hundegräbern zu verstecken. Darauf wäre ich niemals gekommen.«

Fanny rührte Zucker in ihre Tasse und seufzte. »Ich will mit dem Geld und dem Schmuck nichts mehr zu tun haben, das hat so vielen Menschen Unglück gebracht. Entscheide du, Bea. Spende es für einen guten Zweck oder renoviere damit das Haus. Schließlich weiß ich noch nicht, wann und ob ich überhaupt zurückkomme.«

»Schade, dass du schon wieder abreist. Wir wären eine lustige Wohngemeinschaft, wir vier.«

»Das glaube ich sofort, nachdem ich diesen Teddy kennengelernt habe. Ein fescher junger Mann. Du solltest ihm noch Zeit geben. Männer brauchen länger als Frauen, um zu verstehen, was zählt auf der Welt.«

»Mutter würde viel lieber einen erfolgreichen Banker als Schwiegersohn haben.«

»Auch das glaube ich sofort.« Fanny zwinkerte mir zu. »Aber du kommst eher nach mir, nicht wahr?«

»Damit kann ich gut leben«, sagte ich und lachte. »Du hast aber auch Glück gehabt.«

»Stimmt. Jemand da oben meint es gut mit mir.« Fanny zeigte zum Himmel. »Ich hätte nicht gedacht, dass ich noch einmal einem Mann begegne, der mir so viel bedeutet. Nach über einem Vierteljahrhundert. Habe ich dir eigentlich erzählt, dass Jacques den größten Gilbert-Bécaud-Fanklub der Welt leitet? Seine Tanzschule ist so etwas wie die Zentrale, und jedes Jahr veranstaltet er ein Gedenkkonzert.«

»Lädst du dazu einmal ein? Ich war noch nie in Thailand.«

»Gern, mein Schatz. Ich freu mich schon auf deinen Besuch.«

32

Eine Woche später entdeckte ich überraschende Neuigkeiten über Dieters Verschwinden. Nach Fannys Abreise nahm ich ihr Notizbuch noch einmal zur Hand und las die Rückseiten aller eingeklebten Artikel. Dabei stieß ich auf einen Bericht von 1986 über den Stand der polizeilichen Ermittlungen.

Zu meinem großen Erstaunen erfuhr ich, dass eine junge Frau aus der Nachbarschaft eine Zeit lang zum Kreis der Verdächtigen gehörte, was Dieter Schiedlichs Verschwinden anging. Ihr Name wurde nicht genannt, aber mir war rasch klar, dass es sich um Dalia Bern handeln musste, die nette Nachbarin im Rollstuhl. Bei einem unserer Gespräche in ihrem Garten hatte sie erzählt, sie sei damals in Dieter verliebt gewesen. Dass sie einige Zeit mit ihm zusammen gewesen war, das hatte sie mir verschwiegen. Oder ich hatte es überhört. Kurz vor seinem Verschwinden hatte er mit ihr Schluss gemacht. Wegen einer älteren Frau, nicht etwa wegen des schrecklichen Autounfalls, seit dem Dalia querschnittgelähmt war.

Was aus Dieter wurde und ob er noch lebte, weiß ich nicht. Auch Fanny konnte es mir nicht sagen. Vielleicht spreche ich Frau Schiedlich darauf an, wenn ich sie das nächste Mal sehe. Möglicherweise hütet auch sie ein dunkles Familiengeheimnis.

Dank

Dieser Roman konnte nur dank vieler Helferinnen und Helfer entstehen. Ihrem Wissen, ihrer Geduld und ihrer Nachsicht haben meine Figuren und ich viel zu verdanken. Besonders danke ich meiner Kollegin Britt Reißmann und dem Team des Dezernats für Tötungsdelikte für ihre Beratung. Da dies keine Dokumentation, sondern ein Roman ist, hat an der einen oder anderen Stelle die Fiktion über die Fakten gesiegt – und manchmal auch die Fantasie. So etwa beim Polizeirevier Degerloch, das durch die Reorganisation zur Polizeirevierstation wurde und einige Zuständigkeiten an die Vaihinger Kollegen abgeben musste. Um Nachsicht bitte ich auch bei der Beschreibung der Schauplätze, die realistisch, aber unter sehr persönlichem Blickwinkel geschildert werden.

Großer Dank gilt meinem Bruder Armin für architektonische Informationen, meinen Eltern für den Namen Fanny sowie ihr Garten- und Haussanierungs-Know-how. Sigrid Ramge teilte mit mir großzügig ihr Pflanzenwissen, und Jochen Stuber von der JVA Heilbronn schilderte mir sehr anschaulich den Gefängnisalltag. Vielen Dank auch an M. M., C. M., C. B. und A. W. , sie wissen, wofür.

Meine großartige Lektorin Stefanie Rahnfeld trug mit ihrem Einfühlungsvermögen und ihrem scharfsinnigen Blick viel zum Gelingen dieses Romans bei. Danke.

Martina Fiess
TÖDLICH SCHÖN
Broschur, 208 Seiten
ISBN 978-3-89705-436-3

»›Tödlich schön‹ verbindet Nervenkitzel mit Beziehungsdrama und Gefühlskino.«
Stuttgarter Nachrichten

»Für Kenner der Landeshauptstadt ein besonderer Genuss.«
Stuttgarter Zeitung

Martina Fiess
TANZ MIT DEM TOD
Broschur, 208 Seiten
ISBN 978-3-89705-521-6

»Ein spannendes und zugleich höchst amüsantes Buch, das nicht mit bissigen Seitenhieben auf die Werbebranche spart und mit viel Lokalkolorit angereichert ist.« Prinz Stuttgart

»Interessantes und komplexes Konzept.« Krimi-Couch.de

www.emons-verlag.de

Silvija Hinzmann/
Britt Reißmann
DIE FARBE DES HIMMELS
Broschur, 224 Seiten
ISBN 978-3-89705-401-1

»Ein Leckerbissen für alle Stuttgarter.« Prinz

»Eine Mischung aus Liebe, Spannung und Humor.«
Stuttgarter Zeitung

Britt Reißmann
DER RUF DER SCHNEEGANS
Broschur, 224 Seiten
ISBN 978-3-89705-478-3

»Ein Kriminalroman mit Tiefgang – und mit der nötigen Prise Humor.«
brikada.de

»Das Richtige für einen ruhigen verregneten Herbstabend.«
Krimi-Couch

www.emons-verlag.de

Hg.: Martina Fiess,
Silvija Hinzmann
BIS ZUM LETZTEN TROPFEN
Broschur, 240 Seiten
ISBN 978-3-89705-765-4

Im Wein liegt die Wahrheit – und die ist mitunter lebensgefährlich! So wird aus manchem Weinkeller schnell die letzte Ruhestätte, eine Verkostung zur Henkersmahlzeit und ein Weinberg zum Schauplatz eines mörderischen Winzerkriegs. Mit dem passenden Glas Wein mundet diese genussvolle Lesereise an bekannte Wein-"Tatorte" wie die Pfalz, Baden, Mosel-Saar-Ruwer, Rheingau, Saale-Unstrut, Ahr, Württemberg und an exotische Anbaugebiete wie Berlin noch besser. Autoren und Weinkenner servieren Weinkrimis mit Prädikat für jeden Geschmack: Ulf Annel, Matthias Biskupek, Wolfgang Burger, Horst Eckert, Martina Fiess, Monika Geier, Brigitte Glaser, Carsten-Sebastian Henn, Elisabeth Hermann, Silvija Hinzmann, Thomas Hoeth, Regine Kölpin, Tatjana Kruse, Christine Lehmann, Ulla Lessmann, Hannes Nygaard, Heidi Rehn, Britt Reißmann und Nina Schindler.